ISBN: 978-3-98660-204-8

© 2024 Kampenwand Verlag
Raiffeisenstr. 4 · D-83377 Vachendorf
www.kampenwand-verlag.de

Versand & Vertrieb durch Nova MD GmbH
www.novamd.de · bestellung@novamd.de · +49 (0) 861 166 17 27

Text: Stefanie Schreiber
Umschlagfoto: Wenke Stahlbock
Lektorat: Margarete Götz
Korrektorat: Antje Steffen, Antjes kleine Textwerkstatt
Kapitelfotos der Printausgabe: Stefanie Schreiber

Druck: CUSTOM PRINTING
Wał Miedzeszynski 217, 04-987 Warszawa, Polen

Stefanie Schreiber

Verhängnisvolle Affäre

in St. Peter-Ording

Der
14. Fall für
Torge Trulsen
und Charlotte
Wiesinger

Wenn die Zeit endet,
beginnt die Ewigkeit.

Für alle, an die wir uns gerne erinnern.

Prolog

Sie starrte auf das Stäbchen, dabei pochte ihr Herz bis zum Hals. Während die Minuten elendig langsam verstrichen, konnte sie den Blick kaum von dem Schwangerschaftstest nehmen. Erneut checkte sie die Verpackung. Obwohl sie genau wusste, dass das Ergebnis nach fünf Minuten vorliegen sollte, musste sie es noch einmal nachlesen. Im Anschluss starrte sie wieder auf das Stäbchen, als ob sie den Prozess dadurch beschleunigen könnte. Als ob die Zeit dadurch schneller vergehen würde – und auch wieder nicht.

Ihre Gedanken rasten. Konnte es wirklich sein?

Denn so wie sie der Gewissheit entgegenfieberte, fürchtete sie gleichzeitig das Ergebnis. Eine Schwangerschaft würde alles verändern. Sie malte sich im Geiste die Reaktionen aus und war sicher, dass diese Neuigkeit nicht nur Freude auslösen würde. Bei ihr. Und bestimmt auch nicht bei ihm. Oder? Sollte sie es ihm sofort erzählen oder erst nach einer Weile? Im Grunde war es ihre Entscheidung, ihre alleinige Entscheidung, wie es bei einem positiven Ergebnis weiterging.

Wie formal das klang! Wie technisch.

Wie es weiterging, wenn sie wirklich ein Kind erwartete!

Die Härchen auf ihren Armen stellten sich auf und sie guckte wieder auf den Test, den sie für einen Moment aus den Augen gelassen hatte.

Noch immer tat sich nichts.

Ein schneller Blick zur Uhr. Erst zwei Minuten! Sonst raste die Zeit so sehr! Aber immer, wenn sie auf etwas wartete; etwas, das wirklich wichtig war, dann krochen die Zeiger im Schneckentempo über das Zifferblatt.

Alle würden sich wundern, davon war sie überzeugt. Alle würden ihr abraten, das Kind zu bekommen. In ihrem Alter. Als ob das entscheidend wäre. Nein, darauf kam es nicht an. Nicht auf ihr Alter. Ganz andere Faktoren waren ausschlaggebend, aber darüber wollte sie erst nachdenken, wenn sie endlich Gewissheit hatte.

War der Test vielleicht nicht in Ordnung? Sollte sie einen Zweiten nehmen?

Drei Minuten.

Nein, sie musste sich einfach in Geduld üben. Noch zwei Minuten, das konnte ja wohl nicht so schwer sein.

Erschöpft schloss sie ihre Augen. Fühlte sich zurück in seine Arme. Spürte erneut die Leidenschaft. Sie war sich fast sicher, an welchem Abend es passiert sein musste. Ein Lächeln huschte über ihre Lippen. Sie hatte sich so gut gefühlt, so unbeschwert und so bereit für eine Veränderung in ihrem Leben.

Hatte das den Ausschlag gegeben? Waren ihre Signale an das Universum so stark gewesen, dass es einfach passieren musste?

Sie fühlte tief in sich hinein, tief in ihren Bauch und versuchte zu ergründen, ob dort ein neues Leben heranwuchs. Für einen Moment hielt sie die Luft an und blendete alles andere aus.

Alle Geräusche, alle Gerüche, alle Befürchtungen.

Das gab den Ausschlag. Mit dem Ausblenden der Angst erfasste sie eine unendliche Ruhe. Eine bisher nicht gekannte Energie. Und sie fühlte es.

Noch bevor sie die Augen wieder aufschlug und auf das Stäbchen schaute, wusste sie, wie das Ergebnis ausfallen würde. Eine tiefe Freude erfasste sie. Und sie würde es gegen alle Vorbehalte durchkämpfen.

Noch einen Augenblick kostete sie die positiven Gefühle aus, ließ sich tragen und weiter stärken. Als sie schließlich ihre Augen öffnete, war das Ergebnis da. Sie nickte und beschloss im gleichen Moment, es eine Weile als Geheimnis zu bewahren, bis sie innerlich gestärkt war, um es mit allen aufnehmen zu können, die es ihr ausreden wollten.

Helga in St. Peter-Ording

Samstag, den 31. August

Guck dir das an, Bruno! Ist es nicht einfach herrlich, wie das sanfte Licht der untergehenden Sonne diese Dünenlandschaft in ein zauberhaftes Gemälde verwandelt? Guck doch mal, Bruno! Bald sind wir wieder zu Hause und haben die Backsteinmauer des gegenüberliegenden Hauses vor der Nase." Helga fragte sich unwillkürlich, warum ihr Mann für die Schönheit dieser Landschaft so wenig Begeisterung zeigte.

„Du tust ja gerade so, als würdest du deine fantastische Dünenlandschaft heute zum ersten Mal sehen, immerhin sind wir schon eine Woche hier", brummelte Bruno unzufrieden. Vermutlich hatte er einfach nur Hunger, dann wurde er regelmäßig ungnädig. „Und immerhin zahlen wir einen Batzen Geld extra für die Lage in der ersten Reihe zum Meer. Nur sieht man es leider selten. Zum einen sind diese Sandhaufen mit dem Gestrüpp im Weg ..."

„Strandhafer!", entgegnete sie entrüstet. „Er ist wertvoll, weil er die Dünen befestigt, also Schutz vor Erosionen bei Sturm und Wellen bietet."

„Gestrüpp", murmelte Bruno. „Und halt mir bitte vor dem Abendessen keine Vorträge über Küstenschutz. Das Wasser ist ja ohnehin andauernd weg und bis hier werden die Wellen kaum kommen."

Es war sinnlos. Wenn sie weiter dagegenhielt, würde er ihr zum x-ten Mal vorwerfen, wie teuer dieser Urlaub in St. Peter-Ording war und dass sie statt des Premiumbungalows in der Ferienanlage *Weiße Düne* lieber wieder nach Mallorca hätten fliegen sollen. Aber das hatte Helga satt und sich bei der diesjährigen Planung durchgesetzt. Immerhin spielte das Wetter mit – und die Verpflegung war ebenfalls hervorragend. Nach dem Abendessen würde Bruno wieder besänftigt sein, davon war Helga überzeugt.

„Komm, wir machen uns frisch und ziehen uns um. Heute gibt es besondere Spezialitäten vom Grill. Die werden dich bestimmt aufmuntern", lenkte sie ihn vom Thema ab.

Aber Bruno war damit noch nicht fertig. „Mal ehrlich, Helga, jeden Abend stehst du hier auf der Terrasse und guckst dir begeistert diese Dünenlandschaft an. Ein echtes Erlebnis wäre es, mal einen Spaziergang zu machen. Dann könntest du die Atmosphäre richtig aufnehmen."

„Du weißt genau, dass das verboten ist", erwiderte sie erbost.

„Ah, das sieht im Dunkeln keiner – und andere machen es schließlich auch."

„Seit wann orientieren wir uns daran, was andere machen?"

„Wir können direkt von unserer Terrasse aus starten, das bekommt überhaupt niemand mit", blieb Bruno bei seiner Meinung.

„Darum geht es doch gar nicht. Es ist untersagt, Bruno. Schon mal was von Küstenschutz gehört?"

„Fang nicht wieder damit an. Was soll denn passieren, wenn wir einen kleinen Spaziergang durch die Dünen machen? Deinem Strandhafer macht es bestimmt nichts, der sieht ziemlich robust aus und ich will ihn ja schließlich nicht rausreißen. Sicherlich hast du selbst gelesen, wie tief er verwurzelt ist."

„Das habe ich. Deshalb sorgt er ja für so viel Stabilität. Trotzdem es ist kontraproduktiv, wenn du mit deinen knapp hundert Kilo darauf herumtrampelst."

„Was willst du mir damit sagen? Eine Gerte bist du schließlich selbst nicht mehr", reagierte Bruno empfindlich.

Helga wischte die Bemerkung mit einer ungeduldigen Handbewegung beiseite. „Bleiben wir beim Thema. Die Dünen bieten zahlreichen tierischen Bewohnern einen Lebensraum, insbesondere Rast- und Brutplätze für die Vögel des Wattenmeers. Dabei gibt es Bodenbrüter mit Nestern direkt auf dem Boden – wie der Name schon sagt. Bei Dunkelheit, wenn du nicht gesehen wirst, kannst du diese ebenfalls nicht erkennen und läufst Gefahr, sie zu zertreten."

„Ach was. Da passe ich schon auf."

„Lass uns erst mal essen und danach setzen wir uns schön hier auf die Terrasse. Damit entgehen wir dem Trubel der Hauptsaison genauso gut. Ich darf dich daran erinnern, dass du unbedingt zu dieser Zeit fahren wolltest. Ein paar Wochen später wäre dieser Bungalow preiswerter gewesen", setzte sie nach, weil sie nicht die alleinige Schuld am hohen Preis des Urlaubs tragen wollte.

„Ich mag es halt, wenn viel los ist und die Familien da sind. Ist eine unverwechselbare Atmosphäre. Aber ich bin mit einer Stärkung einverstanden. Danach sehen wir weiter."

Mit etwas Glück war Bruno nach dem Essen für sein verbotenes Vorhaben zu träge. Wie sie sich kannte, würde er es trotz ihrer Vorbehalte schaffen, sie zu einem gemeinsamen Ausflug zu überreden.

Mit fortschreitendem Abend stieg Helgas Optimismus, dass Bruno das Thema nicht noch einmal aufgreifen würde. Er ließ sich die Grillspezialitäten über die Maßen schmecken und trank dazu mehrere Gläser Bier. Das sollte ausreichen, um ihn von seiner Idee abzubringen.

Leider hatte sie sich getäuscht. Kaum zurück im Bungalow fing Bruno erneut davon an. „Also meine Laune ist jetzt wesentlich besser", grinste er sie herausfordernd an. „Außerdem fühle ich mich gestärkt für ein kleines verbotenes Abenteuer."

„Nein", erwiderte sie energisch.

„Komm schon, Helga. Wir waren mal echte Draufgänger. Die Jahrzehnte haben uns zu langweiligen Spießern gemacht. Nur eine kleine Runde. Dann waren wir wirklich am Ort des Geschehens. Direkt in der Natur. Das ist es doch, was diesen Ort ausmacht. Auf irgendwelchen Terrassen können wir überall auf der Welt hocken. Ich will es nicht nur aus der Ferne sehen, ich will es spüren, hautnah erleben. Und durch das Verbot kommt sogar ein kleiner Nervenkitzel hinzu. Wir lassen uns nicht erwischen! Bist du dabei oder soll ich alleine gehen?"

Helga zögerte, aber ihre Standhaftigkeit bröckelte. Es war immer dasselbe, gegen Bruno kam sie nicht an. Na ja, immerhin hatte sie sich dieses Jahr mit der Wahl des Reiseziels durchgesetzt. Und reizvoll war es natürlich.

„Wir müssen aber aufpassen, dass wir keine Eier oder Küken zertreten." War jetzt überhaupt Brutzeit? So mitten im Sommer kam ihr das eigentlich unwahrscheinlich vor.

„Natürlich passen wir auf", bestätigte Bruno in ihre Überlegungen hinein.

„Also gut", gab sie nach. Tatsächlich war sie selbst neugierig und ließ sich nur zu gerne überreden. „Wollen wir eine Taschenlampe mitnehmen?"

Von dem abnehmenden Mond war nur eine schmale Sichel zu erkennen, die trotz des wolkenlosen Himmels kaum Licht spendete.

„Nee. Damit machen wir auf uns aufmerksam", widersprach Bruno sofort. „Ich nehme für alle Fälle mein Handy mit. Zieh dir lieber ein paar flache Schuhe an."

Helga nickte, obwohl ihr eine scharfe Erwiderung auf der Zunge lag. Als ob sie mit diesen hochhackigen Sandalen aufbrechen würde! Manchmal ging ihr die Klugschnackerei ihres Mannes ganz schön auf die Nerven. Aber jetzt war nicht der richtige Zeitpunkt für einen Streit. Schnell schlüpfte sie in die bequemen Sneaker. „Also gut, ich bin bereit. Gehen wir."

Bruno schritt voran und eine Weile trottete sie schweigsam hinterher, den Blick auf den Boden gerichtet, damit sie bloß nichts zerstörte. Genau genommen machte es so überhaupt keinen Spaß. Lieber wollte sie allein die Umgebung erkunden, eine Unterhaltung war ohnehin nicht möglich. Obwohl sie nur flüsterte, fuhr Bruno ihr unwirsch über den Mund: „Halt deinen Sabbel, du zerstörst die Stimmung. Außerdem könnte man uns hören."

Leise, damit er es möglichst gar nicht bemerkte, schlug sie eine andere Richtung ein. Ihre Augen hatten sich ein wenig an die Dunkelheit gewöhnt, auch wenn es schwierig war, Details auf dem Boden zu erkennen. Während des Schuhtausches hatte sie die Brutzeit der Vögel gegoogelt. Wie erwartet endete diese im Juni, also war die Gefahr gering, jetzt auf Nester zu treffen.

Helga entspannte sich, hob den Blick und ließ ihn über die Landschaft schweifen. Schemenhaft erkannte sie in der Ferne die Pfahlbauten am Strand von St. Peter-Ording. Stille hatte sich über die Landschaft gelegt. Sogar die frechen Möwen waren zur Ruhe gekommen. Sie zog die salzige Luft tief in ihre Lungen und fühlte sich plötzlich frei. Bruno hatte sich bereits ein gutes Stück entfernt. Entweder bemerkte er nicht, dass sie ihm nicht mehr folgte oder er war froh, seine Ruhe zu haben. Egal. Man musste ja nicht immer aufeinander hocken und alles zusammen erleben. Helga freute sich über die Augenblicke des Alleinseins, und Bruno schien es genauso zu gehen.

In Gedanken versunken achtete Helga nicht mehr auf den Bereich vor ihren Füßen. Weiterhin schaute sie in die Ferne und genoss die Stille in der außergewöhnlichen Umgebung. Sie verstand plötzlich gar nicht mehr, warum sie sich so gegen den kleinen Ausflug gesperrt hatte. Hier war weit und breit kein Mensch. Niemand würde ihre kleine Gesetzesübertretung bemerken und das Erlebnis war einfach unverwechselbar. Erfüllt von dem plötzlichen Glücksgefühl guckte sie sich nach Bruno um. Eigentlich wäre es doch ganz schön, das Erlebnis mit ihm zu teilen, immerhin hatte er sie dazu überredet.

Sie entdeckte ihn schließlich in einiger Entfernung. Während sie vor sich hingeträumt hatte, war er gut vorangekommen. Also erhöhte sie ihr Tempo, um ihn einzuholen, und ließ ihn dabei nicht aus den Augen. Vergessen waren ihre Bedenken zum Thema Küstenschutz. Immer schneller bewegte sie sich durch die Dunkelheit, achtete dabei immer weniger darauf, wohin sie trat, denn auch Bruno war flott unterwegs und sie hatte Mühe aufzuholen.

Plötzlich blieb sie mit dem Fuß hängen und kam ins Straucheln. Sie ruderte mit dem Armen, um das Gleichgewicht zurückzugewinnen, begleitet von der irrationalen Hoffnung, irgendwo Halt zu finden, aber hier gab es natürlich nichts, woran sie sich festhalten konnte. Sie stürzte, landete dabei mit dem Gesicht in einem dicken Büschel Strandhafer, der ihr schmerzhaft in die Haut schnitt. Unwillkürlich hatte sie einen spitzen Schrei ausgestoßen. Ob Bruno den gehört hatte? Bestimmt würde es ihn verärgern, wenn er sie hier so liegen sah.

Der Gedanke verlieh ihr neue Energie. Schlimm genug, dass sie überhaupt gestolpert war, auf einen Vortrag über ihre Tollpatschigkeit konnte sie gut und gerne verzichten!

Etwas mühsam rappelte sie sich auf. Um sich gegebenenfalls verteidigen zu können, wollte sie nun wenigstens wissen, was sie zu Fall gebracht hatte. Musste sich um einen großen Stein oder so etwas handeln. Aber lagen hier in den Dünen wirklich große Steine herum?

Ihre Stimmung kippte im gleichen Moment, in dem sie das Hindernis erfasste. Spontan weigerte sich ihr Verstand, den Anblick der beiden Körper zu verarbeiten. Vielleicht waren sie einfach eingeschlummert. Und schliefen dabei so tief und fest, dass sie nicht einmal aufgewacht waren, als Helga über ihre Beine stolperte. Sollte sie sie berühren? Versuchen sie wachzurütteln? Etwas hielt sie zurück.

Mit zitternden Händen kramte sie ihr Smartphone aus der Tasche. Beim Versuch, es zu entsperren, fiel es prompt in den feinen Sand. Helga fluchte leise und bückte sich, um es aufzuheben. Dadurch war sie den leblosen Körpern näher. Vorsichtig riskierte sie einen Blick auf deren Gesichter. Es schien sich um eine junge Frau und einen Mann zu handeln. Fast noch jugendlich. Schliefen sie?

Wenn es doch bloß nicht so dunkel wäre! Endlich gelang es ihr, die Taschenlampe an ihrem Handy einzuschalten. Ängstlich ließ sie den Lichtstrahl über die Körper wandern. Sie waren leicht bekleidet, was dem sommerlichen Wetter entsprach. Noch immer zögerte sie, die Gesichter anzuleuchten, überwand sich aber schließlich.

Als sie die Augen der jungen Frau erblickte, die sie leblos anstarrten, konnte sie gar nicht mehr aufhören zu schreien.

Bruno kam mit schnellen Schritten auf sie zu, was sie allerdings lediglich bemerkte, weil er bereits aus mehreren Metern Entfernung losbrüllte. „Was ist los mit dir? Warum schreist du ganz St. Peter-Ording zusammen? So werden wir kaum unentdeckt bleiben!" Offensichtlich dachte er nicht darüber nach, dass er kaum leiser war.

„Ich ..." Mehr brachte sie nicht heraus, aber immerhin beendete es ihren Schreikrampf.

Als Bruno sie schließlich erreicht hatte, verschlug es ihm sofort die Sprache. Für einige Augenblicke blieb er wie angewurzelt stehen und versuchte das schwach erleuchtete Szenario zu erfassen. „Scheibenkleister!", entfuhr es ihm schließlich.

„Wir müssen einen Notarzt rufen", konnte Helga endlich wieder einen Gedanken fassen.

Bruno kniete sich neben die reglosen Körper. „Ich fürchte, da kommt jede Hilfe zu spät", murmelte er. „Warte, ich werde versuchen, den Puls zu fühlen." Er beugte sich über die beiden.

Helga sah, wie viel Überwindung es ihn kostete.

Schließlich schüttelte er seinen Kopf. „Was ist bloß passiert? Das sind ja fast noch Kinder", fügte er erschüttert hinzu.

„Dann müssen wir die Polizei verständigen", erklärte Helga.

„Unmöglich", erwiderte Bruno bestimmt.

„Warum?"

„Denk nach, Weib. Hast du unsere Diskussion vergessen? Küstenschutz; Verbot, die Dünen zu betreten? Das kommt einer Selbstanzeige gleich, wenn wir jetzt die Ordnungshüter rufen. Nein, danke! Ich habe wenig Lust, mir den Urlaub mit einer Strafanzeige zu verderben."

„Aber wir können sie nicht einfach hier liegenlassen! Wer weiß, wann wieder jemand vorbeikommt und sie entdeckt. Noch dazu bei dieser Wärme", fügte sie entsetzt hinzu. „Stell dir vor, es wäre unsere Tochter. Dann würdest du genauso wenig wollen, dass sie tagelang tot in der Landschaft liegt." Bewusst wählte Helga krasse Worte, um ihren Mann aufzurütteln. Schließlich wusste sie, wie stur er sein konnte.

Tatsächlich erreichte sie ihn damit. Sein Vorschlag war trotzdem anders als erhofft. „Wir können anonym anrufen."

„Bruno!"

„Was?"

„Das kann nicht dein Ernst sein!"

„Warum nicht? Wir können ohnehin nichts zu den Ermittlungen beitragen. Schließlich haben wir nichts gesehen. Wenn wir eine Zeugenaussage liefern könnten, wäre das was anders, aber so …"

„Das kommt mir trotzdem falsch vor."

„Helga, sei vernünftig! Wir haben das ganze Jahr gearbeitet, um uns diesen Urlaub leisten zu können. Willst du die restlichen Tage wirklich auf einem Polizeirevier verbringen? In einer kargen Zelle bei Wasser und Brot?" Er sah sie durchdringend an.

Wie üblich übertrieb er maßlos. Trotzdem ließen seine klaren Worte sie zweifeln. Als Zeugen waren sie unbrauchbar. Und tatsächlich hatten sie sich mit ihrem Ausflug in die Dünen strafbar gemacht. Was für eine verzwickte Situation!

Eben hatte sie ihre kleine Wanderung durch die Dünen noch genossen, jetzt bereute sie, sich überhaupt darauf eingelassen zu haben. Was sollte sie bloß tun? Wieder fiel ihr Blick auf die jungen Leute, die tot vor ihr lagen. Sie teilte Brunos Einschätzung, möglicherweise waren die nicht einmal volljährig. Was für eine Tragödie! Und wie harmlos war dagegen ihr eigenes Problem.

Helga fasste einen Entschluss: Unmöglich wollte sie sich davonstehlen und die beiden einfach liegenlassen. Bruno und sie hatten Mist gebaut und würden die Konsequenzen tragen - so schlimm konnte das kaum werden. Und plötzlich kam ihr eine Idee, wie sie ihren Mann überzeugen konnte.

„Jetzt weiß ich, an wen wir uns wenden können", fasste sie neuen Mut.

„Häh?"

„Wir rufen Torge Trulsen an", erklärte sie triumphierend.

„Torge wen?"

„Torge Trulsen, den freundlichen Hausmeister der *Weißen Düne*. Ich habe mich mit ihm angenehm unterhalten, nachdem er unser WLAN wieder zum Laufen gebracht hat. Erinnerst du dich? Das war am Mittwoch. Du warst zur gleichen Zeit in der Sauna."

„Und was hat der Hausmeister mit dem Tod dieser jungen Leute zu tun?"

„Tja, da staunst du. Herr Trulsen ist mit dem Kriminalkommissar Knud Petersen befreundet, der hier am Ort tätig ist."

„Verstehe ich nicht. Was soll das bringen?"

„Der Hausmeister ist ein netter Typ mit dem Herzen auf dem rechten Fleck. Wir berichten ihm von unserem Fund und leisten Abbitte für unser Fehlverhalten. Dann lässt er uns bestimmt aus dem Spiel. Wenn ich es richtig verstanden habe, ermittelt er gerne ein wenig mit und kennt hier auf Eiderstedt Gott und die Welt, vielleicht sogar die beiden jungen Menschen. Wir übergeben an ihn und sind selbst aus dem Schneider. Na, klingt das nach einem guten Plan?"

Bruno überlegte. „Hhm, das könnte klappen. Also gut. Ich warte hier. Geh du zu diesem Trulsen und sag ihm Bescheid."

„Wir können ihn doch einfach anrufen. Vielleicht hat er Feierabend und hält sich gar nicht mehr in der Ferienanlage auf", gab Helga zu bedenken.

„Ja, das ist sogar wahrscheinlich. Aber einfach so wird er uns nicht finden. Wir sollten nicht mehr Aufmerksamkeit als nötig erregen. Geh zurück und ruf ihn an, falls er nicht da ist. Wenn er gerne den Hobbyermittler gibt, lässt er sich bestimmt nicht zweimal bitten. Oder willst du hier warten, während ich ihn hole?"

„Nee, nee, lieber nicht. Ich bin schon auf dem Weg."

Torge in St. Peter-Ording

Samstag, den 31. August

Wie immer in der Hauptsaison litt Torge Trulsen kaum unter Langeweile. Die *Weiße Düne* war um diese Zeit voll ausgebucht. Und auch wenn es für die meisten Menschen die schönste Zeit des Jahres sein sollte, waren viele gestresst. Nicht selten ließen sie ihre Überforderung mit der Gesamtsituation an den Angestellten der Ferienanlage aus. Kleine Probleme wurden aufgebauscht, überzogene Erwartungen taten ihr Übriges. Und das, obwohl seit Wochen herrliches Sommerwetter herrschte und die Bungalows einen gehobenen Standard aufwiesen und bestens gepflegt waren.

Während sich einige der Kollegen über die Urlauber ärgerten oder selbst stressen ließen, war Torge die Ruhe selbst und in seinem Element. Bis zu einem bestimmten Punkt konnte er seine

Feriengäste sogar verstehen. Alle hatten das Jahr über für den Urlaub an der Nordsee gearbeitet und waren es nicht gewohnt, vierundzwanzig Stunden am Tag aufeinander zu hocken. Bevor man seine Überforderung an der eigenen Ehefrau oder gar den Kindern ausließ, bekamen es eben die Mitarbeiter der *Weißen Düne* ab.

Torge lächelte in sich hinein. Er wusste genau, wie seine bessere Hälfte Annegret auf solche Gedanken reagieren würde. Hobbypsychologie! Als ob es nicht ausreichte, dass er sich gerne in die Ermittlungsarbeit der hiesigen Kriminalkommissare einmischte. Musste er sich darüber hinaus als Psychologe versuchen? Aber das tat er natürlich nur insgeheim und teilte seine Überlegungen höchstens mit seiner seuten Deern, auch wenn sie ihn regelmäßig damit aufzog.

Er wusste ja, wie wohl sie ihm gesonnen war. Annegret war überhaupt das Beste, was ihm je passiert war. Mit ihr an seiner Seite konnte er allem trotzen, sogar nörgelnden Feriengästen, die es in der Regel ohnehin nicht böse meinten. Man musste ihnen einfach gleichbleibend freundlich begegnen, dann brachte man sie manchmal sogar dazu, sich zu entschuldigen. Außerdem war jetzt Ende August und damit die anstrengendste Zeit des Jahres vorbei.

Zufrieden reckte Torge sich auf dem bequemen Bürostuhl in seinem fensterlosen Minibüro, das er liebevoll Kabuff nannte. Er hatte die Arbeitsaufträge für den morgigen Tag gecheckt und den Rechner runtergefahren. Herzhaft gähnend stellte er fest, dass es langsam wieder ruhiger wurde. Darüber würde sich natürlich auch Annegret freuen. Beide genossen es sehr, am Abend gemeinsam zu essen und sich gegenseitig von den Erlebnissen des Tages zu berichten.

Endlich Feierabend! Es war wieder ziemlich spät geworden! Torge rappelte sich aus dem Bürostuhl auf. Zeit, nach Hause zu fahren. Er wollte die Geduld seiner Frau nicht unnötig strapazieren.

Im gleichen Moment, in dem er den Brunnen in der Lobby umrundete, klingelte sein Smartphone. Ob es sich dabei um seine Annegret handelte, die wissen wollte, wann er endlich nach Hause kam?

Die Nummer auf dem Display war ihm unbekannt. Erstmalig in dieser Saison stieg Unwillen in ihm hoch. Es war fast 22 Uhr. Jetzt wieder mit einem Problemchen konfrontiert zu werden, das unbedingt noch heute aus der Welt geschafft werden musste, ging über seine Geduld. Manchmal verfluchte er es, dass seine Handynummer direkt an die Gäste weitergegeben wurde, aber im Arbeitsalltag war es einfach praktisch und unbürokratisch.

Er zögerte. Sollte er den Anruf auf die Mailbox laufen lassen und horchen, worum es sich handelte? Dann konnte er entscheiden, ob er sich heute oder erst morgen darum kümmerte. Noch ein kurzes Zögern, dann siegte sein Pflichtbewusstsein und er nahm das Gespräch an.

„Torge Trulsen, moin!"

„Hallo Herr Trulsen", fiel ihm eine aufgeregte Frau ins Wort. „Bitte entschuldigen Sie die späte Störung, aber ich brauche dringend Ihre Hilfe." Ihre Stimme überschlug sich.

Unwillkürlich runzelte Torge die Stirn. Was konnte so wichtig sein, dass es keinen Aufschub duldete und die Frau gleichzeitig derartig aufwühlte? Bevor er fragen konnte, fuhr sie fort.

„Herr Trulsen, es ist wirklich furchtbar! Sind Sie in der *Weißen Düne* oder können Sie sofort herkommen?"

„Frau ..., worum geht es denn überhaupt?"

„Siems, mein Name ist Helga Siems, bitte entschuldigen Sie. Ich ... ich habe zwei leblose Körper entdeckt. Können Sie mich in meinem Bungalow treffen?"

Torge wurde heiß. Leblose Körper in einem der Ferienhäuser? Das hörte sich alles andere als gut an. Sollte er sofort die Managerin Marina Lessing informieren oder sich erst selbst ein Bild machen?

„Herr Trulsen?"

„Ja, ich bin dran. Was meinen Sie mit leblos? Sind sie tot?" Er beschloss, erst mehr Fakten zu sammeln, bevor er Alarm schlug.

„Ja. Mein Mann ist sicher, dass jede Hilfe zu spät kommt", antwortete sie atemlos.

„Und Sie haben sie in Ihrem Bungalow gefunden?"

Das war ja ungeheuerlich!

„Nein! Oh, da habe ich mich wohl missverständlich ausgedrückt."

Die Erleichterung währte nur kurz. Immerhin schien es zwei Tote zu geben, das war auf jeden Fall eine Tragödie, auch wenn es nicht direkt die *Weiße Düne* betraf. Am besten folgte er dem Wunsch der Frau, wahrscheinlich fand er so am schnellsten heraus, was wirklich passiert war.

„Also gut, ich komme zu Ihnen, wo sind Sie jetzt genau?"

„Im Bungalow 42", kam die prompte Antwort.

Torge nickte, obwohl sie das natürlich nicht sehen konnte. „Bin in drei Minuten da." Daraufhin legte er einfach auf und holte einmal tief Luft.

Zwei Tote. Schon wieder! Ob es sich um Mord handelte? Sollte er gleich Knud und die Kommissarinnen anrufen oder bei seinem ursprünglichen Plan bleiben und sich erst selbst ein Bild von der Lage machen? Doch selbst wenn es sich um einen Unfall oder Freitod handelte, musste die Polizei kommen. Wieder zögerte er einen Augenblick.

Ach was. Auf ein paar Minuten kam es nicht an. Er hörte sich jetzt an, was die Frau zu sagen hatte. Es war besser, wenn er Knud mehr als lediglich vage Vermutungen präsentieren konnte.

Helga Siems wartete bereits in der offenen Tür. Sie zog ihn ins Haus Richtung Terrasse. Lagen die beiden Toten dort?

„Nun erzählen Sie erst mal, was passiert ist!", forderte er sie in einem Tonfall auf, der keinen Widerspruch duldete. Wenn er seinen Feierabend opferte, wollte er jetzt wissen, was überhaupt los war.

Sie nickte und wies auf die Sitzgruppe. Entgegen seiner Erwartung schwieg sie betroffen und blickte beschämt zu Boden. Hatte sie etwa selbst etwas mit dem Tod der beiden zu tun?

Obwohl er vor Ungeduld fast platzte, ließ er ihr ein wenig Zeit, um sich zu sammeln. Er würde es bestimmt gleich erfahren. Immerhin hatte sie ihn angerufen.

„Ich habe sie entdeckt", flüsterte sie schließlich. „Genau genommen bin ich quasi über sie gestolpert."

Torge verstand kein Wort. Über die Toten gestolpert?

„Dort." Zögernd hob sie ihre Hand und wies auf die Dünen, die an die Terrasse angrenzten.

So langsam verstand der Hausmeister.

„Es tut mir leid", setzte Helga Siems ihren Bericht fort. „Mir ist bewusst, dass es verboten ist. Ich habe dafür keine Entschuldigung. Aber nun trauen wir uns nicht, die Polizei zu rufen. Können Sie uns aus diesem Schlamassel helfen? Sie haben doch gute Beziehungen zu den Kommissaren."

Torge warf ihr einen prüfenden Blick zu. Wollte sie ihm schmeicheln und damit einwickeln? Oder war sie wirklich schuldbewusst? Sie schien ihren Ausflug ernsthaft zu bereuen – vielleicht lediglich wegen des schrecklichen Fundes. Aber das hatte auch sein Gutes. Immerhin waren die Leichname dadurch gefunden worden. Scheinbar schnell, denn bei einer bereits fortgeschrittenen Verwesung wäre sie bestimmt panischer gewesen.

„Gehen wir!", kommentierte er knapp.

„Sie helfen uns?"

„Zeigen Sie mir den Fundort. Danach sehen wir weiter. Wartet Ihr Mann dort?"

Sie nickte.

„Gut!"

Erstaunlich schnell und sicher führte sie ihn zu der Stelle, an der die Toten lagen. Offensichtlich verfügte sie über einen guten Orientierungssinn.

„Na endlich!", wurden sie von einem Mann mittleren Alters begrüßt, der ungeduldig von einem Fuß auf den anderen trat.

„Schneller ging es nicht", antwortete Torge beschwichtigend. „Torge Trulsen."

„Bruno Siems."

Erst als Torge seine Taschenlampe zückte, wurde ihm bewusst, dass er schon wieder mit Leichen konfrontiert wurde. Wie jedes Mal keimte die Angst, die Toten persönlich zu kennen. Aus diesem Grund musste er sich einen Moment mental stärken, bevor er den Lichtstrahl auf die Gesichter richtete.

„Heilige Sanddüne!", entfuhr es ihm.

„Kennen Sie sie?", mutmaßte Bruno Siems vorsichtig.

Torge nickte. „Ich kenne die junge Frau. Was sage ich: Eigentlich ist sie ja noch ein Mädchen, keine achtzehn Jahr alt. Was für eine Tragödie!"

„Das tut mir leid!", murmelte er. „Können wir jetzt gehen? Meine Frau hat sich sicherlich bereits bei Ihnen entschuldigt. Der Fehler ist uns bewusst und wir werden ihn nicht wiederholen."

„Die Polizei wird Sie als Zeugen brauchen. Vor dem Hintergrund dieser Tat verblasst Ihr Vergehen. Trotzdem wird es wohl eine Verwarnung geben."

Bruno Siems nickte schuldbewusst. „Das verstehen wir. Zu diesem Fall hier", er deutete auf die Körper, „können wir aber nichts beitragen. Wir haben sie durch Zufall gefunden. Sie waren bereits tot. Mehr wissen wir nicht. Immerhin habe ich die beiden bewacht, während meine Frau Sie verständigt hat. Wir hätten ja genauso gut einfach abhauen können."

Torge bedachte ihn mit einem strafenden Blick, war sich allerdings nicht sicher, ob sein Gegenüber ihn in der Dunkelheit überhaupt wahrnahm.

„Ich rufe jetzt die Polizei. Gehen Sie zurück zu Ihrem Bungalow und halten sich dort bereit. Falls Knud Petersen und seine Kolleginnen den Fundort nicht auf Anhieb finden, führen Sie sie hierher. Alles Weitere sehen wir später."

Nachdem Helga und Bruno Siems den Fundort verlassen hatten, musste sich Torge für einen Moment setzen, trotz der denkbar ungünstigen Umgebung. Die Erleichterung, nicht weiter über die Toten ausgefragt worden zu sein, wich schnell der Trauer und Beklemmung. Den Jungen kannte er nicht, aber das Mädchen war Jessi, die Tochter einer Kollegin.

Nicole Kramer arbeitete seit über fünfzehn Jahren als Kellnerin in der *Weißen Düne* und hatte ihm erst vor ein paar Wochen ihr Herz über den Lebenswandel ihrer Tochter ausgeschüttet. Sie war besorgt gewesen, Jessi könnte auf die schiefe Bahn geraten. Zumal diese plante, nach dem Abitur nach Hamburg zu ziehen, um sich dort an der Uni einzuschreiben. Nicole befürchtete darin lediglich einen Vorwand, um der Kontrolle der Mutter zu entkommen. Das ausschweifende Partyleben verbunden mit zahlreichen Männerbekanntschaften bereiteten Nicole schlaflose Nächte. Bestimmt hatte es häufig Streit gegeben.

Während Torge sich an weitere Einzelheiten des Gesprächs zu erinnern versuchte, rappelte er sich wieder auf und suchte in gebührendem Abstand mit den Augen den Boden ab. Natürlich wollte er keine Spuren zerstören und damit nicht nur den

Unwillen von Kommissarin Wiesinger erzeugen, sondern auch die Suche nach dem Täter erschweren.

Sein Blick fiel auf eine Flasche Schnaps – vermutlich Wodka – die fast leer war. Gläser gab es keine. Die beiden hatten ihn direkt aus der Flasche getrunken. Er leuchtete die beiden Toten mit der Taschenlampe an. Es waren keine Verletzungen zu erkennen. Der Mörder hatte sich wohl von hinten angeschlichen und dann zugeschlagen oder gestochen. Die Teenager waren sicherlich ausreichend alkoholisiert gewesen, um davon nichts mitzubekommen, bis es zu spät gewesen war. Was für eine feige Tat!

Oder gab es gar keine dritte Person, die für die Todesfälle verantwortlich war? Konnte das Drama sich zwischen den beiden abgespielt haben? War der junge Mann eifersüchtig auf seine Nebenbuhler gewesen und hatte Jessi vergiftet? Das würde allerdings bedeuten, dass er sich im Anschluss selbst das Leben genommen hatte. Konnte das sein oder handelte es sich dabei um eine abwegige These?

Sollte er zuerst Nicole verständigen und gleichzeitig über den Hintergrund befragen? Torge verwarf den spontanen Gedanken sofort wieder. Zuerst musste er die Kommissare verständigen. Und vielleicht war es besser, wenn Lilly Morgenroth und Charlotte Wiesinger es der Mutter mitteilten. So unter Frauen. Für ihn selbst würde sich später bestimmt eine Gelegenheit ergeben, mit Nicole zu schnacken. Vielleicht wandte sich die alleinerziehende Mutter sogar hilfesuchend an ihn. Über die letzten Jahre hatten sie ein locker freundschaftliches Verhältnis gepflegt. Torge hatte sie immer mal bei kleinen Reparaturen an ihrem Haus unterstützt. Ab und zu aßen sie zusammen in der Kantine zu Mittag.

Torge schob die kreisenden Gedanken beiseite und drückte auf die Kurzwahltaste, unter der Knuds Nummer gespeichert war. Mit großer Wahrscheinlichkeit erreichte er gleichzeitig Charlotte Wiesinger. Vermutlich war das Paar an einem Samstagabend nicht gerade erfreut über einen Leichenfund in ihrer Küstengemeinde, aber so war eben der Job.

Charlie in St. Peter-Ording

Samstag, den 31. August

Jede Wette, dass es sich bei dem Anrufer um Trulsen handelt", behauptete Kommissarin Charlotte Wiesinger während sie sich genüsslich auf dem Sofa räkelte. „Er soll verdammt sein, wenn er dir jetzt eine Leiche meldet", fügte sie hinzu. „Die Hitze des Tages und unsere Radtour haben mich wirklich geschafft."

„Bist du unter die Hellseher gegangen?", fragte Knud amüsiert. „Warum soll es ausgerechnet Torge sein?"

„Wer sonst würde uns am Samstagabend stören, wenn Lilly Bereitschaft hat?"

„Na, Lilly zum Beispiel", entgegnete er pragmatisch.

„Ich wette auf Trulsen", blieb Charlie bei ihrer Meinung. „Na? Raus damit! Wer ist der Übeltäter?"

„Leider muss ich dir recht geben, es ist Torge."

Charlie stöhnte. Das hatte nichts Gutes zu bedeuten, davon war sie sofort überzeugt. Trulsen war zwar eine Nervensäge, aber zu dieser Uhrzeit würde er nicht grundlos anrufen, nur um ein bisschen zu plaudern.

„Hey Kumpel! Was verschafft uns die Ehre?", nahm Knud das Gespräch an.

Charlie spitzte die Ohren. Vielleicht sprach der Hausmeister der *Weißen Düne* laut genug, dass sie gleich alles mitbekam. Es hatte eine Weile gedauert, bis sie die Freundschaft der beiden unterschiedlichen Männer verstand, die ihnen die ständige Einmischung des ambitionierten Hobbyermittlers bescherte. Was sie selbst leicht auf die Palme bringen konnte, fand Knud völlig normal. Auf dem Land half man sich eben gegenseitig und eine Zeitlang waren er und Fiete die einzigen Ermittler an diesem Küstenabschnitt gewesen. In dieser Phase war die inoffizielle Zusammenarbeit entstanden.

Trulsen schien aufgeregt zu sein. Wie Charlie es hasste, recht zu behalten. Wenn sie die Gesprächsfetzen richtig verstand, war es mit dem gemütlichen Abend vorbei. Wie schaffte es dieser Schwerenöter bloß immer wieder, gleich als Erster am Schauplatz eines Verbrechens zu sein? Im Stillen hoffte sie, dass es sich lediglich um etwas Harmloses handelte, aber alle Anzeichen sprachen dagegen. Noch einmal streckte sie sich, dann setzte sie sich auf und guckte Knud erwartungsvoll an.

Dieser beendete gerade das Telefonat. „Es gibt zwei Tote, wir müssen los. Ich erzähl dir die Details im Auto. Ruf bitte bei Lilly an, sonst fühlt sie sich übergangen. Sie kann selbst entscheiden, ob sie ebenfalls zum Fundort kommen will. Wir schaffen es auch alleine." „Ja, vor allem, weil wir ja Unterstützung von unserem Hilfssheriff haben", murmelte Charlie unzufrieden, als ob Trulsen schuld wäre, dass ihr gemütlicher Abend so jäh beendet wurde.

„Genau", bestätigte Knud grienend, wohl wissend, wie sehr er Charlie damit provozierte.

„Du könntest alleine hinfahren", sprang sie prompt darauf an.

„Klar, das könnte ich. Allerdings würdest du es bereits in fünf Minuten bereuen, träge auf dem Sofa liegengeblieben zu sein und die Ermittlung Torge zu überlassen."

„Beunruhigend, wie gut du mich mittlerweile kennst", gab Charlie grinsend zurück. „Gehen wir!"

Natürlich ließ es sich das jüngste Mitglied ihres Teams trotz des Samstagabends nicht nehmen, zum Fundort zu kommen. Lilly Morgenroth hatte sich perfekt ins Team eingefügt und war sich für keine Aufgabe zu schade. Sie traf zeitgleich an dem Bungalow ein, von dem aus sie zusammen in die Dünen aufbrechen wollten. Helga Siems erklärte ihnen knapp, in welche Richtung sie gehen sollten. Sie schien etwas eingeschüchtert und froh, nicht weiter befragt zu werden.

Weil Trulsen seine Taschenlampe eingeschaltet hatte, war der Fundort leicht zu finden. Die Spurensicherung und Gerichtsmedizin waren ebenfalls informiert worden. Letztere kamen aus Husum, das würde dauern. Zwei Kollegen der Spusi hingegen, die an diesem Abend Bereitschaft hatten, waren auf Eiderstedt unterwegs gewesen und trafen fast zeitgleich am Fundort ein.

„Torge Trulsen! Warum wundert es mich nicht, dich ebenfalls hier anzutreffen? Wenn ich richtig informiert bin, bist du quasi über die Leichen gestolpert. Was hast du denn hier in den Dünen verloren - noch dazu zu dieser Uhrzeit?", nahm einer von ihnen den Hobbyermittler aufs Korn.

Charlie fragte sich unwillkürlich, wie viel Ernst in dieser Fopperei lag. Vielleicht waren Lilly und sie nicht die Einzigen, die sich über die permanente Einmischung ärgerten. Die junge Kollegin feixte, während Trulsen in Verteidigungshaltung ging.

„Du weißt genau, Hinnerk, dass du mir damit Unrecht tust", antwortete er empört.

„Ach ja? Wie kommt es dann, dass du wieder als Erster hier herumwuselst?"

Trulsen setzte zu einer Antwort an, schien es sich aber zu überlegen. „Das ist eben mein Ermittlergen", entgegnete er selbstbewusst. „Also, was ist nun mit den Toten? Gibt es Fremdeinwirkung?", lenkte er schließlich vom Thema ab.

Während der Spurensicherer seine Arbeit aufnahm und Lilly ihm dabei über die Schulter guckte, entfernten sich Torge, Knud und Charlie ein paar Meter.

„Knud sagte, Sie kennen die Toten?", fragte die Kommissarin.

„Nur das Mädchen, und das auch nur flüchtig. Eigentlich kenne ich die Mutter." Torge berichtete, was er wusste.

„Nicole Kramer hat Ihnen also von ständig wechselnden Männerbekanntschaften berichtet? Darin könnte auf jeden Fall ein Mordmotiv begründet sein. Eifersucht, verletztes Ego und Zurücksetzung stehen ganz oben als Auslöser für eskalierende Dramen. Also war dieser junge Mann nur einer von vielen?"

„So habe ich es jedenfalls verstanden", bestätigte Torge.

„Wann haben Sie zuletzt mit der Mutter darüber gesprochen?"

Trulsen druckste ein wenig herum. „Na ja, ein paar Wochen ist es her, aber es schien kein neues Problem zu sein, sondern sich eher immer weiter zu manifestieren. Nicole sagte, Jessi und sie hätten bis vor circa zwei Jahren ein wirklich gutes, vertrauensvolles Verhältnis gehabt. Vielleicht weil sie so lange zu zweit gewesen sind. Jessis Vater hat sich aus dem Staub gemacht, als sie vier Jahre alt war", fügte er ergänzend hinzu.

„Sie kennen die Familienverhältnisse ausgesprochen gut", wunderte sich Charlie.

Eine leichte Röte zog über Trulsens Gesicht. „Sie wissen ja, wie hilfsbereit ich bin. Nein zu sagen, fällt mir eben schwer."

„Das ist eine Ihrer positiven Eigenschaften", bemerkte sie trocken. „Aber bleiben wir beim Thema. Nicole Kramer hat sich also Sorgen um ihre Tochter gemacht und es mit der Fürsorge vielleicht ein wenig übertrieben, so dass Jessi ausbrechen wollte. War die Einschreibung an der Uni wirklich nur ein Vorwand oder hat Nicole das lediglich vermutet?"

„Das kann ich Ihnen nicht beantworten, Kommissarin Wiesinger. Da müssen Sie selbst mit ihr sprechen."

„Das werden wir. Nannte sie Namen, als sie über die wechselnden Männer berichtete, mit denen Jessi Umgang pflegte? Hat sie diesen jungen Mann erwähnt?" Charlie deutete in die Richtung, in der die beiden Toten lagen.

„Nein, sie nannte keine Namen. Ich bin mir nicht sicher, ob sie überhaupt welche kannte. Ich hatte eher den Eindruck, dass Jessi sie nicht einweihte, sondern sich immer weiter von ihr entfernte. Manchmal kam sie sogar nachts nicht nach Hause. Darüber war Nicole erbost, aber es hat sie gleichzeitig traurig gemacht. Nach all den Jahren des engen Verhältnisses enttäuschte es sie, wie sich die Tochter ihr gegenüber verhielt." Trulsen schien dafür Verständnis zu haben.

„Okay, das ist ein Anfang. Haben Sie die Adresse von Nicole Kramer?"

„Ja, ich schreib sie Ihnen auf", bot Trulsen an.

Charlie nickte. Die Todesnachrichten zu überbringen, gehörte zu den unangenehmen Aufgaben ihres Jobs. Trotzdem würde es der nächste Schritt sein, die Eltern zu informieren.

„Gut, das wäre alles, Trulsen. Vielen Dank! Komm Knud, gucken wir mal, wie weit die Spusi ist. Wäre hilfreich, wenn der Junge Papiere bei sich hat. Und ich möchte wissen, ob wir es mit Fremdeinwirkung zu tun haben."

Auch wenn Trulsen quasi entlassen war, dachte er überhaupt nicht daran, den Fundort zu verlassen. Charlie konnte sich vorstellen, was ihm gerade durch den Kopf ging. Er war als Erster hier gewesen und das gab ihm quasi das Recht, Teil der Ermittlungen zu sein. Längst regte sie sich nicht mehr darüber auf, auch wenn es manchmal nervte. Solange er ihnen nicht aktiv dazwischenfunkte, konnte er bleiben. In der Vergangenheit war seine Beteiligung oft hilfreich gewesen. Charlie hatte sich an ihn gewöhnt und spätestens, seit er ihr das Leben gerettet hatte, mochte sie ihn sogar. Das klang berechnend, aber so war es eben.

„Wir sollten diese Aussagen nicht überbewerten", schaltete sich Lilly wieder ins Gespräch ein. Offensichtlich hatte sie aus der kurzen Entfernung mitgehört. „Nur weil Trulsen die Mutter des Mädchens und damit ein wenig über ihren Hintergrund kennt, heißt das lange nicht, dass dieser Mord wegen Jessi passiert ist. Ihr wisst selbst, wie Mütter von Teenagern übertreiben. Mir ist es jedenfalls in guter Erinnerung", bemerkte sie mit einem Augenzwinkern, „und für meine Mutter war es bestimmt eine anstrengende Zeit. Ich hatte zwar nicht andauernd einen neuen Freund, bin aber oft später als vereinbart – oder sagen wir mal: vorgegeben – nach Hause gekommen. Sie hatte nicht nur Angst, dass ich früh schwanger werde, sondern befürchtete schlechten Umgang, Abrutschen der Noten bis hin zum Schmeißen des Schulabschlusses. Alles völlig unbegründet. Also lasst uns anhören, was Nicole Kramer zu sagen hat, aber es gleichzeitig nicht überbewerten." Lilly beendete ihre flammende Rede und guckte sich in der Runde um. Schließlich grinste sie breit. „Ich weiß, Ihr seid erfahrene Ermittler, ich mein ja nur so."

„Du hast absolut recht. Wir werden genauso mit Lehrern und Mitschülern reden. Gleiches gilt natürlich für sein Umfeld. Was wissen wir von ihm?"

„Bei dem toten Jungen handelt es sich um Lukas Wagner, gerade mal achtzehn Jahre alt, wohnhaft in St. Peter-Böhl", erklärte Lilly. „Wenn er ein Portemonnaie besaß, wurde es geklaut, auch sein Handy ist verschwunden. Ich halte es für unwahrscheinlich, dass er keins dabeihatte. Es könnte sich also schlicht um einen Raubmord handeln."

„Und woher kennst du die Identität?"

„Sein Perso steckte einzeln in seiner Hosentasche."

„Merkwürdig. Und wie sieht es bei dem Mädchen aus?"

„Jessi Kramer."

„Ja, das habe ich mitbekommen. Habt Ihr bei ihr irgendwelche Wertsachen gefunden?"

„Nein, nichts. Nicht einmal einen Perso. Ohne Trulsen wüssten wir nicht, wen wir vor uns haben." Ganz offensichtlich fiel es Lilly schwer, das zuzugeben, zumal sich der Hobbyermittler nach wie vor in Hörweite befand.

„Ein Raub ist also nicht auszuschließen. Vielleicht eine komplett willkürliche Tat. Das müssen wir als mögliches Motiv in Betracht ziehen. Und du hast eben von Mord gesprochen. Es gibt also Fremdeinwirkung?", wollte Charlie wissen.

„Ja, und zwar ziemlich heftig. Beide haben Schläge auf den Kopf bekommen. Die waren aber nicht tödlich, sondern haben die Opfer lediglich außer Gefecht gesetzt. Schaut selbst: Beide wurden mit mehreren Messerstichen attackiert."

Knud gab einen zischenden Laut von sich. Von allen im Team konnte er mit dem Anblick von Gewalt am schlechtesten umgehen. Eine Eigenschaft, die Charlie an ihm mochte.

„Warum hat der Täter die Körper wieder umgedreht, so dass die Verletzungen auf den ersten Blick nicht zu sehen waren?", überlegte Charlie laut, ohne darauf eine Antwort zu erwarten.

„Mich beschäftigt viel mehr, wer dieser Lukas war. Ob es sich um einen Mitschüler von Jessi handelt oder sie ihn woanders kennengelernt hat. Anhand der Adresse lässt sich ableiten, dass er mit großer Wahrscheinlichkeit bei seinen Eltern wohnt. Ich kenne die Gegend. Dort stehen lediglich Einfamilienhäuser. Ich habe sie bereits notiert, damit wir sie informieren können."

Charlie nickte bestätigend. „Lass uns einen Moment bei den Messerstichen bleiben. Wie viele sind es pro Leichnam?"

„Äh, das weiß ich nicht, ist das wichtig?", ging Lilly sofort in Verteidigungshaltung. Die Nachwuchskommissarin hasste es, bei einem Fehler oder einer Nachlässigkeit entlarvt zu werden.

„Das müssen wir herausfinden. Auf jeden Fall lässt es auf eine besondere Wut schließen. Also wahrscheinlich eine Tat aus Leidenschaft. Meist ist bereits der erste oder zweite Stich tödlich. Bei dem Rest handelt es sich einfach um blinde Wut, die abreagiert wird."

„Hhm, das mag ja sein, aber wusste der Täter das? Vielleicht wollte er auf Nummer sicher gehen", gab Lilly zu bedenken.

„Es sind viele Stiche", mischte sich Hinnerk in die Überlegungen ein. „Das Mädchen hat zwölf und der Junge zehn Stiche abbekommen. Alle gut gezielt in die Herzgegend. Alles Weitere dazu muss die Gerichtsmedizin herausfinden. Wo bleiben die eigentlich? Müssten doch längst da sein. Haben wohl keinen Bock, am Samstagabend zu arbeiten. Augen auf bei der Berufswahl sage ich da nur."

Für Charlies Geschmack war der Spurensicherer etwas zu salopp unterwegs. Immerhin lagen vor ihnen zwei sehr junge Menschen, die vor Kurzem brutal niedergestochen wurden. Aber vielleicht waren die Sprüche nur ein Schutzschild. Dieser Hinnerk war ziemlich neu bei der Truppe.

Nicole in Garding

Sonntag, den 1. September

Nicole Kramer fühlte sich erschöpft. Aufgrund des allgemeinen Personalmangels hatte sie in den letzten beiden Monaten unglaublich viele Überstunden geleistet. Manchmal beschlich sie ein schlechtes Gewissen, weil sie sich dadurch weniger um Jessi kümmern konnte. Ihrer Tochter kam das gerade recht, insbesondere in den Ferien war sie ständig unterwegs, feierte Partys und kam oft nicht mal nachts nach Hause.

Immerhin hatte sie das Schuljahr mit besten Noten abgeschlossen. Jessi war intelligent. Sie brauchte sich kaum ins Zeug zu legen, um gut in der Schule mitzukommen. Trotz des Lotterlebens, wie Nicole es insgeheim nannte, schien ihr ein guter Abschluss wichtig zu sein. Das war immerhin ein Lichtblick in ihrer schwierigen Situation.

Trotzdem fühlte sich Nicole ständig hin- und hergerissen. Auf der einen Seite wollte sie ihrem Arbeitgeber mit Loyalität begegnen. Sie arbeitete gerne in der *Weißen Düne* und die Konditionen waren fair. Außerdem konnte sie das Geld gut gebrauchen. Auf der anderen Seite war sie dadurch weniger für Jessi da. Und auch wenn ihre Tochter sich gerade entfernte, war diese noch nicht ganz volljährig und brauchte ihre lenkende Hand. So wie sich die Dinge gerade entwickelten, vermutlich mehr denn je.

Nicole befürchtete, dass Jessi durch ihren Lebensstil an den Falschen geraten könnte. Was das genau bedeutete, konnte sie gar nicht sagen, aber es wirbelten Stichworte wie Drogen, Prostitution und Abhängigkeit durch ihren Kopf. Sie hatte all die Jahre versucht, ihrer Tochter den Vater zu ersetzen, aber im Grunde war das natürlich unmöglich. Und mit anderen Männern hatte sie einfach Pech gehabt.

Am gestrigen Abend war sie um 21 Uhr nach Hause gekommen, aber völlig fertig gewesen. Sie hatte sich einen Joghurt geschnappt und war kurz darauf vor dem Fernseher eingeschlafen. Als sie gegen zwei wieder wachwurde, war sie gewohnheitsmäßig zu Jessis Zimmer gegangen, um zu gucken, ob ihre Tochter in dieser Nacht nach Hause gekommen war. Obwohl sie es am Samstag kaum anders erwartet hatte, spürte sie Enttäuschung. Jessi hielt es nicht einmal mehr für nötig, sich abzumelden oder mitzuteilen, wo sie übernachtete.

Trotz der Müdigkeit wurde Nicole wütend. Wie stand sie selbst als Mutter da, wenn sie nicht wusste, wo ihre minderjährige Tochter die Nächte verbrachte? Hatte sie sich in letzter Zeit zu wenig gekümmert? War das alles ihre Schuld? War sie überfordert oder hatte sie etwa bereits resigniert?

So konnte es nicht weitergehen! Die schlimmsten Monate der Hauptsaison waren vorbei und Nicole nahm sich fest vor, wieder weniger zu arbeiten und sich mehr um Jessi zu kümmern. Es gab ja nur sie beide. In solchen Augenblicken sehnte sich Nicole nach einem Mann an ihrer Seite. Eine Unterstützung bei der Erziehung ihrer Tochter und einfach eine starke Schulter, an die sie sich anlehnen konnte, wenn ihr alles zu viel wurde.

Aber das konnte sie vergessen. Ein Mann war weit und breit nicht in Sicht. Also musste sie es alleine schaffen. Darin hatte sie immerhin jahrelange Übung. In dieser Nacht konnte sie nichts mehr ausrichten. Jetzt bei Jessi anzurufen, brachte überhaupt nichts – außer vielleicht Ärger. Morgen würde sie frei haben. Endlich! Wenn sie ein paar Stunden schlief, kam die Energie bestimmt zurück. Dann konnte sie sich um ihre Tochter kümmern. Entweder tauchte sie auf oder Nicole würde sie anrufen.

Trotz des konkreten Plans und des Versuchs, sich selbst zu beruhigen, schlief Nicole in dieser Nacht schlecht. Immer wieder schreckte sie hoch, lief unruhig durchs Haus, pendelte dabei zwischen der Küche und Jessis Zimmer hin und her. Aber ihre Tochter tauchte nicht auf.

Als Nicole schließlich gegen neun Uhr aufwachte, fühlte sie sich gerädert. Um die Müdigkeit zu vertreiben, startete sie mit einer Wechseldusche und einem doppelten Espresso in den Tag. Die erhoffte Wirkung blieb allerdings aus.

Gegen halb zehn versuchte sie zum ersten Mal an diesem Tag, ihre Tochter telefonisch zu erreichen. Sofort ging die Mailbox an, was untypisch war. Das Smartphone war Jessis wichtigstes Kommunikationsmittel, das sie niemals ausschaltete. Beunruhigt überlegte Nicole, was das zu bedeuten hatte. Natürlich konnte der Akku leer sein. Gern würde sie daran glauben, aber es kam ihr unwahrscheinlich vor. Sie kannte ihre Tochter. Jessi war strukturiert und zog das durch, was ihr wichtig war. Aber welchen Grund sollte es sonst dafür geben?

War Jessi in ein Funkloch geraten? Würde sie Nicole anrufen, wenn sie wieder ein Netz hatte, wenn sie ihre Tochter darum bat? Schaden konnte es nicht. Also verschickte sie eine Nachricht über WhatsApp, wobei sie auf eine vorwurfsfreie Ausdrucksweise achtete.

Um sich zu beschäftigen, bereitete sie sich ein Rührei zu, stocherte dann aber appetitlos darin herum. Obwohl sie sich so sehr auf ihren freien Tag gefreut hatte, wusste sie nun nichts damit anzufangen. Ihre Sorge um Jessi stieg mit jeder Minute, selbst wenn es ihr übertrieben vorkam. Es war schließlich nicht das erste Mal, dass ihre Tochter, ohne sich zu melden, über Nacht wegblieb. Allerdings war sie bisher wenigstens erreichbar gewesen.

Als die Türglocke ertönte, schreckte Nicole aus ihren Gedanken. Hatte Jessi ihren Schlüssel vergessen oder verloren? Wer sollte sie sonst an einem Sonntagmorgen aufsuchen?

Sie stand so eilig auf, dass sie fast den Teller mit dem kaum angerührten Ei vom Tisch gerissen hätte. Sie hastete zur Tür, wurde in der Erwartung, ihre Tochter zu sehen, jedoch jäh enttäuscht.

Statt Jessi standen dort zwei Frauen, eine brünett mit wilden Locken, die andere wesentlich jünger, blond mit rosafarbenen Strähnen, dazu ein Piercing an der Nase. Trotz dieser Erscheinung wirkte sie nicht wie eine Freundin von Jessi, die andere erst recht nicht. Was wollten sie also von ihr?

„Ja?"

„Moin! Sind Sie Nicole Kramer?", fragte die Ältere.

„Ja." Ihr ungutes Gefühl des Morgens verstärkte sich. Bevor sie jedoch weiter darüber nachdenken konnte, was die beiden Frauen von ihr wollten, klärte eine von ihnen die Situation auf.

„Bitte entschuldigen Sie die frühe Störung, aber wir müssen mit Ihnen sprechen. Ich bin Kommissarin Charlotte Wiesinger und das ist meine Kollegin Lilly Morgenroth."

Polizei! Das hatte nichts Gutes zu bedeuten. Hatte Jessi etwas ausgefressen? Oder war ihr etwas zugestoßen? Hoffentlich bewahrheiteten sich nicht ihre schlimmsten Befürchtungen!

„Ja?" Mehr brachte sie nicht heraus.

„Dürfen wir hereinkommen?"

„Ja, sicher. Es ist allerdings nicht besonders ordentlich." Als ob das wichtig wäre! Nicole führte die unerwarteten Besucherinnen mit zitternden Knien ins Wohnzimmer. „Möchten Sie was trinken?"

„Nein, danke. Setzen Sie sich bitte."

„Geht es um Jessi?" Die Frage schien überflüssig, aber sie musste sie stellen.

„Es tut uns ausgesprochen leid, Frau Kramer, aber Ihre Tochter wurde gestern Abend tot aufgefunden."

Der Boden begann zu schwanken, in ihren Ohren rauschte es. Die Kommissarin bewegte weiter die Lippen, aber Nicole konnte nicht mehr verstehen, was sie sagte. Schließlich wurde ihr schwarz vor Augen. Ihr letzter Gedanke war: Das muss sich um einen Irrtum handeln!

Als sie ihre Umgebung wieder wahrnahm, spürte sie den stützenden Arm der Kommissarin, die sie besorgt anschaute.

„Geht es wieder? Hier, trinken Sie einen Schluck Wasser."

Nicole nahm das Glas, verschüttete ein wenig und trank dann in gierigen Schlucken. „Danke."

„Gern."

Sie schloss kurz die Augen. Schlagartig kam die Erinnerung an die Worte der Kommissarin zurück. „Sind Sie sicher, dass es sich um Jessi handelt?", fragte sie schließlich.

„Ja, leider. Sie ist am Fundort identifiziert worden."

„Identifiziert worden? Von wem denn?"

„Von ihrem Kollegen Torge Trulsen."

„Von Torge? Wo ist Jessi denn gefunden worden? Was ist überhaupt passiert? Ich verstehe das nicht!" Ihre Stimme wurde schriller, schließlich brach sie in Tränen aus.

Langsam und geduldig erzählte Kommissarin Wiesinger, was in der letzten Nacht geschehen war, während die junge Kollegin sie voller Mitgefühl betrachtete.

„Kennen Sie Lukas Wagner?"

Nicole schüttelte den Kopf. „Jessi hat mir ihre Freunde nicht vorgestellt, jedenfalls nicht die männlichen. Hhm, genau genommen niemanden. Ich weiß nicht einmal, ob sie überhaupt eine gute Freundin hatte. Früher ja, aber in den letzten Jahren ...", überlegte sie laut. Es klang nicht gerade nach einer fürsorglichen Mutter, was sollten die Kommissarinnen bloß von ihr denken?

„Hat sie Lukas erwähnt? Wissen Sie, ob er ein Mitschüler Ihrer Tochter war?"

„Vielleicht hat sie den Namen mal fallen gelassen, aber solche Gespräche über ihre Freunde kamen in letzter Zeit immer seltener vor. Wissen Sie, genau das war unser Konfliktthema." Nicole war es mittlerweile egal, was die beiden von ihr dachten. Es tat gut, endlich mit einer Frau darüber zu sprechen. Außerdem lenkte es sie von der schrecklichen Nachricht ab. Noch war sie nicht in der Lage, diese als Wahrheit zu akzeptieren. „Ich habe mir große Sorgen über ihren Umgang gemacht."

„Aber wenn sie wenig erzählt hat, wie kamen Sie darauf, dass sie zahlreiche Männerbekanntschaften unterhielt? Vielleicht war es einfach eine Clique."

Sie bedachte die junge Kommissarin, deren Namen sie vergessen hatte, mit einem tadelnden Blick. „Es ist natürlich einfacher, alles zu verharmlosen. Wäre für mich ebenfalls unkomplizierter gewesen. Wissen Sie, ich bin seit ewiger Zeit alleinerziehend und ich arbeite viel. Alles unter einen Hut zu bekommen, ist schwierig genug. Manchmal hätte ich gerne einfach weggesehen, aber meine Tochter ist ... war mein Ein und Alles." Wieder tropfte die furchtbare Wahrheit in ihr Bewusstsein. „Ich habe alles für Jessi getan, was in meiner Macht lag, aber in den letzten zwei Jahren ist sie mir immer mehr entglitten." Sie legte eine Pause ein und trank einen weiteren Schluck Wasser.

Die junge Kommissarin schien skeptisch. Voller Mitgefühl, aber skeptisch, was ihre Erklärungen betraf. Das ärgerte Nicole.

„Haben Sie Kinder?", fragte sie herausfordernd.

„Nein."

„Vielleicht werden Sie an meine Worte denken, wenn Sie eine Tochter im späten Teenageralter haben." Es wirkte unfreundlich, aber Nicole konnte sich die Bemerkung nicht verkneifen.

„Das ist bestimmt nicht leicht", übernahm Kommissarin Wiesinger wieder. „Aber wenn Jessi Ihnen nicht viel erzählt hat, wie kommen Sie darauf, dass sie ihre Freunde häufig wechselte?"

Die Polizistin sprach in sanftem Ton und guckte ihr verständnisvoll direkt in die Augen. Nicole war sich nicht sicher, ob ihr Mitgefühl echt oder geheuchelt war, aber sie brauchte eine Freundin. Nein, die würde sie in der Kommissarin nicht finden, aber zumindest jemanden, der sie ernst nahm und unterstützte. Jemanden, der sie nicht verurteilte, sondern auf ihrer Seite war. Sie musste sich ihr anvertrauen, sie hatte keine andere Wahl.

„Es begann eine Weile nach ihrem sechzehnten Geburtstag. Da habe ich durch Zufall in ihrem Zimmer die Pille entdeckt." Nicole wurde heiß, bestimmt bekam sie ein knallrotes Gesicht. Sie war eine schlechte Lügnerin. Aber offen zugeben, dass sie in dem Zimmer der eigenen Tochter herumgeschnüffelt hatte, ging über ihre Kraft. „Mit sechzehn!", versuchte sie, ihren Fauxpas zu kaschieren.

„Haben Sie sie darauf angesprochen?"

„Ja, leider muss ich wohl sagen. Erst habe ich es für mich behalten und sie beobachtet. Dabei natürlich gehofft, dass sie es mir von sich aus erzählt. Ich war schockiert, für mich war sie immer noch mein kleines Mädchen. Mit einer derart frühen sexuellen Aktivität hatte ich nicht gerechnet."

Die junge Kommissarin verzog leicht das Gesicht, schwieg allerdings.

„Bin ich altmodisch?", verteidigte sich Nicole daraufhin. „Ist es heutzutage üblich?"

„Das ist wohl sehr unterschiedlich", antwortete Kommissarin Wiesinger diplomatisch. „Sie haben also zuerst geschwiegen, Ihre Tochter aber irgendwann doch darauf angesprochen?"

„Leider erwischte ich dafür einen denkbar ungünstigen Zeitpunkt. Wir haben uns gestritten. Sie wurde unfair und hat mich verletzt, da habe ich es ihr entgegengeschleudert. Sofort nachdem es ausgesprochen war, habe ich es bereut, aber natürlich konnte ich es nicht mehr zurücknehmen."

„Und wie kamen Sie darauf, dass Jessi mehr als einen festen Freund hatte?" „Ich habe sie gefragt, ob sie ihn mir vorstellen will. Das war, bevor alles eskalierte."

„Was sie aber abgelehnt hat?"

„Abgelehnt? Ausgelacht hat sie mich. Wieso soll sie sich in ihren jungen Jahren an einen Typen binden und sich von ihm stressen lassen? Das waren ihre Worte. Sie wollte sich amüsieren. Sie erklärte, dass ich das verstehen müsste. Immerhin hielt ich es selbst mit keinem Mann länger als ein paar Monate aus. Das entsprach nicht ganz der Wahrheit. Ich hätte mich trotzdem nicht dermaßen provozieren lassen sollen. Was wusste sie mit sechzehn schon über dauerhafte Beziehungen? Ach, hätte ich mich bloß anders verhalten! Verständnisvoller, erwachsener. Vielleicht wäre sie dann noch am Leben!" Nicole musste sich alle Mühe geben, um nicht wieder in Tränen auszubrechen. „Kann ich zu ihr? Ich muss mit eigenen Augen sehen, dass sie tot ist, sonst kann ich es nicht glauben."

„Das ist sicherlich in der kommenden Woche möglich. Am besten wenden Sie sich direkt an die Gerichtsmedizin in Husum und vereinbaren dort einen Termin."

Nicole nickte.

„Kam es vor, dass Jessi ihr Smartphone zu Hause ließ?", fragte Kommissarin Wiesinger weiter, obwohl Nicole sich erschöpft fühlte und eigentlich lieber ihre Ruhe gehabt hätte.

„Nein."

„Wir haben es nicht bei ihr gefunden."

„Dann hat es der Täter bestimmt mitgenommen."

„Ja, das ist möglich. Hat Jessi Tagebuch geführt?"

„Nicht, dass ich wüsste. Wenn, hat sie es gut versteckt. Oder ihr Smartphone dafür genutzt. Jessi hat alles mit diesem Ding gemacht. Deshalb hatte sie es immer dabei." Nicole spürte einen Anflug von Kopfschmerzen und rieb sich instinktiv über die rechte Schläfe. Wenn sie nicht bald zur Ruhe kam, würde er sich zu einer handfesten Migräne entwickeln. Darauf konnte sie gut und gerne verzichten. Wie wurde sie bloß die Polizistinnen los?

„Dürfen wir einen Blick in Jessis Zimmer werfen? Mit Glück finden wir irgendetwas, das auf den Täter hinweist."

„Wirklich? Ist das nicht äußerst unwahrscheinlich?" Ihr Unwillen stieg mit dem anschwellenden Schmerz.

„Es dauert bestimmt nicht lange", versuchte die Kommissarin, sie zu beruhigen. „Sagen Sie uns einfach, wo wir das

Zimmer finden. Zwischenzeitlich können Sie sich ein wenig ausruhen."

Offensichtlich hatte sie keine Wahl. „Die Treppe rauf, erste Tür rechts. Es ist ziemlich unordentlich."

„Wie bei allen Teenagern."

Lilly in St. Peter-Böhl

Sonntag, den 1. September

Im Zimmer des Mädchens herrschte ein sagenhaftes Chaos. Außer unglaublich vielen Klamotten und Schminkutensilien hatten die Kommissarinnen nichts gefunden. Nichts, das sie irgendwie weiterbrachte. Lilly fragte sich unwillkürlich, wie Jessi sich das alles leisten konnte. Das Gehalt ihrer Mutter reichte dafür bestimmt nicht aus. War Jessi wirklich nur auf ihren Spaß bedacht oder hatte sie mit ihren sexuellen Aktivitäten etwa Geld verdient? Diese These war ungeheuerlich. Lilly behielt sie erst mal für sich.

„Sag mal, was war denn eben mit dir los?", riss Charlie sie aus ihren Gedanken, als sie wieder im Wagen saßen.

„Was meinst du damit?"

„Na ja, besonders empathisch bist du der Frau nicht gerade begegnet. Immerhin hat sie gerade ihre Tochter verloren." Es hörte sich vorwurfsvoll an und die Kollegin meinte es bestimmt so.

„Reicht doch, wenn eine von uns butterweich ist", erwiderte sie trotzig.

Charlie hatte gerade den Motor gestartet, machte ihn aber gleich wieder aus. „So kenne ich dich gar nicht!" Sie drehte sich zu Lilly und guckte ihr direkt in die Augen. „Hat deine schlechte Laune etwas mit dem Fall zu tun oder gibt es einen anderen Grund?"

„Nee, sonst ist alles in Butter." Lilly zögerte. Sollte sie Charlie ihren Eindruck wiedergeben oder hatte die Kollegin dafür ohnehin kein offenes Ohr? Eigentlich waren die beiden Kommissarinnen zu einem super Team zusammengewachsen und Charlie vertraute ihr. Eigentlich. Was es eigentlich gar nicht gibt.

„Raus mit der Sprache. Du erzählst mir sonst alles, was in dir vorgeht."

„Meinst du?" Lilly grinste die Kollegin an, wurde aber schnell wieder ernst. „Ich traue der Mutter nicht übern Weg", stellte sie schließlich klar.

„Was meinst du damit?", wiederholte Charlie ihre Worte.

„Hhm, schwer zu sagen. Ist nur ein Bauchgefühl." Lilly überlegte, wie sie sich am besten ausdrücken sollte. „Warum kennt sie nicht einmal die beste Freundin ihrer Tochter?"

„Wenn ich mich richtig erinnere, meinte sie, Jessi wäre schon immer lieber mit Jungs zusammen gewesen."

„Ja, das hat sie gesagt, aber entspricht es den Tatsachen? Ich kann mir kaum vorstellen, dass Jessi keine wirklich gute Freundin besaß. Jedes Mädchen und jede Frau hat eine beste Freundin! Oder etwa nicht?", hakte sie nach, als Charlie keine Antwort gab.

„Doch, ich glaube schon."

„Na, also."

„Und was leitest du davon ab?"

„Sie kennt ihre Tochter gar nicht richtig", behauptete Lilly voller Überzeugung.

„Lilly, Nicole arbeitet in der Gastro im Schichtdienst. Wir haben Hauptsaison und sie ist alleinerziehend. Ihre Tochter war ein Teenager, der gerade die Grenzen auslotet und sich möglichst viele Freiheiten nimmt. Was erwartest du von der Frau? Sie kann ihre Tochter weder überwachen noch irgendwo festketten." Charlie war komplett anderer Meinung.

„Darum geht es nicht. Also gut, ich sage dir klipp und klar, was ich denke: Nicole Kramer hat kein Interesse an ihrer Tochter gehabt. Wahrscheinlich war sie froh über Jessis Selbständigkeit. Immerhin hat sie trotz allem gute Noten nach Hause gebracht. Und das hat ihrer Mutter ausgereicht!"

„Du liebe Güte, das sind aber harte Vorwürfe! Woher nimmst du die bloß?"

„Sage ich doch: Bauchgefühl. Mit der Frau stimmt was nicht."

„Klingt fast so, als würdest du sie des Mordes an ihrer eigenen Tochter verdächtigen." Charlie klang überrascht.

„Findest du das wirklich so abwegig?", hielt Lilly dagegen.

„Ja, schon. Welches Motiv sollte sie haben?" Charlie schien fassungslos.

„Tja, dafür brauche ich mehr Hintergrundinformationen. Aber wie du sagst: Überforderung, Respektlosigkeit der Tochter. Vielleicht hat es bereits Diebstähle oder sonstige Vergehen gegeben."

„Das klingt für mich ehr nach Seemannsgarn als nach einem Mordmotiv. Denk an diese Wut. Das war eindeutig eine Tat aus Leidenschaft. Und da wohl niemand mit einem großen scharfen Messer einen harmlosen Spaziergang durch die Dünen macht, sieht es nach einer geplanten Tat aus. Das traue ich der Mutter überhaupt nicht zu."

„Wie dem auch sei. Wir werden es in Erfahrung bringen. Hören wir uns erst mal an, was die Eltern von Lukas zu sagen haben. Ich hoffe, dass die ihren Sohn und seinen Umgang besser kennen!", schloss Lilly die Gesprächsrunde.

Wenig später kamen sie bei der Adresse der Familie Wagner an. Es handelte sich um ein repräsentatives Haus im Ortsteil Böhl. Ganz offensichtlich verdiente mindestens ein Elternteil anständig – oder es handelte sich um altes geerbtes Geld.

Lilly warf Charlie einen Seitenblick zu. Wenn diese auf zu viel Wohlstand traf, konnte sie leicht knurrig werden.

„Soll ich dieses Mal die Gesprächsführung übernehmen?", fragte sie vorsichtig.

Charlie grinste. „Schon gut. Nicht jeder, der mehr Geld als ich besitzt, ist mir automatisch unsympathisch. Hast du dich wieder im Griff?"

„Okay, wir machen es gemeinsam", wich Lilly aus. Sie konnte selbst nicht sagen, warum sie auf die Toten so empfindlich reagierte. Vielleicht, weil sie so jung waren.

Auf ihr Klingeln wurde die Tür relativ schnell von einem Mann geöffnet. Trotz des Sonntags sah er wie aus dem Ei gepellt aus, war groß, schlank und trainiert. Lilly schätzte ihn auf Ende vierzig.

Wieder wurden sie nach der Vorstellung ins Wohnzimmer geführt, das jedoch doppelt so groß wie das von Nicole Kramer war und durch eine breite Fensterfront den Blick in einen ebenfalls großen und überaus gepflegten Garten gewährte. Die moderne Einrichtung wirkte neu, alles in Weiß und Grau. Unwillkürlich begann die junge Kommissarin zu frösteln. Sie war gespannt, wie die Eltern auf den Tod ihres Sohnes reagierten.

Frau Wagner betrat den Raum, nachdem sie bereits Platz genommen hatten.

„Was ist hier los?", fragte sie schüchtern. Im Gegensatz zu ihrem Mann trug sie äußerst legere Kleidung. Ihre Haare wirkten unordentlich, als hätten sie an diesem Morgen noch keinen Kamm gesehen.

„Setz dich zu uns, Susanne. Die beiden Kommissarinnen haben uns etwas mitzuteilen." „Polizei?", fragte sie ungläubig. „Ist was passiert? Mit Lukas? Hat er was ausgefressen?"

Charlie warf ihr einen kurzen Blick zu und klärte die Eltern schließlich über den Tod ihres Sohnes auf, während Lilly beide genau beobachtete. Sie wirkten erschüttert – immerhin – aber reagierten insgesamt erstaunlich emotionslos. Diese kalte Einrichtung spiegelte anscheinend ihre Charaktere wider. Oder täuschte sie sich? Lilly versuchte ihre Vorurteile beiseitezuschieben und den Eltern so neutral wie möglich zu begegnen.

„Wo haben Sie Lukas gefunden?", fragte Thomas Wagner.

„In den Dünen nahe der Ferienanlage *Weiße Düne*."

„In den Dünen!", rief Susanne Wagner aus. „Ich habe mich erst vor ein paar Wochen mit Lukas über den Küstenschutz und das Verbot des Betretens der Dünen unterhalten. Wie konnte er nur?"

„Das ist doch jetzt zweitrangig", entgegnete ihr Mann scharf. „Unser Sohn ist tot. Da sind so ein paar Vögel und das Grünzeug wohl unwichtig. Er war also nicht alleine dort?", wandte sich Wagner wieder an Charlie.

„Das ist richtig. Er war in Begleitung eines jungen Mädchens namens Jessi Kramer."

„Ausgerechnet!", entfuhr es der Mutter.

„Was heißt das?", hakte Charlie sofort ein.

„Das werden Sie sehr schnell feststellen, wenn Sie sich umhören. Dieses Mädchen ist in ganz St. Peter, vielleicht auf ganz Eiderstedt, als Flittchen verschrien."

„Susanne, nun halt dich aber mal zurück. Als ob Lukas sich mit so einer abgeben würde!"

„Wenn du dich für deinen Sohn interessiert hättest, statt rund um die Uhr zu arbeiten, wüsstest du, dass ich recht habe."

„Ich arbeite so viel, damit wir uns diesen Lebensstandard leisten können, während du dich um die banalen Dinge des Lebens kümmern kannst."

„Die Erziehung unseres Sohnes ist also banal?", giftete sie zurück.

„Lukas ist achtzehn. Der Erziehungsauftrag ist praktisch beendet. Außerdem gehört es zu deinen Aufgaben, sich über seinen Umgang zu informieren und entsprechend positiv darauf einzuwirken!"

„Ach, jetzt trage ich die Schuld, dass er sich mit so einer herumgetrieben hat! Vielleicht wäre es angemessen gewesen, wenn du von Mann zu Mann mit ihm gesprochen hättest. Außerdem wolltest du unbedingt direkt in St. Peter wohnen und deinen Wohlstand zur Schau stellen. Mir ist das nicht wichtig. Im Gegenteil. Ein Landhaus mit einem großen Garten fernab dieses ganzen Trubels wäre mir viel lieber gewesen." „Blödsinn! Außerdem tust du ja gerade so, als würden wir direkt in der Hauptflaniermeile im Ortsteil Bad wohnen."

Charlie räusperte sich. „Frau und Herr Wagner, ich kann Ihre Aufregung verstehen, aber bitte beruhigen Sie sich. Wir würden gerne ein paar Informationen über Ihren Sohn erhalten. Je mehr wir über seinen Hintergrund wissen, desto effektiver sind unsere Ermittlungen."

„Was wollen Sie wissen?", fragte Thomas Wagner.

„Ist Lukas noch zur Schule gegangen?"

„Sicher, er stand kurz vor dem Abitur."

„Auf dem hiesigen Gymnasium?"

Er nickte bestätigend.

„Wir haben bei ihm weder Geld noch ein Smartphone gefunden. Wissen Sie, ob er gewöhnlich Bargeld bei sich hatte?"

„Davon können Sie ausgehen, weil ich dafür gesorgt habe. In der Regel hatte er ein paar Hundert Euro dabei. Aber nicht nur Bares, sondern ebenfalls eine EC-Karte. Die müssen wir unbedingt sperren lassen", wandte er sich wieder an seine Frau.

Lilly guckte automatisch zu Susanne Wagner, um herauszufinden, ob sie davon wusste. Ihrem Gesichtsausdruck zufolge hatte ihr Mann sie nicht in alle Details involviert.

„Mehrere Hundert Euro?", fragte sie prompt. „Wofür denn? Damit er das Flittchen ausführen kann?"

„Susanne, es reicht mir jetzt!", donnerte er los. „Lukas war auf der Schwelle zum Mann. Er sollte sich auf die Schule konzentrieren und ein Abitur mit richtig guten Noten hinlegen. Das ist die Basis für sein weiteres Leben." Er stockte. „Wäre die Basis gewesen", fügte er etwas leiser hinzu. „Aber das war schließlich nicht vorhersehbar. Ein Mann muss sich außerdem die Hörner abstoßen, bevor er Verantwortung im Job und für eine eigene Familie übernimmt. Das wollte ich ihm ermöglichen, ohne dass er einen schlechtbezahlten Job als Aushilfe übernimmt."

„Mir reicht es ebenfalls", hielt sie dagegen. „Ich brauche jetzt einen Moment für mich, um diese schreckliche Nachricht zu verdauen. Wenn Sie mich später sprechen wollen, komme ich morgen zu Ihnen aufs Revier, aber jetzt will ich allein sein und duschen." Damit erhob sie sich und verließ, ohne eine Antwort abzuwarten, den Raum.

„Na, wunderbar. Immer wenn es brenzlig wird, ergreift meine Frau die Flucht. Das ist symptomatisch. Was wollen Sie sonst über Lukas wissen?"

Um die Ehe der beiden schien es nicht zum Besten zu stehen. Lilly fand Thomas Wagner überaus unsympathisch und war froh, dass Charlie die Befragung weiterführte.

„Lukas war also ein guter Schüler.“

„Ein sehr guter“, stellte er klar.

„Ein sehr guter Schüler“, wiederholte Charlie. „Welche Pläne hatte er für die Zeit nach dem Abi?“

„Er wollte in Hamburg studieren. Maschinenbau. Ich hätte es gerne gehabt, wenn er in meine Fußstapfen getreten wäre und Architektur gewählt hätte, aber er war selbstbewusst genug, um seine eigenen Wünsche durchzusetzen.“ Stolz klang in seiner Stimme mit – und schließlich auch Traurigkeit. „Was genau ist passiert? Es war kein Unfall, oder?“

„Nein, es handelt sich um ein Kapitalverbrechen, vermutlich aus Leidenschaft, vielleicht ein Eifersuchtsdrama. Genauso kommt ein Raubmord infrage, deshalb wollten wie wissen, wie viel Geld Ihr Sohn bei sich führte.“

Wagner nickte. „Verstehe. Genau kann ich Ihnen das natürlich nicht sagen, ich habe meinen Sohn nicht kontrolliert. Aber ich habe ihm am Freitag vierhundert Euro gegeben. Gut möglich, dass er davon noch einiges in der Tasche hatte. Glauben Sie wirklich an einen Raubmord? Wegen der paar Kröten?“ In diesem Moment klang es nicht überheblich, sondern einfach nur verzweifelt.

„Das werden wir herausbekommen, Herr Wagner. Wie hat Ihr Sohn seine Beziehungen gehandhabt? Wissen Sie, ob er sich auf Jessi konzentrierte oder gab es gleichzeitig andere Mädchen?“

„Das ist eine intelligente Fragestellung, Frau Kommissarin Wiesinger.“ Es klang anerkennend. „Soviel ich weiß, war er über alle Maßen in dieses Mädchen verknallt, wie man so schön sagt.“

„Haben Sie mit ihm darüber gesprochen?“ Es schien Charlie genauso zu verwundern, wie Lilly selbst.

„Nicht direkt.“ Thomas Wagner zögerte. „Ich habe vor einiger Zeit ein Gespräch mitbekommen, das er mit seinem besten Freund führte. Ich denke, das ist so zwei oder drei Wochen her. Die Jungs waren in Lukas Zimmer und hatten die Tür nur angelehnt. Es ist mir etwas peinlich, weil es sich so anhört, als hätte ich gelauscht. De facto war es ja auch so." Er legte eine kurze Pause ein und ließ ein unfrohes Lachen hören. „Ich war auf dem Weg ins Bad. Als ich an seinem Zimmer vorbeikam, fiel der Name dieses Mädchens. Rene, sein Freund, wurde gleich ziemlich heftig. Tatsächlich benutzte er ähnliche Worte wie meine Frau eben. Natürlich wurde ich neugierig, was es damit auf sich hatte und wie Lukas darauf reagierte. Erst widersprach er, dann knickte er ein und bestätigte Renes Vorwürfe. Das hat mich verwundert und ich wollte wissen, ob er mehr dazu zu sagen hatte."

Er kannte Jessis Ruf also. Warum hatte er das vor seiner Frau bestritten? Bevor sie die Frage stellen konnte, führte Charlie die Befragung fort.

„Und hatte er?"

„Ja. Sie würde sich ändern, wenn sie erst lange genug zusammen waren. Das hoffte er zumindest und setzte dabei auf den gemeinsamen Umzug nach Hamburg."

„Sein Freund hatte sicherlich Argumente dagegen", mutmaßte sie.

„Das ist richtig. Er versuchte es meinem Sohn sogar auszureden, weiter an Jessi festzuhalten, allerdings war das vergebliche Liebesmüh. Aber das muss ich Ihnen nicht erklären, wir waren ja alle schon mal unsterblich verliebt."

„Wie hat Lukas es verkraftet, dass Jessi offensichtlich nicht so viel für ihn empfand wie er für sie?"

„Er hat es runtergespielt. Klar. Trotzdem glaube ich, dass es ihn tief in seinem Herzen sehr verletzt hat. Lukas hat nach außen stark und selbstbewusst gewirkt, aber er hatte den berühmten weichen Kern, war sensibel und konnte sich dabei gut auf andere Menschen einstellen. Ich kann seinen Tod einfach nicht fassen." Plötzlich kämpfte er mit den Tränen und zeigte damit zum ersten Mal Emotionen, seit die Kommissarinnen angekommen waren. „Steckt Jessi dahinter?"

Charlie und Lilly tauschten einen verwunderten Blick. Offensichtlich hatte Thomas Wagner nicht richtig zugehört. War ihm tatsächlich entgangen, dass Jessi auch tot war oder was meinte er mit seiner Frage?

Lilly reagierte als Erste. „Herr Wagner. Sie ist ebenfalls tot. Die beiden wurden gemeinsam in den Dünen überrascht, vermutlich stark alkoholisiert. Genaue Ergebnisse wird die Gerichtsmedizin in den nächsten Tagen liefern. Sie wurden beide niedergeschlagen und schließlich mit zahlreichen Messerstichen getötet."

Wagner zuckte zusammen. „Okay. Ich habe wohl nicht richtig zugehört. Es geht also nicht nur um unseren Sohn, sondern um beide. Was könnte dahinterstecken? Glauben Sie eher an einen Raubmord oder einen eifersüchtigen Nebenbuhler?"

„Beides ist möglich, aber wir stehen wie gesagt ganz am Anfang unserer Ermittlungen. Können Sie sich ein anderes Motiv vorstellen? Gab es Konflikte zwischen Ihrem Sohn und irgendwelchen Mitschülern?"

Es klang nicht überzeugend und es war Charlie anzusehen, dass sie genauso dachte. Was für Feinde sollte ein Schüler haben?

„Hat Ihr Sohn Drogen konsumiert?", fragte Lilly einer Eingebung folgend. War das großzügige Budget dafür gedacht?

„Drogen?" Thomas Wagner wurde blass. „Gibt es darauf etwa Hinweise?"

„Nein", übernahm Charlie wieder.

„Ich habe keine Ahnung, wer Lukas nach dem Leben getrachtet hat. Sprechen Sie bitte mit seinem Freund Rene. Ich befürchte, er kennt meinen Sohn am besten. Ich würde jetzt gerne nach meiner Frau gucken, wenn das möglich ist."

Zum Abschluss untersuchten Lilly und Charlie auch Lukas Zimmer. Sein Vater stimmte dem Anliegen lediglich widerwillig zu. Lilly fragte sich prompt, ob es etwas gab, das Thomas Wagner vor ihnen verbergen wollte und war gespannt, was sie gleich zu sehen bekamen.

Die Enttäuschung ließ jedoch nicht lange auf sich warten. Der Raum war peinlich aufgeräumt. Allein das schien für einen Teenager eher ungewöhnlich. War er selbst dafür verantwortlich oder hatte es jemand anders übernommen? Darüber hinaus konnten die Kommissarinnen kaum etwas Persönliches entdecken. Wenn Lukas etwas besaß, das sie in der Aufklärung weitergebracht hätte, hob er es woanders auf – oder Thomas Wagner hatte es bereits an sich genommen.

Wenn Lukas selbst es versteckt hatte, konnte es daran liegen, dass Wagner seinen Sohn kontrollierte. Erwartete er als Gegenleistung für seine Großzügigkeit eine entsprechende Offenheit von Lukas, die der seinen Eltern nicht gewährte? Hatte Wagner sich einfach genommen, was Lukas ihm verweigerte und dessen Zimmer gefilzt?

Auf all diese Fragen gab es keine Antworten, aber Lilly war fest entschlossen, diese zu finden.

Einzige Ausbeute war am Ende ein passwortgeschütztes Notebook, das Wagner ebenfalls sehr widerwillig rausrückte. Vermutlich hielt er es für wenig glaubwürdig, zu behaupten, sein Sohn hätte keinen Computer besessen. Darüber hinaus wollte er wohl verhindern, dass die Ermittlerinnen mit einem Durchsuchungsbeschluss zurückkehrten und dann vielleicht das ganze Haus unter die Lupe nahmen. Wie erwartet blieb Lukas Handy verschwunden.

Lilly konnte sich an keinen Fall erinnern, in dem alle Elternteile der Opfer sich irgendwie verdächtig verhielten. Sie konnte es kaum abwarten, mehr über alle Beteiligten zu erfahren.

Torge in Tating

Montag, den 2. September

Den gesamten Sonntag hatte Torge überlegt, ob er sich bei Nicole melden sollte. Er gehörte zwar nicht zu ihren engen Freunden, trotzdem bestand ein gewisses Vertrauensverhältnis zwischen den Kollegen und in der Vergangenheit hatte sich Nicole häufiger hilfesuchend an ihn gewendet. Doch wie konnte er sie unterstützen? Im ersten Schritt würde es sicherlich helfen, einfach zuzuhören und Beistand zu leisten, vielleicht mit einem selbstgebackenen Kuchen von seiner Annegret. Zucker konnte Trost in jeder Lebenslage spenden.

Aber natürlich wollte Torge mehr. So schnell würde er den Anblick der beiden Leichname nicht vergessen. Schon wieder. Und direkt vor seiner *Weißen Düne*! Welchen Grund konnte es geben, so ein junges, unschuldiges Paar abzustechen?

Torge lief eine Gänsehaut über den Rücken. Es klang fürchterlich, entsprach aber leider den Tatsachen. Er musste auch dieses Mal einen Weg finden, seinen Beitrag zu den Ermittlungen beizusteuern. Aber wie?

„Torge! Endlich hast du einen freien Tag, aber hier am Frühstückstisch sitzt du trotzdem nicht. Merkst du überhaupt, dass du gerade mein wunderbar fluffiges Rührei vertilgst?", fragte Annegret. Ihrer Stimmlage nach zu urteilen, schwankte sie zwischen amüsiert sein und Verärgerung.

„Ja, natürlich", antwortete er versöhnlich. „Es ist dir heute besonders gut gelungen. Und erst der Speck. So kross war er selten."

„Nimm mich nicht auf den Arm, sonst lernst du mich kennen", drohte sie. Natürlich meinte sie es nicht ernst.

Gleich nach seiner Rückkehr hatte er ihr von dem Leichenfund berichtet. Sie kannte ihn lange genug, um zu wissen, dass seine Gedanken nun um diesen neuen Fall kreisten und er unbedingt etwas zur Aufklärung beitragen wollte.

„Ich kenne dich", grinste er sie an, wurde aber gleich wieder ernst. „Es schmeckt wirklich hervorragend, meine Liebe. Trotzdem hast du recht. Ich überlege, wie ich Nicole beistehen kann. Und natürlich, wie ich etwas in Erfahrung bringe, was den Kommissaren hilft. Irgendeine Information, an die ich komme, sie vielleicht aber nicht. Eben, weil sie das offizielle Organ sind und man mir mehr vertraut – so wie die beiden Gäste aus der *Weißen Düne*, die über die Toten gestolpert sind. Hast du dazu eine Idee?" Wenn er sie mit einbezog, konnte sie ihm erst recht nicht mehr böse sein. Es war eine einfache Gleichung.

„Wie stellst du dir das vor? Jessi war Schülerin, zu diesem Bereich hast du überhaupt keinen Zugang."

„Ja, ich weiß. Aber glaubst du wirklich, ein Mitschüler könnte die beiden getötet haben? Welches Motiv sollte es dafür geben?", fragte Torge, erfreut über die Beteiligung seiner Frau an diesem Thema.

„Na ja, zum Beispiel Eifersucht."

„Das ist der erste Gedanke, den man bei diesem Szenario bekommt. Auch die Kommissare verfolgen diesen Ansatz. Aber einen Aspekt finde ich dabei merkwürdig." Er legte eine kunstvolle Pause ein, um die Spannung zu erhöhen.

„Torge!", ermahnte sie ihn mit einem schelmischen Lächeln. „Du hast meine ungeteilte Aufmerksamkeit, auch ohne diese Spielchen."

„Ach, lass mir die kleine Freude", grinste er zurück. „Das Leben ist ernst genug."

„Na, dann hole ich die Kaffeekanne, bis du dich zum Schnacken entschließt", seufzte sie gespielt.

„Also, gut. Hör zu", fügte er überflüssigerweise hinzu. „Wenn es sich um ein Eifersuchtsdrama handelt, warum hat der Täter beide erstochen?"

„Das ist deine Frage? Die finde ich nun alles andere als spektakulär. Dafür kann es etliche Gründe geben. Der Täter wollte keinen Zeugen für die Tat haben ..."

Torge fiel ihr ungeduldig ins Wort: „Vermutlich waren beide alkoholisiert und sind mit einem Schlag auf den Hinterkopf außer Gefecht gesetzt worden."

„Ja, und?"

„Wenn beide ohnmächtig waren, hätte der Täter nur den Jungen töten können – und Jessi verschonen. Was nützt es ihm, wenn die Angebetete tot ist?"

„Schließt du da nicht zu viel von dir auf andere?", fragte Annegret.

„Ich bin doch kein Mörder", gab Torge entrüstet zurück.

„Bleib bei der Sache! Du weißt genau, wie ich es meine. Du bist vom alten Schlag." Sie hob die Hand, als er sie erneut unterbrechen wollte. „Nun leg nicht jedes Wort auf die Goldwaage. Aber du bist treu und würdest alles tun, um mich zu schützen."

„Klar, was sonst?"

„Das ist heutzutage bei den jungen Leuten ganz anders. Die probieren sich aus und sind nicht zwingend auf einen Partner festgelegt. Meine Güte, mit siebzehn sieht man die Welt mit anderen Augen als mit Mitte fünfzig."

„Dessen bin ich mir bewusst. Worauf willst du hinaus?" Torges Neugier war geweckt.

„Nach meiner Meinung kann es ein ganz anderes Motiv geben. Wegen einer harmlosen Liebelei unter Schülern wird keiner zum Doppelmörder."

„Vielleicht war es gar nicht so harmlos."

Annegret verzog das Gesicht. „Hast du vergessen, wie du in dem Alter warst? Außerdem weißt du nicht, wie hart diese Schläge waren. Angenommen der Täter wollte nur Lukas töten, um den Nebenbuhler aus dem Weg zu räumen. Während er zusticht, kommt Jessi wieder zu sich und erkennt den Täter. Aus Angst vor den Konsequenzen ersticht er auch sie."

„Das klingt irgendwie abwegig", sinnierte Torge.

„Mein Reden! Da steckt was anderes hinter!", wiederholte sie. Der Triumph in ihrer Stimme reizte Torge.

Er musste unbedingt mit Nicole sprechen. Immerhin war sie die Mutter. Sie wusste bestimmt etwas über Jessis Umgang. Und vielleicht konnte er in der *Weißen Düne* einen Augenzeugen ausfindig machen. Der Tatort lag direkt neben der Ferienanlage. Der Täter war durch die Dünen geschlichen, das konnte jemand aus einem der Premiumbungalows in der ersten Linie beobachtet haben. Immerhin war es nicht mitten in der Nacht, sondern am späten Abend passiert, möglicherweise in der Dämmerung, als ein wenig Restlicht den Tatort erhellte. Oder jemand hatte eine verdächtige Person am Strand gesehen.

Langsam kam Torge in Fahrt und schaltete in den Ermittlermodus. Egal, ob es Annegret in den Kram passte, er würde sich der Sache annehmen. Für Nicole. Und für Jessi. Bei seiner Ehre!

Mitten in seine Überlegungen kam ihm schließlich ein ganz anderer Gedanke: Oder handelte es sich etwa um eine Zufallstat? Von einem Kerl ohne Bezug zu dem jungen Paar, der lediglich seinen Frust, Stress oder seine morbide Mordlust abreagiert hatte? Wenn das der Wahrheit entsprach, könnte es eine lange und komplizierte Ermittlung werden.

Diese Eingebung behielt er lieber für sich, sonst würde Annegret ihn erst recht davon abhalten wollen, sich in dem Fall zu engagieren.

Den Sonntag blieb er wie versprochen zu Hause, nutze die Zeit aber, um im Geiste einen Plan für seine weiteren Aktivitäten zu schmieden.

Am Montagmorgen stand Torge trotz eines weiteren freien Tages früh auf. Er liebte die Ruhe und Kühle zu dieser Uhrzeit und wanderte mit seinem gut gefüllten Kaffeepott barfuß über den feuchten Rasen durch den Garten. Dabei lauschte er dem Gesang der Vögel und freute sich auf den neuen Tag. Noch während er überlegte, ob er gleich oder erst gegen Mittag bei Nicole anrufen sollte, klingelte sein Smartphone.

Neugierig zog er es aus der Tasche, um zu schauen, wer sich bei ihm meldete. Konnte es Knud sein? Das wäre natürlich großartig!

Stattdessen war es Nicole. Das spielte ihm in die Karten.

„Nicole! Moin! Es tut mir so leid, was geschehen ist. Kann ich etwas für dich tun?", begrüßte er sie herzlich.

„Oh, Torge! Auf diese Frage hatte ich gehofft. Vielen Dank. Guten Morgen erst mal. Ich bin völlig durch den Wind", erwiderte sie.

Mitgefühl durchströmte den Hausmeister. Wie schrecklich musste es sein, ein Kind zu verlieren. Noch dazu auf so grausame Weise!

„Beruhige dich, Nicole. Natürlich bin ich für dich da!"

„Das ist eine große Erleichterung für mich. Ich war mir nicht sicher, ob ich dich anrufen soll. Ich will niemandem zur Last fallen, aber man sagte mir in der Weißen Düne, dass du heute frei hast. Würdest du mich nach Husum in die Gerichtsmedizin begleiten? Ich möchte von Jessi Abschied nehmen. Und ich muss es mit eigenen Augen sehen, sonst kann ich es einfach nicht glauben", fügte sie leise hinzu. „Oder ist das zu viel verlangt?"

„Nein, kein Problem. Wann soll ich dich abholen?"

„Ich kann ab zwölf Uhr kommen, haben sie mir gesagt."

„Dann hole ich dich kurz vor halb ab. Brauchst du sonst noch was?", fragte er besorgt.

„Kannst du vielleicht ein bisschen früher kommen? Das Alleinsein fällt mir schwer. Ich koche dir einen richtig guten Kaffee."

„Wer kann da widerstehen? Sag einfach, wann ich da sein soll."

Nicole sah schrecklich aus. Vermutlich hatte sie mindestens die halbe Nacht geweint. Geschlafen dagegen wohl kaum – was absolut nachvollziehbar war. Sie versuchte sich zusammenzureißen, aber ihre Stimme zitterte, als sie ihn hereinbat und ihm schließlich den Kaffee servierte.

„Ist es meine Schuld, Torge?"

Sie quälte sich also mit Vorwürfen! Was für eine herausfordernde Situation.

„Warum sollte es deine Schuld sein, Nicole?"

„Ich wusste, was für ein unstetes Leben sie führte und habe trotzdem so viel gearbeitet, statt mich um sie zu kümmern."

„Aber was hättest du tun sollen?" Letztendlich wusste Torge darauf selbst keine Antwort. Es gab keine Worte, die trösten oder Nicoles Verlust mindern konnten. Und wie sollte er ihr diese Selbstvorwürfe ausreden? Plötzlich fühlte er sich hilflos. Bestimmt hätte Annegret passender reagiert. Sollte er Nicole in den Arm nehmen? Das kam ihm irgendwie komisch vor. Sie kannten sich lange und waren Kollegen, aber nicht wirklich befreundet. Also ergriff er ihre Hand und drückte sie. Das schien sie ein wenig zu beruhigen.

Alle Fragen, die er sich zurechtgelegt hatte, mussten warten. Torge brachte es nicht übers Herz, Nicole in dieser Gemütslage über ihre Tochter auszuquetschen - in der vagen Hoffnung irgendeinen Hinweis auf den Täter zu erhalten. Wenn sie ihre Fassung wiedergewann, würde sie ihm bestimmt von sich aus erzählen, was sie über Jessi wusste. Oder er konnte seine Fragen später stellen.

Pünktlich brachen sie nach Husum auf. Nicole war dankbar, nicht selbst fahren zu müssen und eine vertraute Begleitung an ihrer Seite zu wissen.

„Du kommst mit rein, oder?", wollte sie nach längerem Schweigen wissen.

„Wenn du das möchtest, gerne." Das entsprach nicht annähernd der Wahrheit. Torge hätte gut darauf verzichten können, sich den Leichnam ein zweites Mal anzuschauen, aber er hatte versprochen, ihr beizustehen.

Den Rest der Fahrt verbrachte das ungleiche Paar schweigend. Bestimmt bereitete sich Nicole mental auf den Anblick ihrer toten Tochter vor. Dafür hatte der Hobbyermittler Verständnis und hoffte für die Rückfahrt auf das ersehnte Gespräch.

Sie wurden von Fiona Jensen empfangen, die erstaunt auf Torges Anwesenheit reagierte, sich jedoch jede Bemerkung verkniff. Vielleicht wollte sie das Konfliktpotential mit dem Team aus SPO nicht weiter vergrößern. Was allerdings bedeutete, dass sie ihn als zugehörig ansah. Diese Überlegung verlieh ihm Selbstbewusstsein.

Torge schob die müßigen Gedanken beiseite. Es ging jetzt weder um ihn noch um die Konflikte im Team, die durch die unglückselige Affäre zwischen Fiona und Knud entstanden waren.

Die Gerichtsmedizinerin schien es genauso zu sehen. Sie drückte Nicole ihr Beileid aus und wirkte dabei sachlich. „Kommen Sie bitte mit", forderte sie die Besucher schließlich auf.

Als Nicole zögerte, griff Torge nach ihrem Arm. „Hast du es dir anders überlegt?"

„Ich habe ein bisschen Angst, aber anschauen würde ich sie gerne. Dadurch wird es für mich realer. Jetzt ist es schwer, aber ich bin mir sicher, es besser zu verarbeiten, wenn ich es mit eigenen Augen sehe."

„Dann lass uns gehen, ich bleibe an deiner Seite", ermutigte Torge sie.

„Okay." Nicole nickte. „Ich bin bereit."

Gemeinsam gingen sie in einen sterilen Raum, in dem der Leichnam von Jessi aufgebahrt war. Fiona hatte den Körper bis zum Hals mit einem grünen Tuch zugedeckt. Langsam bewegte sich Nicole durch den Raum und blieb am Kopfende des Tisches stehen. Entgegen seiner Erwartung verharrte sie nur circa eine Minute. Ihre Lippen bewegten sich, als würde sie lautlos mit einigen Worten Abschied nehmen.

„Okay", wiederholte sie schließlich. „Ich habe genug gesehen, wir können nach Hause fahren." Noch einmal drehte sie sich um. „Mach´s gut meine Kleine. Du bist viel zu früh gegangen. Ich liebe und vermisse dich."

Fiona Jensen hatte sich diskret zurückgezogen, um der Mutter Zeit zu geben, sich in Ruhe zu verabschieden. Offensichtlich hatte sie nicht damit gerechnet, sie so schnell wiederzusehen. Nicole dankte ihr und wollte sich verabschieden, aber die Gerichtsmedizinerin hielt sie zurück.

„Frau Kramer, ich möchte sie bitten, kurz in meinem Büro Platz zu nehmen. Ich habe die Obduktion zwar noch nicht abgeschlossen, da ist aber etwas, das ich Ihnen vorab mitteilen will."

„Ja?" Nicole wirkte verunsichert.

„Kommen Sie."

„Kann Torge ... äh, Herr Trulsen mitkommen?"

„Das ist eigentlich nicht üblich, aber wenn es Ihr Wunsch ist, spricht nichts dagegen."

Torge konnte nicht erkennen, was in Fiona Jensen vor sich ging. Genau genommen war es ihm egal. Er war zur Unterstützung von Nicole mitgekommen, was andere davon hielten, war gleichgültig.

Widerstrebend folgte Nicole der Gerichtsmedizinerin. Am liebsten hätte sie diesen Ort so schnell wie möglich wieder verlassen. Auf ein Gespräch mit Fiona Jensen war sie nicht vorbereitet, vielleicht hatte sie einfach Angst vor unangenehmen Fragen.

Fiona schloss die Tür, damit sie ungestört waren. Sie warf Torge einen kurzen Blick zu und konzentrierte sich schließlich auf Nicole.

„Frau Kramer, es gibt da etwas, das die Kommissare Ihnen mitgeteilt hätten, aber da Sie jetzt hier sind, möchte ich es Ihnen selbst sagen. Ich habe bei der Untersuchung Ihrer Tochter eine Schwangerschaft festgestellt. Wussten Sie davon?"

Nicole reagierte nicht.

Bei Torge löste die Neuigkeit sofort ein Gedankenkarussell aus. War es Nicole bereits bekannt gewesen? Oder noch viel interessanter: Hatte Jessi selbst davon gewusst? Gab es einen

Zusammenhang zwischen der Schwangerschaft und den Morden? War Lukas der Vater des Kindes und hatte Jessi ihn eingeweiht? Da er die Fragen ohnehin nicht allein beantworten konnte, konzentrierte er sich auf Nicole.

„Sie war schwanger." Es klang mehr wie eine Feststellung als eine Frage.

„Ja. Circa in der zehnten Woche. Wusste ihre Tochter davon und hat sie Sie eingeweiht?"

„In der zehnten Woche", wiederholte Nicole, ohne die Frage zu beantworten. „Und wer ist der Vater? Ist es dieser Junge? Lukas Wagner?"

„Das weiß ich nicht. Der Test braucht Zeit. Haben Sie mit Jessi über diese Schwangerschaft gesprochen?"

Nicole starrte auf die Schreibtischplatte, an der sie gegenüber von Fiona Jensen neben Torge Platz genommen hatte. „Ich möchte jetzt nach Hause fahren", erklärte sie nach einer Weile des Schweigens. „Das ist mir alles zu viel."

„Natürlich. Das kann ich gut verstehen. Sicherlich werden die Ermittler mit Ihnen über das Thema sprechen. Sobald das Testergebnis vorliegt, werden Sie darüber informiert. Ich wünsche Ihnen alles Gute und viel Kraft."

Die gesamte Rückfahrt starrte Nicole durch die Windschutzscheibe und sprach dabei kein Wort. Sie nahm ihre Umgebung kaum wahr, sondern zog sich komplett in sich zurück. Torge respektierte, dass sie Zeit brauchte, all die schlimmen Neuigkeiten zu verdauen. Auch wenn ihm zahlreiche Fragen auf der Seele brannten, hielt er sich schweren Herzens zurück. Sie jetzt damit zu bedrängen, wäre einfach nicht fair.

Charlie in St. Peter-Ording

Montag, den 2. September

Den Montagvormittag nutzten die Kommissare für eine Lagebesprechung auf dem Revier, bei der Fiete über die beiden Mordfälle ins Bild gesetzt wurde. Sie fassten die bisher mageren Fakten zusammen, um darauf ihre nächsten Ermittlungsschritte abzustimmen.

Fiete zeigte sich betroffen. „Was ist bloß mit den Menschen los? Auch auf die Gefahr hin, dass Ihr mich als alt bezeichnet." Dabei zwinkerte er Lilly zu. „Tatsächlich habe ich den Eindruck, die Welt verroht und früher war es besser. Habt Ihr bereits irgendeinen Ansatz, was hinter dieser Gewalttat stecken könnte? Gibt es einen Verdächtigen?"

Knud schüttelte bedauernd den Kopf. „Leider gibt es keine heiße Spur."

„Nicht mal eine lauwarme", fügte Lilly hinzu. Die Unzufriedenheit stand ihr ins Gesicht geschrieben.

„Das dachte ich mir", bestätigte Fiete. „Die Kriminaltechniker der Spusi haben sich dieses Mal richtig ins Zeug gelegt und ihren Sonntag geopfert. Leider ohne Ergebnis. Es gibt keine verwertbaren Spuren. Keine Fingerabdrücke, keine DNA, nicht mal Fußabdrücke. Nur die von den beiden Paaren – den Toten und denen, die sie gefunden haben. Der Täter scheint sehr vorsichtig gewesen zu sein."

„Was ist mit der Mordwaffe?", fragte Lilly.

„Gefunden wurde nichts. Weder der stumpfe Gegenstand, mit dem sie niedergeschlagen wurden, noch das Messer. Für genauere Spezifikationen müssen wir ohnehin auf die Gerichtsmedizin warten. Fiona ist dran, aber das Obduktionsergebnis wird es wohl erst morgen geben", antwortete Knud, der den Bericht der Spusi offensichtlich ebenfalls gelesen hatte.

„Ich finde das ziemlich nebensächlich. Ob das Messer nun etwas kleiner oder größer war, ist letztendlich Latte", schaltete sich Lilly wieder ein. „Entscheidend ist in meinen Augen das Mordmotiv. Darauf sollten wir uns konzentrieren."

„Sehe ich genauso", bestätigte Charlie.

Lilly schien beflügelt und führte weiter aus: „Ein wichtiger Aspekt ist meines Erachtens dabei außerdem, ob der Mordanschlag wirklich beiden galt oder ob einer von ihnen lediglich sterben musste, weil er oder sie zur gleichen Zeit am gleichen Ort war. Vielleicht ist der andere zum Zeugen geworden und wäre sonst verschont geblieben."

„Das ist ein guter Ansatzpunkt", zeigte sich Fiete zufrieden mit der Nachwuchskommissarin. „Habt Ihr dazu bei den Eltern etwas in Erfahrung gebracht, das uns weiterhelfen könnte?"

Lilly fasste die knappen Fakten zusammen.

„Na ja, Teenager erzählen ihren eigenen Eltern in der Regel am wenigsten. Ihr müsst unbedingt in die Schule und dort die Freunde, Mitschüler und Lehrer befragen. Vielleicht gibt es eine Vertrauenslehrerin. Fahrt alle drei gleich heute und schaut, wen Ihr antrefft und was Ihr in Erfahrung bringen könnt. Wenigstens sind die großen Ferien vorbei, sonst wären die meisten wahrscheinlich im Urlaub. Im Anschluss oder morgen früh treffen wir uns hier wieder. Ich werde zeitgleich das Internet durchforsten, die jungen Leute sind heutzutage ja alle auf Social Media und dort nicht gerade sparsam mit der Preisgabe ihrer privaten Angelegenheiten. Vielleicht finde ich etwas heraus, was euch im direkten Gespräch keiner anvertraut."

„Gute Idee", nickte Lilly. „Kennst du alle Plattformen?"

„Bezweifelst du meine Qualitäten als Ermittler, nur weil ich einer anderen Generation angehöre?"

„Ich will dir nicht zu nahe treten, Chef, aber nur Facebook ist zu wenig."

„Du kannst mich gerne unterstützen, wenn du lieber im Innendienst arbeiten willst", bot dieser listig an.

„Nee, ich vertraue dir!", grinste sie. „Und du wirst uns ja deine Ergebnisse präsentieren. Notfalls kann ich was ergänzen."

„Womit habe ich das verdient?", stöhnte er scherzhaft. „Also gut, die Aufgaben sind verteilt. Dann mal ran ans Werk, bevor ich mir weitere Frechheiten anhören muss."

Als sie wenig später die Schule erreichten, hatte leichter Regen eingesetzt. Nach der Hitze der letzten Wochen empfand Charlie es als wohltuende Erfrischung. Die Luft wurde sofort merklich kühler. Darüber hinaus spielte es ihnen in die Karten, weil die meisten Schüler sich sowohl in den Pausen als auch in möglichen Freistunden drinnen aufhielten. Es ging auf Mittag zu.

Vielleicht trafen sie einige, die bereits Schluss hatten und damit Zeit, um sich ausführlich mit den Ermittlern zu unterhalten.

Charlie und Knud beschlossen, sich aufzuteilen, um zeitgleich mehr Gespräche zu schaffen. Sie selbst wollte die Befragungen zu Jessi durchführen, Knud den Schwerpunkt auf das Umfeld von Lukas legen. Lilly blieb bei Charlie, die beiden ergänzten sich bestens.

„Lass uns erst mal schauen, ob wir Leonie finden." Den Namen hatte Nicole schließlich noch aus ihrem Gedächtnis gekramt. „Wenn sie wirklich die beste Freundin von Jessi ist, kennt sie mit Glück sogar ein paar Details zu deren Männerbekanntschaften und dem Verhältnis zu Lukas."

„Wenn die es nicht weiß, dann vielleicht die Vertrauenslehrerin. Ich habe im Internet geschaut, sie heißt Tamara Knoop und sieht ziemlich jung und modern aus. Vielleicht hat Jessi ihr irgendwas anvertraut, das mit dem Mord in Zusammenhang steht."

„Ich feiere deinen Optimismus, aber vielleicht haben wir Glück."

„Und übertrumpfen Knud." Lilly zog eine Grimasse.

„Das ist kein Wettkampf, sondern eine Teamleistung", wies Charlie sie lachend zurecht.

„Weiß ich doch!", behauptete diese. „Wäre aber trotzdem super, wenn wir die Nase vorn hätten. Also los. Leonie oder Tamara - danach sehen wir weiter." Lilly steckte voller Tatendrang.

Zum Auftakt war das Glück auf ihrer Seite. Kaum hatten sie das Schulgebäude betreten, kam eine junge Frau auf sie zu.

„Sind Sie von der Polizei?", fragte sie.

Charlie und Lilly tauschten einen kurzen verwunderten Blick.

„Ja", antwortete Charlie und stellte sie vor. „Wie kommen Sie darauf?" „Jessi und ich waren gestern Abend verabredet. Sie ist aber nicht gekommen, hat weder abgesagt noch war sie erreichbar. Da habe ich mir Sorgen gemacht und bei ihrer Mutter angerufen, obwohl Jessi sowas echt Scheiße findet. Sorry, aber so war es. Frau Kramer hat mir erzählt, was passiert ist. Also bin ich davon ausgegangen, dass Sie heute hier auftauchen werden, um mit mir und ein paar anderen zu quatschen. Arme Jessi. Wie konnte das nur passieren?"

„Sind Sie Leonie?", fragte Lilly.

Das Mädchen nickte und sah plötzlich sehr verletzlich aus. „Sie können mich ruhig duzen. Ich bin noch nicht ganz achtzehn. So wie Jessi."

„Gibt es einen Raum, in dem wir uns ungestört unterhalten können?"

„Ja, kommen Sie mit. Ich weiß einen Klassenraum, der jetzt leer steht."

Nachdem sie Platz genommen hatten, ergriff Leonie wieder das Wort: „Können Sie mir sagen, was überhaupt passiert ist? Frau Kramer hat lediglich erzählt, dass Jessi tot ist. Ich war geschockt, konnte gar nicht nachfragen. Ihr ging es natürlich genauso schlecht, also hat sie das Telefonat sehr schnell beendet."

„Wir können dich in ein paar Einzelheiten einweihen, nachdem du uns einige Fragen beantwortet hast", forderte Charlie.

„Okay."

„Danke. Wie würdest du Jessi beschreiben?"

Ein Lächeln zog über Leonies Gesicht. „Jessi ist … war ein ganz besonderer Mensch. Intelligent, selbstbewusst und mutig. Sie hat genau ihr Ding gemacht und sich kaum um die Meinung anderer Leute gekümmert."

„Wart Ihr eng befreundet?"

„Ja, schon. Allerdings bedeutete das für Jessi nicht so viel wie für mich oder andere Mädchen. Sie war unglaublich unabhängig, hat viel mit sich ausgemacht. Das kam wohl, weil sie ohne Vater aufgewachsen ist und ihre Mutter eigentlich immer viel gearbeitet hat, um alles für die beiden bezahlen zu können. Jessi musste einfach alleine klarkommen, das hat sie geprägt. Wir kennen uns schon lange, seit dem Beginn auf dem Gymnasium."

„War eure Freundschaft wichtig für Jessi?"

„Ja, das auf jeden Fall. Es gab viele Dinge, die sie mit mir besprochen hat – aber eben nicht alles. Und wir haben viel zusammen unternommen. Hhm, in den letzten zwei Jahren ist das weniger geworden, weil sie sich häufig mit Jungs ... getroffen hat."

„Fühltest du dich dadurch zurückgesetzt?", fragte Charlie weiter.

„Hhm, manchmal."

„Weil Jessi bei den Jungs beliebter war?"

„Nee, das war mir egal. Wissen Sie, ich habe einen festen Freund, mit dem ich mich regelmäßig treffe. Aber eine beste Freundin ist eben was anderes."

„Und du verschweigst uns noch was", mutmaßte Lilly.

„Ja."

„Nämlich?"

„Ich will nicht schlecht über Jessi reden, jetzt wo sie ..."

„Leonie, es ist überaus wichtig, dass wir alles über deine Freundin erfahren."

„Warum?"

Charlie traf eine Entscheidung. Die Umstände des Todes der beiden Teenager würden ohnehin bald durch die Presse geistern. Besser sie sprach selbst mit dem Mädchen darüber.

„Leonie, du wolltest wissen, wie deine Freundin ums Leben gekommen ist." Sie legte eine Pause ein und suchte nach den richtigen Worten, fand aber keinen Weg, es ihr schonend beizubringen. „Jessi ist am Samstagabend ermordet worden."

Leonie stieß einen spitzen Schrei aus und schlug die Hände vors Gesicht. „Aber sie war am Samstagabend mit diesem Spießer zusammen, der hat ihr doch nicht etwa was angetan?"

„Dem Spießer?", fragte Lilly überrascht.

Leonie schnäuzte kräftig in ein Taschentuch und wischte sich die Tränen aus den Augen. „Ja, ist nicht besonders nett. Sorry. Ich meine damit Lukas Wagner. Keine Ahnung, was Jessi an dem fand. Ich glaube, er hatte immer Kohle in der Tasche und war sehr spendabel – obwohl ... das allein kanns nicht gewesen sein. Sie war sehr attraktiv, die meisten Typen haben sie eingeladen. Äh, was wollten Sie wissen?"

„Sie war also mit ihm verabredet?"

„Ja, klar. Und im Grunde hätte mich das beruhigen können, weil der wirklich harmlos wirkte."

„Im Gegensatz zu anderen Jungs, die es nicht waren?", fragte Lilly.

„Jaaaa." Leonie druckste herum.

„Also, nun raus mit der Sprache. Was verschweigst du uns?", drängte Charlie die Schülerin.

„Es waren nicht nur Jungs aus der Schule, mit denen Jessi sich amüsierte."

„Sondern?"

„Na ja, Urlauber, Typen, die sie im Club traf ... sie war nicht gerade wählerisch." Leonie war sehr leise geworden. Sie fühlte sich offensichtlich, als würde sie ihre Freundin verraten. „Glauben Sie, dass Lukas sie umgebracht hat? Das kann ich mir ehrlich gesagt kaum vorstellen."

„Nein, entschuldige, ich wollte dir berichten, was passiert ist. Lukas Wagner ist ebenfalls ermordet worden. Sie wurden zusammen in den Dünen gefunden. Er war es auf keinen Fall."

Leonie nickte. „Danke, dass Sie es mir erzählt haben. Also, ich habe mir manchmal Sorgen um Jessi gemacht. In meinen

Augen war sie leichtsinnig. Sie hat immer wieder bei Typen übernachtet, die sie erst ein paar Stunden kannte. Wir haben uns deswegen sogar gestritten, aber sie hat das Risiko einfach ignoriert. So, als könnte ihr nichts passieren. Ausgerechnet am Samstag habe ich mir keine Sorgen gemacht, weil ich Lukas wirklich harmlos fand. Was für eine Scheiße!", brach es plötzlich aus ihr heraus. „Entschuldigung, aber das macht mich echt wütend."

Charlie nickte nachsichtig. „Das kann ich gut verstehen. Du kannst uns helfen, den Täter zu finden, wenn du uns alles berichtest, was du über ihre Männerbekanntschaften weißt. Kennst du Namen?"

„Tja, da gab es ganz schön viele. Ich schreibe Ihnen auf, was ich weiß. Es sind aber nur Vornamen. Ich kenne keine Adressen oder so. Darin hat Jessi nicht mal mich eingeweiht, obwohl ich ihr am nächsten stand und sie am längsten kannte."

„Okay. Wie war Jessis Verhältnis zu ihrer Mutter?", fragte Lilly.

„Ihrer Mutter?", fragte Leonie verunsichert.

„Ja. War Jessi dankbar oder gab es häufig Streit?"

„Als dankbar würde ich sie nicht gerade bezeichnen", setzte Leonie zu einer Antwort an.

„Es war ihr also nicht bewusst, wie hart es für ihre Mutter all die Jahre gewesen ist, alles alleine zu rocken?", hakte Lilly nach.

„Eher nicht. Ich glaube, das hat sie nicht gesehen."

„Würdest du Jessi als egoistisch bezeichnen?"

Leonie wand sich. „Das sind keine schönen Fragen", stellte sie fest.

„Aber du willst uns bei der Aufklärung dieses Verbrechens helfen, oder?" Es war suggestiv, funktionierte aber fast immer.

„Ja, natürlich. Also gut, Jessi war recht ichbezogen. So leicht hätte sie für eine andere Person auf nichts verzichtet, was ihr wichtig war. Und ja, bevor Sie fragen, das galt sogar für mich.

Aber jetzt klingt es, als wäre sie ein total unsympathischer Mensch gewesen. Das zeichnet ein falsches Bild. Sie konnte genauso sehr hilfsbereit und großzügig sein."

„Allerdings nicht zu Lasten ihrer eigenen Interessen."

„Hhm."

„Wie kam sie denn nun mit ihrer Mutter aus? Gab es häufig Zoff?"

„Nee, ich glaube, Jessi ist dann eher abgehauen. Allerdings ... einmal habe ich einen heftigen Streit mitgekommen. Ich glaube, das war vor circa drei Wochen. Da hatte ihre Mutter wohl herausbekommen, dass Jessi schwanger war, und ist völlig ausgeflippt."

Knud in St. Peter-Ording

Montag, den 2. September

Kommissar Knud Petersen entwickelte unabhängig von den Kolleginnen den gleichen Plan: Als Erstes wollte er mit dem Freund des toten Jungen sprechen. Rene war laut Thomas Wagner der engste Vertraute seines Sohnes gewesen. Wenn jemand etwas zu dem Mordmotiv sagen konnte, dann er. Wie Lukas stand Rene kurz vor dem Abitur. Die beiden Teenager hatten viele übereinstimmende Interessen und verbrachten nicht nur in der Schule, sondern auch in ihrer Freizeit viel Zeit zusammen. So hatte der Vater das Verhältnis beschrieben.

Nun hoffte Knud, Rene hier zu finden, bevor er sich mit den Lehrern unterhielt. Auf Nachfrage im Sekretariat erfuhr er, dass der Schüler gerade eine Freistunde hatte und sich möglicherweise im Gemeinschaftsraum aufhielt. Der Tipp erwies sich als richtig. Lilly und Charlie hatten ein Foto von dem Jungen mitgebracht, das Thomas Wagner ihnen zur Verfügung gestellt hatte. Knud erkannte ihn auf Anhieb. Er saß allein in einer Ecke des Raums, vor ihm ein aufgeschlagenes Buch, allerdings ging sein Blick ins Leere.

„Rene?" Knud stellte sich vor. „Können wir über Lukas reden?"

„Klar, Mann. Setzen Sie sich. Sein Vater hat mich über seinen Tod in Kenntnis gesetzt." Seine Stimme vibrierte, ganz offensichtlich ging ihm der Verlust sehr nahe, was nachvollziehbar war, wenn die Teenager so gut befreundet waren. „Was wollen Sie wissen?"

„Kannst du dir vorstellen, was passiert ist? Hatte Lukas Zoff oder heftige Konflikte, die in einem Streit eskaliert sein könnten?", fragte Knud weiter.

„Pfft", stieß er zischend die Luft aus. „Wollen Sie meine ehrliche Meinung hören?"

„Ja, natürlich, deshalb bin ich hier." Knud sprach nur halblaut, zum einen wegen ein paar weiteren Schülern, die sich in dem großen Raum befanden, zum anderen wollte er Rene beruhigen, was jedoch mäßig gelang.

„Ich ziehe nicht gerne über andere her, das entspricht nicht meiner Art, aber in diesem Fall bin ich mir sicher, dass es mit dieser Jessi zusammenhängt. Keine Ahnung, was Lukas an der Schnecke so gefiel. Ich habe mit Engelszungen auf ihn eingeredet, damit er mit ihr Schluss macht, aber er hatte einen Narren an ihr gefressen – obwohl sie nicht gerade zimperlich war und bestimmt nicht treu."

„Bist du da sicher?", hakte Knud nach.

Einen Moment lang schien Rene verunsichert. „Wie meinen Sie das?"

„So, wie ich es gesagt habe. War Jessi lediglich in der Vergangenheit flatterhaft gewesen oder auch deinem Freund gegenüber?"

„Mann! So eine wie die ändert sich nicht! Wissen Sie über Jessis Ruf Bescheid? Man soll nicht schlecht über die Toten reden, das weiß ich wohl, aber sie war ein Flittchen. Die hätten Sie mal auf Partys erleben müssen, da ging sie richtig ab, hat nichts anbrennen lassen! Ich wusste von Anfang an, dass es Ärger mit der gibt – aber Lukas wollte nicht auf mich hören. Null!"

„Und wie hat dein Freund darauf reagiert, wenn sie sich austobte?"

„Ach, der war blind vor Liebe. Sagt man doch so, oder? Schlimm. Ich habe ihn gewarnt, auch wenn ich sowas nie vermutet hätte."

„Gab es weitere Konflikte?", fragte Knud weiter.

„Was soll das denn heißen, Mann? Wir hatten keine Konflikte. Ich wollte ihn nur davor bewahren, in sein Unglück zu laufen. Mit seinem Tod habe ich nichts zu tun. Er war mein Freund!"

„Okay, und sonst? Hatte er weitere Freunde oder häufiger Streit mit einer oder mehreren Personen?"

„Nee, Lukas war fleißig, hat sich voll auf sein Abi konzentriert. Sonst hätte er extrem Ärger mit seinem Alten bekommen. Ansonsten war er freundlich und eher unauffällig. Keiner der gerne im Rampenlicht stand. Insofern passte Jessi überhaupt nicht zu ihm. Ich weiß nicht, was er in ihr sah. Keinen Schimmer, Mann."

Rene schien ihm auszuweichen.

„Bitte beantworte meine Frage. Es handelt sich hierbei um eine Mordermittlung. Alle Details sind wichtig." Knud nutzte einen eindringlichen Tonfall und guckte Rene direkt in die Augen. „Also, gab es Anlass für Streit und Konflikte? Neid? Irgendetwas, das ein Mordmotiv begründen könnte?"

„Ich weiß nicht so recht. Lukas hatte immer echt coole Klamotten, Markensachen eben, die gerade angesagt waren. Sowas konnte sich natürlich nicht jeder leisten, nicht in diesem Umfang. Genau genommen konnte es sich aus unserem Jahrgang so gut wie keiner leisten."

„Hatte Lukas einen Job oder haben seine Eltern ihm alles bezahlt?" Knud wollte die Aussage von Thomas Wagner absichern.

„Nee, Lukas hatte nie einen Nebenjob. Sein Alter wollte unbedingt, dass er ein super Abi baut, möglichst als Jahrgangsbester. Da war er echt streng. Als Gegenleistung zeigte er sich großzügig, was Klamotten und Taschengeld anging. Als solches kann man die Kohle eigentlich gar nicht mehr bezeichnen, die Lukas zur Verfügung hatte."

„Gab er damit an?", wollte Knud wissen.

Rene schüttelte den Kopf. „Nee, Lukas war wie gesagt eher der zurückhaltende Typ. Trotzdem wusste es natürlich jeder und auf seine Klamotten war der eine oder andere sicherlich neidisch. Außerdem machte er den Führerschein und alle sind davon ausgegangen, dass sein Vater ihm danach ein Auto bezahlt."

„Okay. Kannst du mir Namen nennen? Hatte Lukas Streit oder wurde er gemobbt?" „Also von irgendwelchem Stress weiß ich nichts ..."

„Hat Lukas nicht mir dir darüber gesprochen?", hakte Knud nach.

„Nein. Wenn da was war, lief das subtiler ab. Ich denke, da müssen Sie mit den anderen schnacken. Vielleicht weiß Tamara was."

„Eure Vertrauenslehrerin?"

„Ja, die ist aber heute nicht da."

Im Anschluss sprach Knud mit einigen Schülern, bekam allerdings nur Renes Aussagen bestätigt. Niemand schien in einen ernsten Streit mit dem toten Jungen verwickelt zu sein. Manche zeigten sich - wie von Rene vermutet - neidisch auf die finanzielle Freiheit, relativierten den Vorteil jedoch in Bezug auf die Strenge, mit der Thomas Wagner seinem Sohn begegnet war. Insgesamt herrschte die einhellige Meinung, dass niemand mit ihm tauschen wollte. Und keiner schien ihm nach dem Leben getrachtet zu haben oder konnte einen Hinweis auf ein mögliches Mordmotiv liefern.

Als Nächstes suchte Knud das Lehrerzimmer auf. Insgesamt verstärkte sich der Eindruck, dass der Grund für die brutalen Morde eher im Umfeld von Jessi zu suchen war, aber er wollte seine Ermittlung nicht durch Voreingenommenheit beeinträchtigen. Trotzdem beschloss er, seine Befragung auf beide Opfer auszuweiten und sich nicht allein auf Lukas zu konzentrieren.

An einem großen Tisch saßen eine Frau und zwei Männer, die in ein Gespräch vertieft waren und Knud erst bemerkten, als er sie ansprach.

„Moin, Kriminalkommissar Knud Petersen, darf ich Sie kurz unterbrechen?"

„Sicher, setzen Sie sich zu uns. Sie kommen bestimmt wegen der beiden Todesfälle", mutmaßte einer der Männer.

Knud nickte. Insgeheim wunderte er sich, wie schnell es sich bis zur Schule herumgesprochen hatte.

„Das ist wirklich eine Tragödie. Wir sind alle sehr geschockt."

„Haben Sie die beiden unterrichtet?"

„Ja. Ach, entschuldigen Sie, ich habe mich gar nicht vorgestellt. Patrick Gerdes. Ich gebe in der Oberstufe Mathematik und Sport. Thomas Wagner hat heute Morgen im Sekretariat angerufen und uns informiert. Wie können wir Ihnen weiterhelfen?"

„Ich kenne die beiden leider nicht, weil ich lediglich in der Mittelstufe unterrichte", meldete sich die Frau zu Wort. „Wenn es okay ist, würde ich mich verabschieden."

„Gleiches gilt für mich", fügte der zweite Lehrer hinzu. Die beiden schienen es eilig zu haben, den Raum zu verlassen. „Du kannst dem Kommissar bestimmt weiterhelfen, du kanntest Jessi Kramer ja ganz gut", fügte er hinzu.

Knud wurde sofort hellhörig. War dieser Kommentar nur so dahingesagt oder hatte er einen tieferen Sinn? Und immerhin kannte er den Namen des Mädchens.

„Bitte geben Sie mir Ihre Personalien, falls später Fragen auftauchen, dann werde ich mich erst mal mit Ihrem Kollegen unterhalten", stimmte Knud zu.

„Was meinte Ihr Kollege mit seiner Bemerkung?", griff Knud diese wieder auf, als sie allein am Tisch saßen.

„Ach, dem sollten Sie keine große Bedeutung beimessen", erwiderte Patrick Gerdes, wirkte jedoch leicht verlegen. „Uwe und ich spielen einmal die Woche zusammen Tennis. Dabei habe ich bestimmt erwähnt, dass ich mich über ihren Lebenswandel wundere. Sie war wirklich eine gute Schülerin und es schien ihr leicht zu fallen, beste Noten zu erreichen, ohne außerhalb des Unterrichts viel dafür zu tun. Manchmal kam sie allerdings zu spät und schien dabei völlig übernächtigt."

„Wie äußerte sich das?"

„Na ja, das Übliche. Dunkle Augenringe, die sie nicht wegschminken konnte und ausgesprochen häufiges Gähnen. Ab der zweiten Stunde schien sie wieder wach zu werden, aber wenn man sie gleich morgens erlebte, machte man sich schon Sorgen."

Man oder nur Patrick Gerdes?

„Sie haben Sie sehr intensiv beobachtet", stellte Knud leicht provokativ fest.

„Ja, das ist wohl richtig." Leichte Röte zog über Gerdes´ Gesicht. „Eigentlich sollte das gar nicht ungewöhnlich erscheinen, oder? Meine Schüler liegen mir wirklich am Herzen. Für mich ist das hier nicht nur ein Job, um Geld zu verdienen. Ich nehme meinen Bildungsauftrag ernst. Ein bisschen Erziehung ist manchmal ebenfalls vonnöten, auch wenn die Schüler der Oberstufe das natürlich anders sehen." Seine Argumentation wirkte einstudiert.

„Haben Sie Jessi mal darauf angesprochen?"

„Ja, sicher", antwortete dieser knapp.

„Und? Wie hat sie reagiert?"

„Jessi war sehr unabhängig und selbstbewusst." Die Röte in seinem Gesicht verstärkte sich. „Tja, wenn ich ehrlich sein soll: Sie sagte mir, ich solle mich zum Teufel scheren und mich um meine eigenen Angelegenheiten kümmern. Ihre Noten seien gut und darauf käme es schließlich an. Der Rest sei ihre Privatsache."

„Haben Sie sich darüber geärgert?", vertiefte Knud das Thema. War das alles oder steckte mehr dahinter?

„Vielleicht ein wenig. Ich fühlte mich nicht ganz ernst genommen. Aber letztendlich hatte sie ja recht", relativierte er.

„Und wie haben Sie Lukas Wagner wahrgenommen?", wechselte Knud so plötzlich das Thema, dass sein Gegenüber überfordert schien.

„Lukas?"

„Ja. Das zweite Opfer."

„Lukas war ebenfalls ein sehr guter Schüler", entgegnete Patrick Gerdes. Er schien mit den Gedanken noch bei Jessi zu sein.

„Sind Ihnen Konflikte mit anderen Schülern bekannt, die zu dieser Tat geführt haben können?"

Gerdes blickte ihm direkt in die Augen. „Die beiden sind zusammen gefunden worden, oder?"

„Ja, in den Dünen."

„Hhm, merkwürdig."

„Was ist daran merkwürdig?"

„Ich weiß nicht. Die passten überhaupt nicht zusammen. Sie war extrem extrovertiert und er eher zurückhaltend."

„Manchmal ziehen sich gerade Gegensätze an", erwiderte Knud. Bei Charlotte und ihm selbst war es genauso.

„Ja, da mögen Sie recht haben. Um auf Ihre Frage zurückzukommen: Da ist mir nichts bekannt. Allerdings war Lukas eher unauffällig und angepasst. Vielleicht wenden Sie sich mit dieser Frage an Tamara. Tamara Knoop, unsere Vertrauenslehrerin. Wenn jemand etwas darüber wissen könnte, dann sie. Tamara ist heute in einer dringenden Privatangelegenheit unterwegs, aber morgen bestimmt wieder da."

„Ja, das werden wir auf jeden Fall machen. Noch eine Frage zum Abschluss: Ist Ihnen bekannt, ob die Opfer Drogen konsumiert haben?"

„Drogen? Wie kommen Sie denn da drauf?"

„Bitte beantworten Sie einfach meine Frage", forderte Knud. Die Obduktionsergebnisse würden darüber ohnehin Aufschluss geben, aber der Kommissar war daran interessiert, wie gut Gerdes seine Schüler kannte.

„Davon habe ich keine Kenntnis. Insgesamt gehe ich davon aus, dass wir hier an unserer Schule kein Drogenproblem haben. Hoffentlich täusche ich mich nicht."

Lilly in St. Peter-Ording

Dienstag, den 3. September

Die Besprechung am Morgen war aufgrund der mageren Fakten eher langweilig. Lilly konnte es gar nicht abwarten, endlich wieder zur Schule aufzubrechen, um zuerst mit Tamara Knoop und im Anschluss mit weiteren Lehrern und Schülern zu sprechen. Fiete hatte von beiden Schülern Accounts auf Instagram gefunden, aber die Ausbeute war mager. Lukas hatte kaum etwas gepostet. Jessi war aktiver gewesen. Es gab ein paar Hinweise auf besuchte Clubs und Fotos von Strandpartys, die aber eher die Location und die Menge als explizite Fotos von einzelnen Jungs oder Männern zeigten, mit denen sie unterwegs gewesen war. Dazu eine Menge selbstdarstellerischer Selfies. Auf Lilly wirkte dieses Mädchen verloren. Trotz ihrer zahlreichen Bekanntschaften schien sie einsam gewesen zu sein. Und vielleicht war ihr Selbstbewusstsein gar nicht so ausgeprägt, wie sie es andere glauben ließ.

Irgendjemand musste mehr wissen. Sie selbst glaubte nicht an die Theorie eines Raubmordes, dafür war der Täter zu brutal vorgegangen. Klar, vermutlich fehlte Bargeld, vielleicht dazu ein kleiner Drogenvorrat – das sollte eins ihrer Themen mit der Vertrauenslehrerin sein. Aber war das Grund genug, um die beiden Teenager mit zahlreichen Messerstichen zu attackieren? Im Grunde hätte es ausgereicht, sie unschädlich zu machen, statt sie gleich zu töten. Und die Smartphones könnten Hinweise auf den Täter geben. Kein Wunder also, wenn er sie mitgenommen hatte.

Sie war überaus gespannt auf das Gespräch mit Tamara Knoop und hatte wenig Lust, sich in weiteren Spekulationen zu ergehen, wie die Kollegen es gerade taten.

Daneben hoffte sie natürlich, mehr über Jessi zu erfahren. Mehr als diese Selbstdarstellung auf Insta. Und mehr als man von außen sehen konnte. Oder täuschte sie sich? War Jessi einfach ein Früchtchen gewesen, das sich gerne amüsierte?

Konnte ihr lockeres Leben mit zahlreichen Lovern darüber hinaus ein Motiv für die Morde sein? Sie versuchte etwas zu konstruieren, verwarf aber eine These nach der anderen. Eifersucht - ja. Aber deshalb beide so brutal abzuschlachten? Das ergab irgendwie keinen Sinn. Was hätte ein Nebenbuhler davon, seine Angebetete zu töten? Hatte sie ihm einen endgültigen Korb gegeben oder war er einfach nur wütend, weil sie keine feste Beziehung führen wollte? Nun verstrickte sie sich selbst in Spekulationen. Ärgerlich und wenig zielführend!

„Na, Lilly? Wo weilst du mit deinen Gedanken? Willst du uns teilhaben lassen?", sprach Fiete sie direkt an.

„Ich finde, wir haben viel zu wenig in der Hand, um lange darüber zu reden. Ich möchte lieber los, um die Befragungen fortzusetzen. Seid mir nicht böse, aber dieses Gerede führt zu nichts."

„Ich stimme Lilly zu", schloss Charlie sich an, was Lilly ein gutes Gefühl gab.

„Allerdings sollten wir uns nicht nur auf die Schule konzentrieren. Ich weiß nicht warum, aber ich habe den Eindruck, dass weder die Mitschüler noch die Lehrer alles preisgeben, was sie wissen. Wir sollten den Radius vergrößern."

„In welche Richtung?", fragte Knud.

„Tja, das ist nicht so einfach, aber was ist mit Freizeitaktivitäten der beiden? Waren sie in Sportvereinen oder anderen Gruppen?"

„Das habe ich gestern schon gefragt. Fehlanzeige", antwortete Lilly.

„Was ist mit einer Pressekonferenz verbunden mit einem Zeugenaufruf? Es könnte am Mordabend jemand was beobachtet haben."

„Dazu können wir außerdem in der *Weißen Düne* herumfragen, ob jemand was Ungewöhnliches wahrgenommen hat", stimmte Knud zu.

„Ja, wenn sich unser Hilfssheriff nicht längst darum gekümmert hat", witzelte Lilly. „Würde mich nicht wundern, wenn er gleich hereinmarschiert. Aber davon abgesehen könnten sich Jungen oder Männer melden, die mit Jessi in Kontakt standen."

„Für wie wahrscheinlich haltet Ihr das? Wenn wir bekanntgeben, dass sie ermordet wurde, gehen die alle in Deckung. Keiner möchte in unser Visier geraten! Zumal sie minderjährig war. Das hat sie bestimmt verschwiegen."

„Glaube ich auch", bestätigte Charlie. „Lass uns lieber in den Clubs der Umgebung nachfragen. Vielleicht weiß die Freundin Leonie, wo Jessi bevorzugt hingegangen ist. Das haben wir sie gestern nicht gefragt."

„Ein paar Infos habe ich dazu auf Instagram gefunden", meldete sich Fiete zu Wort.

„Richtig, damit können wir anfangen", nickte Charlie. „Und es müssen sich ja nicht die Männer selbst melden, die mit Jessi zusammen waren. Ich rede von einem Zeugenaufruf. Das können schließlich genauso andere Club- oder Strandbesucher sein, die Jessi gesehen haben. Immerhin war sie eine auffällige Erscheinung. In meinen Augen sehr attraktiv: Groß, schlank, blond – das fällt immer auf - und dann gepaart mit ihrem extrovertierten Verhalten. Da gucken nicht nur Männer, sondern auch Frauen hin."

„Gut", beendete Fiete die Diskussion. „Ich stimme Lilly zu. Ich bereite eine Pressekonferenz vor. Dazu nehme ich erneut Kontakt mit Frau Kramer und den Eheleuten Wagner auf, damit wir die Eltern einbeziehen. Vielleicht bekomme ich außerdem weitere Informationen. Gestern standen alle unter Schock. Vielleicht ist ihnen mittlerweile etwas eingefallen, was uns weiterhilft."

„Wer tritt vor die Presse?", wollte Lilly sofort wissen. „Darf ich es dieses Mal machen?"

Fiete warf ihr einen verschmitzten Blick zu. Sie wusste aber, wie sehr er sich über ihr Engagement freute. Traute er es ihr zu, vor die Kameras zu treten und die kritischen Fragen der Presse zu beantworten?

„Bitte Chef! Ich kann das!", fügte sie hinzu und spürte die Hitze in ihrem Gesicht.

„Also gut. Heute am späten Nachmittag – oder morgen Mittag. Zusammen mit Charlotte", entschied Fiete. „Ich bereite alles vor."

Lilly war zufrieden. Am Ende hatte sich die Besprechung doch als wertvoll erwiesen. Hochmotiviert fuhr sie schließlich zusammen mit Charlie erneut zu der Schule. Plötzlich war sie optimistisch, heute mehr als am gestrigen Tag in Erfahrung zu bringen.

Tamara Knoop empfing sie im Lehrerzimmer. Sie wirkte erschöpft und übermüdet, außerdem schien sie geweint zu haben. Lilly fragte sich spontan, ob ihre Tränen durch die beiden Mordfälle ausgelöst wurden. Dann fiel ihr wieder ein, dass Knud eine dringende Familienangelegenheit erwähnt hatte.

„Bitte entschuldigen Sie meine Verfassung", erklärte sie nach der Begrüßung. „Erst habe ich gestern Morgen von diesen unfassbaren Morden erfahren, dann kam am Vormittag eine Hiobsbotschaft über meine Mutter. Sie ist gestürzt und befand sich über Stunden in einem überaus kritischen Zustand. Normalerweise wirke ich nicht wie eine überforderte Irre, aber heute kann ich für nichts garantieren." Sie versuchte ein Lächeln, das ein wenig schief geriet. „Aber natürlich sind Sie nicht hergekommen, um von meinen privaten Problemen zu hören. Sicherlich wollen Sie etwas über Jessi und Lukas erfahren."

„Trotzdem alles Gute und baldige Genesung für Ihre Mutter." Charlies Stimme drückte Mitgefühl aus. „Und ja. Wir fragen uns natürlich, ob die beiden – oder wenigstens einer von ihnen – vertrauliche Gespräche mit Ihnen geführt haben. Das könnte uns bei der Ermittlung weiterhelfen."

„Können Sie da etwas konkreter werden?", fragte Tamara Knoop. Sie schien ihre privaten Herausforderungen für den Moment beiseitezuschieben und konzentrierte sich auf die beiden Kommissarinnen.

„Natürlich. Sind Ihnen Drogenprobleme unter Ihren Schülern bekannt?"

Tamara zuckte zusammen. „Puh, Sie kommen ja gleich zur Sache. Werden die Dinge, die ich Ihnen berichte, vertraulich behandelt? Ich möchte sie nicht so gerne morgen in der Zeitung lesen, möglicherweise ergänzt mit meinem Namen als Quelle. Es kostet viel Zeit und Energie, das Vertrauen der Schüler zu gewinnen. Wenn ich als Plaudertasche dastehe, kann ich diesen Job an den Nagel hängen. Ich verstehe Ihr Anliegen, aber so schrecklich das Ganze ist, geht für die anderen Schüler das Leben weiter. Meine Position ist wichtig, wenn sie eine Anlaufstelle außerhalb der Familie oder des Freundeskreises brauchen."

„Dessen sind wir uns bewusst", versprach Charlie.

Lilly ärgerte sich ein wenig, dass die Kollegin wieder die Gesprächsführung an sich riss, hielt sich aber trotzdem vorerst zurück.

„Okay. Sie behalten es für sich und nutzen es lediglich für die Aufklärung der Morde, ja?", vergewisserte sich Tamara Knoop erneut.

„Wir versprechen es", mischte sich Lilly nun doch ein. Ihre Ungeduld wuchs, endlich Fakten zu erfahren, und Charlie ging es bestimmt genauso.

„Also gut. Sie bekommen es ja ohnehin heraus", beruhigte sie sich selbst. „Leider muss ich das bestätigen. Zumindest, was Lukas anging. Und das Problem war nicht neu. Lassen Sie mich überlegen ... es muss mindestens anderthalb Jahre her sein, als er zum ersten Mal zu mir kam. Dabei gestand er mir, ab und zu mal einen Joint zu rauchen, um den Druck zu reduzieren, den sein Vater auf ihn ausübte. Thomas Wagner ist ein überaus erfolgreicher Geschäftsmann, der an seinen Sohn die gleichen hohen Erwartungen stellt, wie an sich selbst. Für Lukas bedeutete es, eine Eins im Durchschnitt zu erreichen und damit als Klassenbester abzuschließen. Diesem Druck, der sich nicht erst kurz vor dem Abschluss aufbaute, sondern ihn seit Jahren begleitete, hielt er nicht mehr stand. Der Junge war eher sensibel und introvertiert. Kein Draufgänger und leider auch keine gefestigte Persönlichkeit, die dem Vater die Stirn bieten konnte. Er versuchte so zu wirken, aber tief in seinem Innern litt er unter der Gesamtsituation."

„Und kompensierte sie mit Drogen."

„Ja. Leider konnte ich ihn nicht davon abbringen. Meinen Vorschlag, sich eine Therapeutin zu suchen, lehnte er ab. *Wenn mein Vater das erfährt, bin ich endgültig geliefert.* Das waren seine Worte. Da half es nicht zu argumentieren, dass seine Drogensucht dem Vater genauso missfallen würde. Er drohte mir geradezu, falls ich es wagen würde, seinen Eltern von unseren Gesprächen zu erzählen."

„Es blieb also nicht beim Rauchen eines Joints?", brachte Lilly es auf den Punkt.

„Nein. Im Laufe der Zeit konsumierte er immer regelmäßiger Drogen und steigerte die Dosierung."

„Hätten Sie das nicht melden müssen?"

„Nein, wir Pädagogen sind nicht zur Meldung verpflichtet. Das würde unseren Job als Vertrauensperson aushebeln. Anders sieht es aus, wenn Lukas gedealt oder seine Sucht mit kriminellen Handlungen finanziert hätte. Das brauchte er allerdings nicht, weil sein Vater ihn großzügig mit Geld bedachte, damit er sich voll aufs Lernen konzentrieren konnte."

„Welch Ironie", entfuhr es Lilly.

„Ja, daran hatte er einen gewissen Gefallen gefunden, obwohl er insgesamt unglücklich mit seiner Situation war und gerne wieder clean geworden wäre", erklärte Tamara Knoop.

„Trotzdem hat er den Kontakt zu einem Psychologen verweigert? Das klingt widersprüchlich", gab Charlie zu bedenken.

„Das war ihm selbst bewusst. Allerdings ging er davon aus, es nach dem Abi in den Griff zu bekommen, wenn der Druck weg wäre."

„Sollte da nicht ein Studium folgen?", fragte Lilly.

„So ist es. Es hätte sich nichts geändert, aber davon wollte Lukas nichts hören. Und da es nicht zu meinen Aufgaben gehört, ihn in eine Richtung zu drängen, habe ich eben versucht, in vielen geduldigen Gesprächen Überzeugungsarbeit zu leisten."

„Mit Erfolg?"

„Leider nur mäßig. Und nun ist es zu spät. Was für ein Jammer", fügte sie flüsternd hinzu. „Das gibt mir das Gefühl, versagt zu haben."

Charlie und Lilly tauschten einen Blick. Eindeutig brauchte die Vertrauenslehrerin eine Pause, bevor sie sie zu Jessi befragten.

„Soll ich Ihnen einen Kaffee besorgen? Gibt es hier eine Cafeteria oder einen Automaten?", fragte Lilly mitfühlend.

„Leider nur einen Automaten", antwortete die Gefragte. „Der Kaffee schmeckt nicht besonders, aber vielleicht hilft es trotzdem." Sie beschrieb den Weg. „Hauen Sie ordentlich Milch und Zucker rein, dann geht´s. Ach, warten Sie, eigentlich würde ich gerne einen Moment frische Luft schnappen. Können wir unsere Unterhaltung nicht draußen fortsetzen? Es gibt in Fußweite ein kleines Café mit einer Terrasse. Dort sind wir genauso ungestört. Und der Kaffee ist wesentlich genießbarer." Sie lächelte schwach. „Was meinen Sie?"

Eine Viertelstunde später saßen sie vor drei großen Tassen mit duftendem Milchcafé im Schatten eines Marktschirms mit einer Bierwerbung, die fehl am Platze wirkte.

„Hat Jessi sich Ihnen ebenfalls anvertraut?", nahm Charlie die Befragung schließlich wieder auf.

„Nein. Ich weiß, worauf Sie anspielen. Man braucht sich nicht lange in unserer Schule aufhalten, um die Gerüchte über Jessi zu Ohren zu bekommen."

„Handelt es sich wirklich bloß um Gerüchte?", hakte Lilly sofort ein.

„Nein, da habe ich mich missverständlich ausgedrückt. Es ist vielmehr eine Tatsache, dass Jessi mit ihren Kontakten zum anderen Geschlecht nicht gerade zimperlich war." Tamara Knoop wirkte betrübt. „In so jungem Alter nicht gerade empfehlenswert. Aber das brauche ich Ihnen wohl nicht zu erklären. Ich habe versucht, mit ihr darüber zu reden, aber dazu war sie nicht bereit. Es ginge mich nichts an. Das waren ihre klaren Worte, die ich natürlich respektieren musste. Ich kann nur Angebote machen, für meine Schüler da zu sein, wenn sie ihr Herz ausschütten wollen oder sogar tatkräftige Unterstützung brauchen. Jessi wollte weder das eine noch das andere."

„Und hat Lukas mit Ihnen über Jessi gesprochen?", folgte Lilly einer Eingebung.

„Sie verstehen Ihren Job", äußerte Tamara anerkennend. „Ja, Lukas hatte sich unsterblich in Jessi verknallt. Als er mir das erzählte, war ich anfangs verwundert. Denkt man darüber nach, ist es eigentlich gar nicht so abwegig. Jessi war stark und unabhängig. In der Regel pfiff sie darauf, was andere über sie dachten. Lukas fühlte sich davon angezogen. Vielleicht hoffte er, mit ihrer Hilfe genauso zu werden und damit seinem Vater trotzen zu können. Sich aus seinem Einfluss zu entziehen, war einer seiner größten Wünsche. Dafür wollte er nach Hamburg ziehen, um im ersten Schritt räumliche Distanz zu schaffen."

„Zusammen mit Jessi", mutmaßte Lilly.

„Ja, zusammen mit Jessi. Er hoffte, sie würde sich ändern und mit ihm eine ernsthafte Beziehung leben, wenn sie gemeinsam nach Hamburg zögen."

„Daran haben Sie aber nicht geglaubt." Lilly guckte der Vertrauenslehrerin direkt in die Augen.

„Nein."

„Haben Sie ihm das so deutlich gesagt?"

„Das habe ich nicht übers Herz gebracht. Außerdem war es lediglich meine unmaßgebliche Meinung. Ich hatte ja nicht einmal mit Jessi gesprochen. Warum sollte ich seine Hoffnungen zerstören? Das wäre weder fair noch angemessen gewesen."

„Und was hat er Ihnen über seine Beziehung zu Jessi erzählt? War er sich bewusst, nicht der Einzige im Leben des Mädchens zu sein?", fragte Charlie.

„Natürlich, der Junge war überaus intelligent. Und immer wieder hin- und hergerissen, ob ihm die Nähe zu Jessi guttut. Ich glaube, er hatte ein recht realistisches Bild davon, was er ihr bedeutete."

„Und gehofft, die Nebenbuhler hinter sich zu lassen."

„So ungefähr", bestätigte Tamara.

„Hat er sie zum Drogenkonsum animiert?", wollte Lilly wissen.

„Diese Frage habe ich ihm gestellt, aber keine Antwort erhalten", musste die Vertrauenslehrerin zugeben. „Was natürlich eine gewisse Aussagekraft hat. Wie oft das passiert sein könnte, entzieht sich allerdings meiner Kenntnis."

„Okay. Hat Lukas Namen genannt, wenn Sie über die anderen Jungs und Männer in Jessis Leben gesprochen haben?"

„Nein. Bestimmt kannte er einige Namen, aber er hat sie mir nicht anvertraut. Vielleicht wollte er es im Grunde seines Herzens nicht wahrhaben. Es laut auszusprechen, hätte der Sache mehr Gewicht gegeben." Tamara Knoop schaute auf ihre Uhr. „So langsam müsste ich wieder zurück. Ich habe gleich Sprechstunde und nachdem, was am Wochenende passiert ist, möchte ich die unbedingt wahrnehmen."

Torge in St. Peter-Ording

Dienstag, den 3. September

Auf dem Rückweg von der Gerichtsmedizin sprach Nicole kein Wort. Auch wenn es all seine Geduld forderte, hielt Torge sich weiter mit seinen Fragen zurück.

Die Kollegin hatte ihre Tochter verloren und sich gerade deren toten Körper angeschaut. Schlimmer ging es eigentlich nicht! Torge mochte sich nicht ausmalen, wie er sich fühlen würde, wenn seine eigene Tochter vor ihm starb. Es war einfach die falsche Reihenfolge und das musste Nicole erst mal verdauen.

Obwohl er gerne mehr für sie getan hätte, fühlte er sich hilflos. Alle vermeintlich tröstenden Worte würden sich banal und leer anhören. Außer schweigend neben ihr zu sitzen und sie sicher nach Hause zu fahren, konnte er im Moment nichts machen. Das kam vielleicht später. Hoffentlich!

Nachdem sie bei ihrem Haus angekommen waren, sackte Nicole komplett in sich zusammen. Für die Fahrt nach Husum hatte sie ihre letzten Kräfte mobilisiert, aber jetzt konnte sie nicht mehr.

„Torge, warum musste mein kleines Mädchen bloß so früh sterben? Sie war bestimmt keine Heilige, aber sie hat niemandem etwas zuleide getan! Es kommt mir komplett sinnlos vor und genau genommen kann ich gar nicht fassen, dass sie wirklich tot ist. Wenn ich ehrlich bin, warte ich darauf, dass sie gleich zur Tür hereinmarschiert und fragt, was es zu essen gibt."

Was sollte er dazu sagen? Und bezüglich des Mordmotivs fragte er sich, ob ihre Art den einen oder anderen verletzt hatte. War das der Grund, warum sie sterben musste? Eine verschmähte Männerseele war zu einigem fähig. Vielleicht sogar zu Mord. Aber diese Überlegungen behielt er vorerst für sich. Zum einen waren es lediglich Mutmaßungen, zum anderen halfen sie Nicole nicht weiter.

„Du unterstützt doch immer wieder die Polizei, Torge. Und diese grässlichen Taten sind so nah an unserer *Weißen Düne* passiert. Kannst du dich nicht umhören, ob jemand etwas beobachtet hat? Direkt an diesem Abend oder im Vorwege? Jeder Täter hinterlässt irgendwelche Spuren. Das ist immer so, da bin ich mir sicher. Bitte Torge! Er darf nicht ungestraft davonkommen!"

„Da gebe ich dir recht, Nicole."

„Bitte! Versprich mir, selbst in diesem Fall aktiv zu werden!"

„Hast du kein Vertrauen zu den Kommissaren, Nicole?"

„Doch, natürlich. Sie haben Erfahrung und leisten bestimmt gute Arbeit. Es würde mich aber beruhigen, wenn du dich ebenfalls der Sache annimmst."

„Okay." Gegen einen direkten Auftrag einer Angehörigen konnten die Kommissare nichts einwenden.

„Versprichst du es?"

„Hoch und heilig." Torge hob die Hand wie zum Schwur. Er kam sich dabei etwas albern vor, aber immerhin entlockte es seiner geschätzten Kollegin ein kleines Lächeln.

„Ich danke dir. Boah, jetzt bin ich wirklich groggy und würde mich gerne ein wenig ausruhen. Ist das in Ordnung für dich? Wir sehen uns bestimmt in den nächsten Tagen wieder."

Da er schließlich nicht jeden einzeln ansprechen konnte, hatte Torge gleich am Nachmittag nach seiner Rückkehr in sein Haus in Tating einen Aushang für das schwarze Brett entworfen, auf dem er nach Zeugen suchte. Dabei lenkte er den Fokus fürs Erste auf die Mordnacht. Wer hatte am Rand der Dünen etwas Ungewöhnliches beobachtet? Bewusst hielt er seinen Aufruf vage, um weder seine Chefin Marina Lessing zu verärgern, noch den Kommissaren vorzugreifen, die die Presse bislang nicht informiert hatten.

Es juckte ihm in den Fingern, konkreter zu werden. Sicherlich wäre die gesamte Aktion dann zielführender, aber Torge hatte seine Lektion gelernt. Er selbst war bloß der inoffizielle Hilfssheriff und bekam mächtig Ärger, wenn er über die Stränge schlug. Bereits dieser kleine Zeugenaufruf konnte nach hinten losgehen, aber irgendetwas musste er tun. Er hatte es Nicole schließlich versprochen, beruhigte er sich selbst. Natürlich war das lediglich ein Vorwand. So oder so hätte er kaum untätig herumgesessen. Und wie gesagt: Er konnte schlecht von Tür zu Tür gehen und alle Feriengäste in ihren Bungalows behelligen. Das würde außerdem wesentlich mehr Aufheben verursachen, als so ein schlichter Aushang am Infobrett in der Lobby und in seinem Kabuff, das ebenfalls regelmäßig von Urlaubern aufgesucht wurde. Noch am gleichen Abend fuhr er extra zur

Weißen Düne, um den Zeugenaufruf zu platzieren. Er wollte keine Zeit verlieren.

Gleich am Dienstag schien sich sein Engagement auszuzahlen. Selbstbewusst hatte er seine eigene Handynummer auf dem Aushang angegeben und gleich am Morgen, während er in seiner Kate am Frühstückstisch saß, klingelte sein Smartphone.

„Dafür, dass du lediglich der Hausmeister der Ferienanlage bist, werden deine Ruhezeiten ganz schön ignoriert", zeigte sich Annegret ungewöhnlich unzufrieden.

„Da ich bereits wach bin, sehe ich darin kein Problem, min seute Deern. Besser man ist gefragt, als wenn man langsam zum alten Eisen gezählt und aussortiert wird."

„Davon bist du so weit entfernt, wie ..."

„Ja?"

„Ach, weiß ich auch nicht. Mir fällt kein passender Vergleich ein, aber in Ruhe frühstücken würde ich schon gerne."

„Das kannst du, meine Liebe. Es ist ja mein Telefon, das klingelt." Torge warf ihr einen verschmitzten Blick zu.

Annegret zog als Erwiderung eine Grimasse und er nahm den Anruf entgegen. Insgeheim hoffte er natürlich auf die erste Reaktion. Von seinem Zeugenaufruf hatte er Annegret bisher nichts erzählt. Dafür zeigte sie sich in letzter Zeit ein wenig zu ungnädig. Die Ursache dafür hatte er bislang nicht herausgefunden, aber er verhielt sich lieber vorsichtig.

Die Nummer im Display war ihm unbekannt, aber das kam häufig vor.

„Torge Trulsen. Moin! Was kann ich für Sie tun?", begrüßte er den Anrufer.

„Guten Tag. Hier spricht Renate Wilms. Ich bin zu Gast in der *Weißen Düne*. Wir haben uns noch nicht persönlich kennengelernt. Mein Mann und ich haben einen der Premiumbungalows gemietet, Sie wissen schon, direkt an den Dünen Richtung Strand. Wir haben am späten Samstagabend etwas beobachtet. Wäre es wohl möglich, dass Sie zu uns kommen? Dann könnten wir Ihnen alles in Ruhe berichten."

Die Aufregung kribbelte durch Torges Körper. Er schob den Teller mit dem mit Käse belegten Vollkornbrot zur Tischmitte. Das war ohnehin nicht sein bevorzugtes Frühstück, aber nun war ihm der Appetit endgültig vergangen.

„Natürlich, sehr gerne. In welchem Bungalow wohnen Sie?"

„Nummer 46."

„Ich bin circa in einer Viertelstunde bei Ihnen", hielt er das Telefonat knapp, damit seine bessere Hälfte keinen Verdacht schöpfte. „Die Arbeit ruft", wandte er sich an sie.

„Willst du nicht wenigstens zu Ende frühstücken?"

„Ach, weißt du ..."

„Vollkornbrot ist sowieso nicht dein Ding", ergänzte sie seinen Satz.

„Kommt gleich nach Brokkoli. Nimm es nicht so tragisch. Ich habe Reserven", entgegnete er und strich über seinen Bauch.

„Die du bestimmt mit einem Franzbrötchen auffüllen wirst, sobald du in der *Weißen Düne* angekommen bist", brummelte sie kritisch.

Torge ließ sich in seiner guten Laune nicht beeinträchtigen. „Das ist eine gute Idee." „Torge!"

„Nun sei nicht so grummelig. Ein bisschen Zucker hat noch niemanden umgebracht. Du weißt genau, dass ich in letzter Zeit viel mehr auf meine Ernährung achte, aber dieses Körnerfutter ist tatsächlich nicht meins. Mach uns einfach heute Abend einen schönen gemischten Salat, den esse ich gern."

„Na gut", gab Annegret sich zufrieden, während er bereits aufstand und sich auf den Weg machte. Er war voller Ungeduld, zu hören, was die Gäste beobachtet hatten.

Obwohl es eigentlich auf ein paar Minuten nicht ankam und die Strecke zwischen Tating und St. Peter-Ording ohnehin kurz war, fuhr Torge mal wieder hart am Geschwindigkeitslimit. Sein betagter Kombi röhrte, aber das störte Torge nicht. Er liebte das Auto genauso wie sein altes Haus. Beide zeichneten sich durch besondere Charaktereigenschaften aus. Für nichts auf der Welt hätte der Hausmeister sie eingetauscht.

Er hielt auf einem Parkplatz nahe dem Eingang der *Weißen Düne* und sprintete nahezu durch die Lobby. Vergessen war das Franzbrötchen. Er umrundete den Brunnen und überlegte kurz, ob er einen Cent hineinwerfen sollte, um Fortuna positiv zu stimmen. Aber jetzt seine Geldbörse aus der Hosentasche zu fingern, dafür wollte er sich keine Zeit nehmen. Er wusste nicht einmal, ob er einen Glückstaler dabeihatte. Die Ungeduld trieb ihn an, ohne weitere Verzögerung zu dem Ferienhaus zu gelangen. Zu gespannt war er, was die Urlauber zu berichten hatten.

Hoffentlich brachte ihn das weiter. Torge brauchte dringend einen Aufhänger, um sich auf dem Revier blicken zu lassen, damit er nicht ganz von der Ermittlung der Kommissare ausgeschlossen wurde.

Kurz bevor er den Bungalow erreichte, blieb er stehen und atmete einmal tief durch. Er wollte seriös und vertrauenerweckend wirken und nicht wie ein Fisch auf dem Trockenen nach Luft schnappen, wenn er mit den Gästen ins Gespräch kam.

Endlich war es soweit. Als er den Bungalow erreichte, stand Renate Wilms bereits in der offenen Tür.

„Ach, Herr Trulsen, ist das schön, dass wir uns endlich persönlich kennenlernen! Ich habe so viel von Ihnen gehört und gelesen. Sie sind ja ein echter Tausendsassa! Kommen Sie rein, ich habe vorhin einen Kuchen gebacken. Diese Premiumbungalows sind wirklich gut ausgestattet!"

Leichte Sorge beschlich Torge, ob er hier wirklich zielführende Infos in Erfahrung bringen würde. Es wirkte beinahe so, als träfe er gerade auf einen echten Groupie. Normalerweise fühlte er sich extrem geschmeichelt, wenn jemand ihm Anerkennung zollte. Heute war er aber nicht hergekommen, um Kuchen zu essen und sich feiern zu lassen. Dafür war die Lage zu ernst – und war es außerdem zu früh am Tag!

„Moin Frau Wilms. Danke für Ihren Anruf", blieb er vorerst höflich und zurückhaltend. Vielleicht trog der erste Eindruck und die Frau hatte bei aller Begeisterung für seine Person trotzdem etwas Wichtiges mitzuteilen.

„Kommen Sie herein. Mein Mann wartet auf der Terrasse." Damit zerrte sie ihn geradezu in das Haus.

„Wollen Sie Kaffee? Trinken Sie ihn mit Milch und Zucker?", bestürmte sie ihn weiter, nachdem er Herrn Wilms begrüßt und sie Platz genommen hatten.

Jetzt wurde es Torge zu viel. „Frau Wilms, das ist alles sehr freundlich von Ihnen, aber ich habe gerade gefrühstückt und ich bin hergekommen, um etwas über Ihre Beobachtung zu erfahren. Immerhin handelt es sich um ..." Beinahe hätte er sich verplappert! Torge konnte sich gerade noch auf die Zunge beißen.

„Ich habe dir ja gesagt, dass du mal wieder übertreibst", meldete sich Herr Wilms zu Wort. „Wer isst um diese Uhrzeit Kuchen?"

Das war gerade noch mal gutgegangen!

Dachte er.

Aber sie hatte ihm aufmerksam zugehört. „Immerhin handelt es sich um was?", fragte sie.

„Unwichtig!", erwiderte Torge bewusst burschikos, um eine mögliche Nachfrage im Keim zu ersticken. „Sie haben mich angerufen, um mir eine Beobachtung mitzuteilen. Haben Sie nun etwas gesehen oder wollten Sie lediglich mit mir plaudern?" Es klang unfreundlicher als beabsichtigt, aber so langsam verlor Torge die Geduld.

Aus den Augenwinkeln sah er, wie der Mann sein Gesicht verzog. Ob das ihm selbst oder seiner Frau galt, blieb offen.

„Entschuldigen Sie, Herr Trulsen. Ich wollte nur freundlich sein." Sie wirkte ein wenig pikiert, vertiefte es aber nicht. „Mein Mann und ich haben gesehen, wie die Bewohner des Bungalows ein Stückchen weiter hoch am Samstagabend nach Einbruch der Dunkelheit in die Dünen gegangen sind. Erst waren wir uns nicht sicher, aber kurz darauf haben sie Taschenlampen eingeschaltet, da konnte man es deutlich sehen." Die Enttäuschung traf Torge wie ein Schlag in die Magengrube! Dafür war er hierher gehetzt und hatte seine Annegret alleine am Frühstückstisch sitzen lassen? War das wirklich alles, was das Ehepaar zu berichten hatte?

„Ist Ihnen nicht gut?", fragte die besorgte Frau Wilms prompt. „Wollen Sie jetzt ein Stück von meinem selbstgebackenen Kuchen? Er schmeckt vorzüglich und Sie sehen so aus, als könnten Sie eine Stärkung vertragen."

„Renate! Lass den armen Mann endlich mit dem verfluchten Kuchen in Ruhe", verlor ihr Gatte die Geduld. „Vielleicht braucht er eher einen Schnaps. Sie sehen wirklich ein bisschen blass um die Nase aus, mein Guter."

Torge hob abwehrend die Hand. Er wollte weder das eine noch das andere. „Und was haben Sie außerdem bemerkt?", startete er einen letzten Versuch, diese Aktion mit einem positiven Ergebnis abzuschließen.

„Das war alles. Wir hatten am gleichen Abend überlegt, ob wir das melden sollen, weil es ja verboten ist, aber wir wollten uns nicht als Moralapostel aufspielen", erklärte sie.

„Außerdem hat kurz darauf die späte Samstagabendshow im großen Saal angefangen und die wolltest du auf keinen Fall verpassen", fügte er hinzu.

„Ja, das stimmt."

Es war, wie er von vornherein befürchtet hatte. Bevor die Kommissare die Mordfälle nicht an die Öffentlichkeit brachten, hatte er kaum eine Handhabe, sie zu unterstützen.

Knud in Husum

Mittwoch, den 4. September

Am Mittwochmorgen saßen die Kommissare bei ihrer morgendlichen Besprechung zusammen und resümierten die nach wie vor recht mageren Fakten, als Knuds Telefon klingelte.

„Moin Fiona, welch Glanz in unserer Hütte", begrüßte er die Gerichtsmedizinerin. „Hast du etwas Besonderes für uns? Sonst schickst du deine Obduktionsberichte doch per Mail."

Sofort hatte er die volle Aufmerksamkeit der Kollegen. Charlotte kniff fast unmerklich die Augen zusammen. Noch immer warf seine kurze Affäre mit Fiona einen schwachen Schatten über seine Beziehung mit der Kollegin. Wenn er diese Entwicklung hätte voraussehen können, wäre er nie schwach geworden, aber die Unkompliziertheit der Gerichtsmedizinerin hatte ihn damals eingefangen. Und an eine private Zukunft mit der toughen, aber nach ihrer negativen Erfahrung beziehungsscheuen Charlotte hatte er zu jenem Zeitpunkt nicht mehr geglaubt. Nun verkomplizierte es die Zusammenarbeit, aber da musste er durch.

„Eigentlich könntet Ihr viel öfter zu den Obduktionen erscheinen. Was das angeht, seid Ihr ganz schön träge geworden", mokierte sich Fiona. „Oder macht euch der Anblick der toten Körper dermaßen zu schaffen, dass Ihr dem lieber ausweicht?"

„Es gibt Schöneres", gab Knud offen zu und hoffte, sie damit zu beschwichtigen.

Prompt ließ sie ihr helles Lachen hören. „Ich vergebe dir. Trotzdem würde es sich dieses Mal lohnen, herzukommen. Kann ich auf dich zählen?"

Anscheinend hatte er keine andere Wahl. „Geht klar, ich mache mich gleich auf den Weg. Vielleicht kann ich eine meiner Kolleginnen überzeugen, mich zu begleiten."

Lilly wich seinem Blick sofort aus. „Also ich muss die Pressekonferenz vorbereiten. Sonst wäre ich wirklich gerne mitgekommen." Sie hob den Kopf und grinste ihn frech an.

Knud mochte die junge Kollegin. Sie brachte frischen Wind in ihr Team.

„Ich auch", meldete sich Fiete zu Wort. Trotz des schleppenden Fortschritts in der Ermittlung schien er an diesem Tag äußerst gut gelaunt zu sein.

Was für Charlotte nur bedingt galt. „Sehr witzig", kommentierte sie die Bemerkung des Revierleiters.

„Ihr braucht euch weder die Laune verhageln lassen, noch eine Münze zu werfen. Ich habe kein Problem damit, allein nach Husum zu fahren. Ist im Sommer schön am Hafen." Damit griente er in Richtung Charlotte. „Nach dem Besuch in der Gerichtsmedizin könnten wir uns dort stärken. Ein Mittagessen unter freiem Himmel, umgeben von gut gelaunten Touristen. Das fühlt sich fast wie Urlaub an."

Wie erhofft ließ sie sich auf das Geplänkel ein. „Also gut, überredet. Ich bin dabei. Tatsächlich bin ich neugierig, was die Obduktionen ergeben haben."

„Und auf das anschließende Essen willst du verzichten?", setzte Knud die lockere Unterhaltung fort.

„Auf keinen Fall", entgegnete sie gut gelaunt. „Deine Einladung steht und wird dankend angenommen."

„Na, dann mal los."

Knud guckte prüfend zu Charlotte herüber, bevor er den Motor anließ. Vielleicht war es nicht besonders männlich, aber ihre Stimmung beeinflusste sein Wohlbefinden. Zum einen aus ihrer Historie heraus, zum anderen, weil ihm Harmonie nun einmal wichtig war. Mit Charlotte und überhaupt. War sie wirklich besänftigt oder wurde sie von der kurzen Affäre nach wie vor beeinträchtigt?

„Mein Umgang mit Fiona ist rein dienstlich." Ein klärendes Gespräch erschien ihm wichtig, bevor sie in der Gerichtsmedizin eintrafen.

„Weiß ich doch", wiegelte sie ab.

„Hhm. Es wirkt aber anders."

„Ach was. Das hat mit Fiona gar nichts zu tun. Na ja, vielleicht ein kleines bisschen. In erster Linie nervt es mich, dass wir es mit so jungen Opfern zu tun haben. Versteh mich nicht falsch. Ich wünsche mir keine älteren Opfer. Aber mal ehrlich! Warum tötet jemand zwei Teenager? Was können die Schlimmes angestellt haben, was nicht mit einem Denkzettel getan ist? Stattdessen ein brutaler Mord! Das geht über mein Begriffsvermögen."

„Und das reicht wirklich weit", scherzte Knud, froh über den Themenwechsel.

„Fahr lieber los, sonst kommen wir nicht sehr weit", erwiderte sie lächelnd. Ihre schlechte Laune schien überwunden zu sein. Da war Charlotte wie das Wetter in diesem rauen Landstrich. Es konnte schnell und unerwartet umschlagen.

„Zu Befehl", grinste er. „Bin selbst gespannt, ob wir wirklich etwas Neues erfahren." Oder ob Fiona irgendwelche Spielchen spielte, setzte er in Gedanken hinzu,

Fiona schien zufrieden, dass ihrer Aufforderung gefolgt wurde. Sie begrüßte Knud überaus freundlich und Charlotte etwas kühler, aber vielleicht bildete er sich das nur ein, weil sein schlechtes Gewissen ihn triezte. Genau genommen war es bereits eine Weile her und Fiona schien über ihn hinweg zu sein.

„Moin Ihr beiden. Ich sollte das öfter mal so machen."

„Du hast gerufen, wir sind hier. Also, was gibt es Neues?", kam Knud gleich auf den Punkt.

„Wollt Ihr die Leichen sehen oder reicht die Zusammenfassung?", fragte Fiona amüsiert. Ohne eine Antwort abzuwarten, führte sie die Kommissare schließlich in ihr Büro. „Findet eben nicht jeder spannend, obwohl die Toten uns wirklich viel verraten, wenn wir genau hinschauen."

Knud war gespannt, ob das der Wahrheit entsprach – jedenfalls, was die aktuellen Opfer anging.

„Setzt euch. Kaffee, Tee, Wasser?", fragte sie und schien zufrieden, als beide verneinten. „Okay, dann wollen wir mal. Fangen wir mit dem Mädchen an. Dass sie schwanger war, habt Ihr ja sicherlich von eurem Hilfssheriff gehört."

„Von Trulsen?", fragte Charlotte sofort. „Was hat der damit zu tun?"

„Lass mich raten", forderte Knud Fiona auf. „Er ist hier gewesen."

„Warum hast du uns das nicht mitgeteilt?", fragte Charlotte.

„Das tue ich ja gerade. Außerdem bin ich davon ausgegangen, dass er es euch gleich brühwarm berichtet."

„Wann war Trulsen hier?"

„Na, gleich am Montag. Mit der Mutter des Opfers. Die beiden schienen sich zu kennen. Es war ihr Wunsch, dagegen kann ich nichts machen."

„Schon gut", glättete Knud die aufkommenden Wogen. „Er hat es uns nicht erzählt, aber wir haben es an anderer Stelle herausbekommen."

„Ja, klar. Der Typ tanzt euch ganz schön auf der Nase herum", stichelte sie. „Irgendwie schafft er es immer, direkt am Ort des Geschehens zu sein – teilweise sogar vor euch."

„Wem sagst du das? Für dich ist es amüsant, wir müssen damit leben. Weißt du schon, ob Lukas der Vater war?", wechselte Knud das Thema, ohne sich provozieren zu lassen. Zumindest gab er den Anschein.

Genauso verzichtete er darauf, mit Charlotte Blickkontakt aufzunehmen. Er selbst war genervt über Torges erneute Einmischung. Bestimmt empfand sie es genauso. Das würde ein Nachspiel geben, aber hier war nicht der richtige Ort, um sich darüber auszulassen.

„Ja."

„Ja? Lukas war der Vater? Das hätte ich nicht gedacht", wunderte sich Charlotte.

„Nein. Lasst mich einfach ausreden. Ja, das Ergebnis liegt vor. Lukas Wagner ist nicht der Vater des Fötus", korrigierte Fiona.

Knud nickte. „Kannst du sagen, wie alt er war? Also wann er ungefähr gezeugt wurde?"

„Vor circa zehn Wochen."

„Wir müssen herausfinden, wer der Erzeuger ist. Vielleicht bringt uns das auf die Spur des Täters", überlegte Knud laut.

„Gut möglich. Was hast du sonst für uns Fiona?", fragte Charlotte.

„Das Mädchen, Jessi Kramer, war stark alkoholisiert. Wusste sie von der Schwangerschaft? Sie hat dem Baby auf jeden Fall damit geschadet."

„Vermutlich wusste sie es, da sind wir gerade dran. Wie sieht es mit Drogen aus?"

„Bei ihr konnte ich kaum etwas nachweisen. Am Mordabend war sie clean. Er hingegen hatte wohl etwas Ecstasy genommen. Und das nicht nur an diesem verhängnisvollen Abend, sondern regelmäßig."

„Das deckt sich mit unseren Ermittlungen." Bahnbrechende Neuigkeiten hatte Fiona nicht gerade zu bieten. Es schien Knud langsam so, als wollte sie Torges Einmischung thematisieren – und das während eines persönlichen Zusammentreffens und nicht nur per Mail. Eigentlich albern. „Gibt es sonst interessante Erkenntnisse oder war das alles?"

„Ich habe den Todeszeitpunkt, so gegen 21 Uhr, vielleicht etwas später. Ihr kennt die Genauigkeit dieser Angabe."

„Dann war es noch nicht ganz dunkel. Warum geht der Täter so ein Risiko ein?", fragte Knud.

„Tja, das herauszufinden, ist euer Job", stellte Fiona zufrieden fest.

„Und beide waren stark alkoholisiert?", wollte Charlotte wissen.

„Ja, für diese Uhrzeit echt heftig." Sie warf einen Blick auf ihren Bildschirm und scrollte durch die Daten. „Sie hatte 1,2 und er 0,9 Promille."

„Wobei bei ihm der Drogenkonsum hinzukommt."

„So ist es."

„Dann haben sie vermutlich überhaupt nicht mitbekommen, dass sich jemand angeschlichen und sie mit den Schlägen unschädlich gemacht hat."

„Davon kannst du ausgehen.‟

„Trotzdem irgendwie merkwürdig. Warum hat der Mörder nicht gleich zugestochen?‟

„Na ja. Das konnte er schließlich nicht wissen. Und er wollte wohl auf Nummer sicher gehen. Wenn Ihr darüber hinaus von einer persönlichen Tat ausgeht, war er vermutlich ungeübt.‟

„Ungeübt, das klingt wirklich skurril.‟ Knud schüttelte sich.

„Ja, aber so müsst Ihr an die Sache herangehen. Da praktisch keine Wertsachen bei den Toten gefunden wurden, kann es sich genauso um einen Raubmord handeln. Willkürlich oder gezielt. Durch seinen regelmäßigen Drogenkonsum war Lukas Wagner in der Szene bestimmt bekannt‟, mutmaßte Fiona.

„Das ist richtig.‟ Die Atmosphäre hatte sich geändert. Die sachliche Erörterung des Falls verdrängte die Anspannung. „Er hat wohl immer reichlich Geld in der Tasche gehabt.‟ „Und zusätzlich eine EC-Karte besessen.‟

„Dann könnte es sich tatsächlich um einen gezielten Raubmord handeln‟, überlegte Fiona. Plötzlich schien sie es spannend zu finden, über die Hintergründe der Tat nachzudenken. „Dann spielt die Schwangerschaft vielleicht gar keine Rolle. Anfangs hatte ich gedacht, sie wäre der Auslöser für den Mord.‟

„Ging mir genauso‟, bestätigte Charlotte.

Wenig später saßen sie im Auto.

„Trulsen!‟, war alles, was Charlotte sagte und Knud wusste genau, was sie meinte.

„Wir haben zwei Optionen: Entweder wir fahren direkt zu ihm und lesen ihm die Leviten oder wir bleiben bei unserem ursprünglichen Plan und verschieben es auf später.‟

„Auf keinen Fall lasse ich mir wegen seiner Eskapaden die Einladung zum Essen entgehen‟, erklärte Charlotte im Brustton der Überzeugung. „Trulsen zu maßregeln, läuft uns nicht weg.

Das können wir zum Nachtisch oder erst in ein paar Tagen machen. Lass uns einen schönen Platz suchen und lieber über den Fall reden. Mir geht das Gespräch, das wir eben mit Fiona geführt haben, nicht aus dem Sinn. Könnte es so banal sein und sich einfach um einen Raubmord handeln?"

„Möglich ist alles. Auch wenn die zahlreichen Messerstiche eher auf eine Tat aus Leidenschaft hinweisen, so wie wir es anfangs vermutet haben."

„Genauso könnte es sich dabei um ein Ablenkungsmanöver handeln", gab Charlotte zu bedenken.

„Ungewöhnlich, aber nicht auszuschließen. Worauf hast du Appetit?"

„In diesem Zusammenhang eigentlich auf nichts, aber auch Mordermittler müssen essen."

„Also?"

„Am liebsten gegrillten Fisch. Dorade."

„Typisch norddeutsch also", scherzte Knud.

„Genau."

Lilly in St. Peter-Ording

Mittwoch, den 4. September

Lilly war hoch motiviert, mittels der Pressekonferenz ein paar wichtige Zeugenaussagen zu bekommen. Und mit einer sorgfältigen Vorbereitung würde sie das auch schaffen.

Zuerst hatte sie Charlie und Knud ein wenig sehnsüchtig hinterhergeschaut, denn im Grunde schlug ihr Herz für den Außendienst. Da es sich allerdings lediglich um einen Besuch in der Gerichtsmedizin handelte und man nie wusste, wie Fiona gerade drauf war, freute sie sich schließlich auf die Aufgabe, die vor ihr lag.

Außerdem arbeitete sie gerne mit dem Revierleiter zusammen. Mittlerweile war es eine liebgewordene Routine geworden, sich dabei zu kabbeln. Lilly zog Fiete gerne mit seinem Alter auf und er revanchierte sich mit Bemerkungen über ihre

Jugend und Unerfahrenheit. Dabei respektierten sie sich im Grunde ihrer Herzen gegenseitig und waren sich bewusst, dass all das Geplänkel nicht ernst gemeint war.

In ruhigen Zeiten arbeiteten sie gemeinsam an Fietes Cold Cases. Bisher konnten sie zwar keine Erfolge verbuchen, aber was nicht war, konnte schließlich noch werden. Immerhin waren sie dadurch ein eingespieltes Team und schätzten die jeweiligen Stärken des anderen in verschiedenen Bereichen der Recherche und Aufbereitung von Daten. Lilly wusste darüber hinaus, wie sehr sie von der Erfahrung des knapp vor dem Ruhestand stehenden Ermittlers profitieren konnte.

An diesem Vormittag schrieb sie alle Fakten, die das Team bisher zusammengetragen hatte, auf Karteikarten und schob sie immer mal wieder hin und her, während sie den Aufbau der Pressekonferenz plante.

„Brauchst du Unterstützung?", bot Fiete an.

„Der grobe Ablauf steht. Ich bin mir allerdings unsicher, wie viele Details ich der Presse mitteilen soll", überlegte Lilly laut.

„Du meinst speziell zu den Taten?"

„Ja, genau. Würdest du den Journalisten alle Fakten geben? Eher nicht, oder?"

„Erzähl mal. Was willst du preisgeben und was lieber verschweigen? Und warum?" Fiete beugte sich interessiert vor, um einen Blick auf ihre Karten zu erhaschen. „Das sieht sehr strukturiert aus."

„Ja, es fällt mir leichter, nicht aus dem Konzept zu geraten, insbesondere wenn im Anschluss die Fragen gestellt werden. Findest du es übertrieben?"

„Gute Vorbereitung ist niemals übertrieben." Fiete zwinkerte ihr freundlich zu. „Also, wie sieht deine Strategie aus?"

„Ich möchte von einem Tötungsdelikt sprechen, aber sowohl die Schläge, mit denen die Opfer unschädlich gemacht wurden, als auch die zahlreichen Messerstiche vorerst verschweigen. Ziel ist in erster Linie der Aufruf an die Bevölkerung. Wir sollten also den Fundort, der mit großer Wahrscheinlichkeit gleichzeitig der Tatort ist, bekanntgeben, um damit Zeugen der Mordnacht ausfindig zu machen." Lilly guckte ihn fragend an.

„Einverstanden", bemerkte Fiete. „Was sonst?"

„Bei der Schwangerschaft bin ich mir nicht sicher. Sollen wir die veröffentlichen oder verschreckt es eher Jessis Bekanntschaften, sich zu melden?"

„Da Jessi und der Fötus tot sind, ändert das wohl nicht viel."

„Das klingt hart." Lilly musste einmal schlucken. „Aber natürlich hast du recht. Wir geben es also bekannt?"

„Ja, würde ich machen."

„Okay. Zeugen der Mordnacht sind das eine, aber wir wollen ja auch mehr über die Kontakte von Jessi erfahren ..."

„Und von Lukas", unterbrach Fiete sie.

„Von Lukas?"

„Ja, sicher. Noch wissen wir nicht, was überhaupt das Mordmotiv ist. Wenn es sich um einen gezielten Raubmord handelt, könnte es im Umfeld von Lukas zu finden sein."

„Natürlich." Ein wenig ärgerte sich Lilly, diesen Gedankenstrang nicht selbst durchgespielt zu haben. „Aber meinst du, dass sich von seinen möglichen Drogenfreunden jemand an uns wendet? Die wollen mit der Polizei bestimmt nichts zu tun haben."

„Wir müssen es trotzdem versuchen", blieb Fiete bei seiner Meinung. „Außerdem können wir genauso von einem Freund oder Bekannten, der selbst kein Teil der Drogenszene ist, wertvolle Informationen erhalten. Immerhin war Lukas Schüler, da hat er automatisch etliche Leute um sich. Vielleicht meint es jemand gut, hat sich im Vorfeld Sorgen gemacht und ist nun froh, eine Anlaufstelle zu haben, wo er seine Eindrücke loswerden kann, damit der Täter gefasst wird."

„Die Hoffnung stirbt zuletzt", bemerkte Lilly zweifelnd.

„So unwahrscheinlich wie du es hinstellst, ist das gar nicht." Fiete lächelte mild.

„Ich werde es berücksichtigen. Was ist mit den Tagen vor der Tat? Sollen wir fragen, ob jemand etwas Ungewöhnliches bemerkt hat?"

„Ich denke, der Täter konnte vorher nicht wissen, dass sie an diesem Abend erst an den Strand und im Anschluss verbotenerweise in die Dünen gehen. Vermutlich war es spontan und die beiden Opfer wussten es selbst nicht lange im Voraus."

„Davon gehe ich ebenfalls aus, aber das meine ich nicht. Wenn es eine geplante Tat war, sind die beiden mindestens ein paar Tage beobachtet worden", erklärte Lilly ihren Denkansatz.

„Oder nur einer von ihnen", überlegte Fiete.

„Oder nur einer von ihnen", echote Lilly. „Meinst du, der Täter hatte es gar nicht auf beide abgesehen?"

„Schwer zu sagen."

„In dem Fall musste die zweite Person nur sterben, weil sie mit dem Hauptopfer zusammen war. An diesem Abend. Das wäre wirklich schrecklich. Also ich meine: noch schrecklicher." Lilly lief eine Gänsehaut über beide Arme. Trotz der Wärme des Tages fröstelte sie plötzlich.

„Zur falschen Zeit am falschen Ort", fasste Fiete zusammen.

„Ja, da gebe ich dir recht. Das wäre noch schrecklicher."

Lilly schüttelte sich. „Lass uns eine kleine Pause machen. Ich brauche jetzt einen Kaffee."

„Ich kann dir sogar was Stärkeres anbieten. Für Notfälle habe ich eine Flasche Friesengeist in der Schreibtischschublade." Ein verschmitztes Grinsen erschien auf Fietes Gesicht.

„Das hätte ich mir denken können", grinste Lilly zurück. „Allerdings, nein danke. Ich will in diesem Job nicht als Alkoholikerin enden, weil ich mir bei jedem grausigen Gedankengang während der Ermittlung einen Kurzen genehmige. Ein Pott Kaffee und ein paar Stretching Übungen am offenen Fenster machen mich wieder fit. Gib mir zehn Minuten."

„Sehr löblich. Bring mir einen Kaffee mit, wenn du wiederkommst."

„Beteilige dich lieber an den Übungen. Das würde deinem Rücken guttun", forderte Lilly ihn auf.

„Da muss ich dir leider zustimmen. Wie schade, ich wollte es mir gerade gemütlich machen."

Nach der kurzen Pause fühlte sich Lilly gestärkt und Fiete zeigte sich zufrieden.

„Das war eine gute Idee, min Deern. Das sollten wir regelmäßig machen", erklärte er im Brustton der Überzeugung.

„Gern. Aber jetzt wieder zurück an den Fall. Ich möchte unbedingt erreichen, dass sich einige von Jessis Männerbekanntschaften melden."

„Oder Menschen, die die beiden zusammen gesehen beziehungsweise erlebt haben", fügte Fiete hinzu.

„Genau. Ich glaube ehrlich gesagt weder an Willkür noch an Raubmord."

„Warum nicht?"

„Kann ich nicht erklären, ist nur ein Bauchgefühl", erwiderte sie leicht verunsichert. „Ist nicht gerade das, was wir auf der Polizeischule lernen, aber so ist es nun mal. Oh, da kommt eine Nachricht von Charlie." Lilly griff nach ihrem Smartphone und öffnete die Mitteilung. „Na, das wundert mich nicht und bestätigt irgendwie mein Gefühl."

„Du machst es ja spannend."

„Oh, entschuldige! Es lag nicht in meiner Absicht, dich auf die Folter zu spannen. Jessi war nicht von Lukas schwanger."

„Das kann alles und nichts bedeuten. Warum bestärkt es dich in deiner Vermutung?", fragte Fiete.

„Klingt nach Konfliktpotential", erwiderte Lilly schlicht.

„Klingt in meinen Ohren nicht sehr verwunderlich. Wenn sie sexuell sehr aktiv war, gibt es wahrscheinlich viele potenzielle Väter."

„Und sie hat die Pille genommen", überlegte Lilly laut.

„Tja, vielleicht nicht regelmäßig genug."

„Möglich. Trotzdem müssen wir mehr über ihren Umgang erfahren."

„Darüber waren wir uns ja schon einig, aber lass nicht das Umfeld von Lukas außer Acht. Mein Bauch kann sich einen Raubmord genauso gut vorstellen – und der ist wesentlich größer."

Lilly kicherte, was wahrscheinlich an der aufkommenden Nervosität lag.

Endlich war es soweit. Da Knud und Charlie von ihrem Ausflug nach Husum bislang nicht zurückgekehrt waren, blieb Fiete an ihrer Seite. Trotz seiner Position hielt sich der altgediente Kommissar sonst lieber im Hintergrund. Mit Pressekonferenzen hatte er Erfahrung, war aber lediglich als Verstärkung vorgesehen. Lilly sollte sie führen.

Ein heftiges Kribbeln breitete sich in ihrer Magengrube aus, als sie den großen Raum betrat, der sich gut gefüllt hatte. Vorne auf dem Tisch waren etliche Mikrofone aufgebaut, nicht nur die Presse, sondern auch Funk und Fernsehen waren gekommen. Überwiegend Regionalsender, trotzdem stieg Lillys Aufregung. Gleichzeitig freute sie sich über das rege Interesse. Je größer die

Reichweite, desto besser ihre Chancen auf umfangreiche Resonanz. Bisher tappten sie im Dunkeln, es wurde Zeit für ein paar brauchbare Hinweise.

Fiete nickte ihr aufmunternd zu: „Du bist gut vorbereitet, sei einfach du selbst. Und für den Notfall bin ich ja da."

Anfangs blieb ihr fast die Stimme weg. Die Karten hatte sie vor sich auf den Tisch gelegt, damit niemand sah, wie zitterig ihr zumute war. Nach den ersten Sätzen wurde sie sicherer und schließlich machte es richtig Spaß. Sie bat die Journalisten, mit Fragen bis zum Ende zu warten, woran sich alle hielten. Aufmerksam lauschten sie ihren Worten. Einige kritzelten auf kleinen Blöcken, andere direkt in ein Net- oder Notebook. Alle nahmen sie ernst.

Mit Fiete war sie am Ende ihrer Besprechung mögliche Fragen durchgegangen. Insbesondere betraf das die Todesursache. Gemeinsam überlegten sie, was sie sagen konnten, ohne viel mehr preiszugeben.

„Mach dir dazu nicht zu viele Gedanken", hatte er sie schließlich beruhigt. „Du leitest die PK und kannst sie jederzeit beenden. Wenn du eine Frage nicht beantworten willst, verweist du einfach auf die vielzitierten ermittlungstechnischen Gründe, aus denen wir bestimmte Fakten unter Verschluss halten müssen. Die meisten Journalisten sind nicht zum ersten Mal hier. Die kennen das Prozedere vielleicht besser als du."

„Für mich ist es auch nicht das erste Mal. Ich bin eben nicht so routiniert. Danke, dass du es mit mir durchziehst."

„Jederzeit gerne."

Es kam genauso, wie sie es im Vorwege besprochen hatten. Da Lilly umfangreich informiert hatte, hielt sich die Anzahl der Fragen in Grenzen. Alle wollten es in ihre heutigen Sendungen bringen. Über Details, die sie nicht erfuhren, würden sie eben spekulieren oder sogar dreist behaupten, es sei genauso gewesen, wie sie es darstellten, obwohl es schlicht gelogen war. Lilly war gespannt, was sie zu hören und zu lesen bekam.

Kurz bevor sie die Pressekonferenz beendete, nahm sie ganz hinten einen blonden Lockenkopf wahr. Einen Moment lang meinte sie sich zu irren, aber da saß tatsächlich Torge Trulsen. Wie hatte der bloß wieder von dem Termin erfahren?

Charlie in St. Peter-Ording

Donnerstag, den 5. September

Den Donnerstag begannen die Kommissare wieder mit einer Besprechung, um die Ergebnisse zusammenzufassen und die Aufgaben für den Tag zu verteilen. Außerdem hatte Fiete weitere Neuigkeiten aus seiner Hintergrundrecherche angekündigt, die er dem Team präsentieren wollte. Darauf war Charlie gespannt, aber erst mal huldigte sie der jüngeren Kollegin ihren Respekt.

„Ich habe mir deine Pressekonferenz gestern Abend im Regionalprogramm angeschaut. Du warst sehr souverän, Lilly. Ein toller Erfolg!"

„Abwarten", relativierte diese die Lobhudelei. „Ein Erfolg ist es nur, wenn sich entsprechende Zeugen melden. Dabei gehe ich nicht so sehr davon aus, dass jemand die Tat oder deren

Vorbereitung beobachtet hat. Vielmehr hoffe ich auf Resonanz bezüglich Jessis Umgang."

„Deine Bescheidenheit ehrt dich, aber die gelungene Präsentation ist die Basis für alles, was folgt."

„Ich danke dir. Zufrieden bin ich trotzdem erst, wenn es etwas bringt. Übrigens ist mir aufgefallen, dass unser spezieller Freund Torge Trulsen bei der PK war. Er saß ganz hinten und hat sich ausnahmsweise still verhalten, trotzdem fand ich es merkwürdig."

„Torge?", fragte Knud überrascht. „Guckt mich nicht so prüfend an. Von mir hat er es nicht!"

„Ernsthaft? Von wem soll er es sonst erfahren haben?", fragte Charlie skeptisch.

„Können diese Augen lügen?", fragte Knud heiter, obwohl ihm das Misstrauen sichtlich missfiel.

„Immerhin ist er dein Kumpel, da würde es mich nicht sonderlich wundern." Charlie zuckte mit den Schultern. „Da müssen wir wohl froh sein, dass er sich dieses Mal nicht eingemischt hat, um die Infos zu ergänzen, die du bewusst unterschlagen hast."

„Vielleicht begreift er endlich, wie wichtig in manchen Fällen Zurückhaltung ist", brachte Fiete seine Hoffnung zum Ausdruck.

„Davon würde ich nicht unbedingt ausgehen", widersprach Charlie sofort. „Wir haben gestern erfahren, dass er am Montag in der Gerichtsmedizin war und dort bereits von Jessis Schwangerschaft erfahren hat."

„Er war in der Gerichtsmedizin?" Lilly riss vor Erstaunen die Augen auf. „Alleine?"

„Nein, als Begleitung von Nicole Kramer."

„Auch wenn euch das nicht in den Kram passt, da spricht nichts gegen. Wenn ich es richtig verstanden habe, sind die beiden langjährige Kollegen. Da Nicole keinen Mann an ihrer Seite hat, finde ich es verständlich, Torges Angebot anzunehmen. Sich die eigene Tochter im Leichenschauhaus anzuschauen, ist wirklich keine leichte Aufgabe. Wer will sich das alleine antun?", ergriff Fiete Partei für den Hausmeister.

„Er hätte es uns wenigstens berichten können", maulte Lilly.

„Und sich gleich wieder eine Standpauke abholen?", blieb Fiete gelassen. „Das hätte ich an seiner Stelle genauso wenig getan."

„Damit hat er eine wichtige Info unterschlagen", blieb Lilly bei ihrer Meinung.

„Die Ihr ohne Probleme selbst in Erfahrung gebracht habt."

„Trotzdem. Wenn wir ihn nicht einnorden, posaunt er bestimmt bald weitere Fakten heraus und torpediert wieder unsere Ermittlungsarbeit."

„Nun sei mal nicht so unzufrieden", wies Fiete sie zurecht. „Oftmals hat er uns schließlich konstruktiv unterstützt – und sich bisher zurückgehalten."

„Also, Knud und ich wollten ihn ebenfalls zurückpfeifen und gleichzeitig an die Regeln erinnern. Es kann bei Trulsen wirklich nicht schaden, sich gelegentlich zu wiederholen", stärkte Charlie der jüngeren Kollegin den Rücken.

„Ich habe eine andere Idee. Aber hört mir erst mal zu und lasst bitte diese sinnlosen Diskussionen. Die bringen uns nicht weiter", setzte Fiete dem Wortwechsel ein Ende.

„Du hast eingangs erwähnt, etwas Spektakuläres herausgefunden zu haben", ließ Charlie sich auf den Themenwechsel ein. „Erzähl!"

Fiete nickte zufrieden. „Wenigstens eine hört mir zu. Ich habe gestern über beide Familien der Opfer eine Hintergrundrecherche durchgeführt. Dabei bin ich auf eine interessante Information gestoßen."

„Du genießt unsere ungeteilte Aufmerksamkeit", erklärte Lilly im Brustton der Überzeugung.

„Prima. Es geht um die Immobilie, die Nicole Kramer bewohnt."

„Was ist damit?"

„Ich wollte wissen, ob sie dort zur Miete wohnt, wie ihre Bonität aussieht und so weiter. Dabei hat sich herausgestellt, dass sich das Haus im Eigentum der Familie befindet."

„Das allein ist nicht besonders spektakulär", bemerkte Lilly.

„Genau. Bemerkenswert ist allerdings, dass Jessi im Grundbuch als Eigentümerin eingetragen ist."

„Wie ist das denn möglich?", fragte Charlie überrascht. „Geht das überhaupt?"

„Sie hat es von den Großeltern geerbt. Natürlich musste Nicole Kramer zustimmen und verwaltet die Immobilie quasi treuhänderisch. Aber ab ihrem achtzehnten Geburtstag hätte Jessi damit machen können, was sie wollte", erklärte Fiete den Kollegen.

„Krass!", entfuhr es Lilly. „Das wäre in drei Monaten gewesen. Theoretisch hätte sie ihre Mutter auf die Straße setzen können."

„Musste Nicole Kramer sowas befürchten? War das Verhältnis zu ihrer Tochter so schlecht?"

„Das müssen wir herausfinden. Sollte dem so sein, hätten wir damit auf jeden Fall ein handfestes Mordmotiv."

„Aber das wäre total offensichtlich", zweifelte Lilly an der Theorie. „Und Jessi wollte nach Hamburg und dort studieren. Was soll sie mit einem Haus in Garding? Das wäre bloß Ballast." Sie schlug sich mit der Hand auf den Mund. „Ach du liebes bisschen. Glaubt Ihr etwas, dass sie es zu Geld machen wollte?"

„Nicole hätte es sich nicht leisten können, ich habe ihre Finanzen gecheckt. Sie kommt gerade so über die Runden. Ein Hauskauf ist für sie unmöglich", fügte Fiete hinzu.

„Ich frage mich, warum die Eltern ihr das Haus vorenthalten haben. Hast du darüber etwas herausgefunden?", wollte Knud wissen.

„Bisher nichts. Dabei handelt es sich ganz offensichtlich um eine Privatsache, von der nichts an die Öffentlichkeit gedrungen ist."

„Und solange Nicole Kramer nicht des Mordes an ihrer Tochter verdächtigt wird, haben wir kein Recht, sie danach zu fragen", ergänzte Knud.

„Aber das ist ein klares Mordmotiv", echauffierte sich Lilly.

„Also wenn überhaupt, handelt es sich um einen Anfangsverdacht. Wir müssen da sensibel vorgehen. Immerhin hat die Frau gerade ihr Kind verloren. Wenn sie unschuldig ist, gebührt ihr Zurückhaltung und Respekt. Nichts davon darf in die Presse gelangen, sonst werden wir sicher sofort mit einer Vorverurteilung konfrontiert." Fiete klang ernst und nahm mit allen Kollegen Blickkontakt auf, um sich zu vergewissern, ob sie den Ernst der Lage verstanden.

„Und nun? Wie gehen wir vor? Ich kann mir kaum vorstellen, dass Nicole sich mit uns über ihre familiären Probleme unterhalten will."

„Genau. Deshalb habe ich überlegt, Torge mit dieser Aufgabe zu betrauen", freute sich Fiete über seine Idee.

„Trulsen?", fragten Lilly und Charlie wie aus einem Mund.

„Das finde ich eigentlich ziemlich genial", griente Knud von einem Ohr zum anderen. „Wir geben ihm einen Spezialauftrag, wobei wir ihm im Vorwege einbläuen, wie wichtig Diskretion und Verschwiegenheit sind und lenken ihn damit in die Richtung, in der wir ihn haben wollen. Außerdem besteht zwischen Torge und Nicole ein Vertrauensverhältnis. Es könnte also klappen, dass sie ihm die gewünschten Informationen preisgibt."

„Ich kann eure Euphorie nicht so ganz nachvollziehen. Vermutlich hatte Nicole Zoff mit ihren Eltern oder sie kann schlecht mit Geld umgehen. Wenn sie nichts auf der Kante hat, obwohl sie in einem geerbten Haus wohnt, ist das gut möglich. Es ist doch schuldenfrei, oder?", wandte sich Lilly an Fiete.

„Ja, das ist es. Allerdings wohnt sie deswegen trotzdem nicht umsonst. Auch ein bezahltes Haus verursacht Kosten, insbesondere wenn es älter ist."

„Wie dem auch sei. Was bringt uns diese Info?"

„Es geht in erster Linie um ihr Verhältnis zu Jessi und deren Pläne. Was wollte sie mit dem Haus anfangen, nachdem sie volljährig geworden wäre?"

„Wie lange liegt dieser Erbfall denn überhaupt zurück?", fragte Knud.

„Worauf willst du hinaus?"

„Na ja. Ich frage mich gerade, ob Jessi es überhaupt wusste. Wenn die Übertragung bereits sehr lange her ist, hat Nicole es ihrer Tochter vielleicht gar nicht erzählt." „Damit würde sich die ganze Theorie in Wohlgefallen auflösen", fasste Lilly die Situation zusammen.

„Stimmt. Also, die Änderung des Grundbuchs erfolgte vor vier Jahren. Da war Jessi dreizehn. Kann gut sein, dass Nicole es ihr verschwiegen hat. Genau deshalb müssen wir mehr darüber erfahren und Torge ist in meinen Augen perfekt geeignet, die ersten Schritte in dieser Sache zu gehen. Wenn uns konkrete Fakten vorliegen, können wir darauf aufbauen."

„Nur wenn er sie für sich behält, statt damit zur Presse zu marschieren. Immerhin pflegt er seine Kontakte – sogar zum Regionalfernsehen", überlegte Lilly.

„In letzter Zeit ist er zurückhaltender geworden", stellte Knud sachlich fest. „Und er bekommt von uns eine entsprechende Anweisung."

„Gut, dann ist es abgemacht. Ruf ihn an. Wie wir ihn kennen, lässt er sich selten zweimal bitten", schloss Fiete den Teil der

Besprechung. „Darüber hinaus hoffe ich, dass wir bald die ersten Reaktionen auf unsere PK erhalten."

„Das hoffen wir wohl alle. Trotzdem habe ich noch eine Frage: Hast du auch über Lukas oder seine Familie etwas Weiterführendes herausbekommen?", wollte Charlie wissen.

„Da bin ich dran. Nach wie vor kann ich mir genauso einen Täter aus seinem Umfeld vorstellen. Gut, dass du es ansprichst. Bitte vernachlässigt nicht diesen Aspekt der Ermittlung."

Während Knud bei Trulsen anrief, um die umstrittene Mission einzuleiten, spekulierten Charlie und Lilly weiter über die Familienverhältnisse von Jessi Kramer. War Nicole wirklich wegen des Hauses zur Mörderin geworden? Oder handelte es sich dabei bloß um einen Nebenschauplatz? War das Hauptmotiv in der Ablehnung durch die eigenen Eltern begründet, die sie in der Erbfolge schlicht übergangen hatten? Möglicherweise war dem leidenschaftlichen Mord ein heftiger und äußerst emotionaler Streit vorausgegangen, bei dem Nicole schließlich die Kontrolle verloren hatte. War ein anderer Tatort denkbar? Waren die beiden Teenager zu Hause in Jessis Zimmer erstochen und anschließend in den Dünen abgelegt worden?

Da es verboten war, betraten nur wenige Menschen diesen geschützten Raum. Es hätte genauso gut Tage dauern können, bis jemand die Leichen fand. Hatte Nicole darauf spekuliert? Wenn sich diese Vermutung als richtig herausstellte, war es möglicherweise ein schwerer Fehler, nun den gutmütigen Hausmeister der *Weißen Düne* zur Mutter des Opfers zu schicken. Schlimmstenfalls brachten sie ihn damit sogar in Gefahr!

„Wir sollten mit Fiete darüber sprechen – oder mit beiden, wenn Knud das Telefonat beendet. Warum dauert das eigentlich so lange?", fragte Lilly stirnrunzelnd.

„Ach, du kennst die doch. Wenn die beiden Kumpels sich tagelang nicht ausgetauscht haben, kann es schon mal länger dauern", grinste Charlie. „So unterschiedlich die sind, bei denen stimmt einfach die Wellenlänge. Hat eine Weile gedauert, bis ich das verstanden habe, aber so ist es nun mal." Dabei erinnerte sie sich an ihr erstes Zusammentreffen mit Knud und Trulsen. Letzterer reparierte einen Abfluss in einem der Bungalows, während Knud ihm assistierte. Was die Kommissarin aus Hamburg anfangs gewöhnungsbedürftig fand, hatte sie längst als Normalität akzeptiert.

„Wie die Tratschtanten vom Dienst", lästerte Lilly. „Also wollen wir eben mit Fiete schnacken oder warten, bis die Quasselköppe fertig sind?"

„Fiete hat seine Meinung mit Nachdruck geäußert. Glaubst du, wir ihn können mit unseren Überlegungen umstimmen?"

„Einen Versuch ist es wert. Immerhin wirft es ein neues Licht auf den Fall."

„Aber wie wahrscheinlich ist es, dass sie im Zwielicht zwei Leichen durch die Dünen schleppt? Sie müsste zweimal gelaufen sein."

„Oder sie hatte einen Komplizen", ließ Lilly sich nicht so leicht von ihrer These abbringen.

„Wer sollte das sein?"

„Keine Ahnung. Über ihr Umfeld wissen wir bisher nicht viel."

„Das stimmt allerdings. Und wo hätte sie parken sollen, ohne entdeckt zu werden?"

„Vielleicht gab es einen leerstehenden Bungalow. Immerhin ist die *Weiße Düne* für sie ein Heimspiel." Lilly gab nicht auf.

„Fiona hat den Tod für den Abend bestätigt, an dem die Leichen gefunden wurden. Das ergibt alles keinen Sinn, Lilly. Ich denke, diese Theorie können wir verwerfen."

„Mag sein. Trotzdem könnte sie für die Morde verantwortlich sein. Erinnerst du dich an mein schlechtes Bauchgefühl, als wir es ihr mitgeteilt haben?"

„Ich erinnere mich an dein empathieloses Verhalten. Außerdem haben wir Jessis Zimmer angeschaut. Das sah weder frisch geputzt noch nach einem Tatort aus", widersprach Charlie.

„Hhm. Da muss ich dir allerdings recht geben. Okay, aber als Täterin kommt sie trotzdem infrage."

„Lass Trulsen den Auftrag übernehmen. Der passt selbst auf sich auf. Außerdem glaube ich kaum, dass sie weitermordet, wenn sie es wirklich war. Das war eine Tat aus Leidenschaft, aus persönlichen Motiven. Und Trulsen wird nicht so dumm sein und sie in die Enge treiben."

„Bist du dir da wirklich sicher?", bekundete Lilly ihre Zweifel.

Torge in St. Peter-Ording

Donnerstag, den 5. September

Seit Tagen hatte Torge versucht, mit Nicole zu sprechen, aber sie war beurlaubt worden und ging nicht ans Telefon. Seiner Natur entsprechend machte er sich Sorgen. Er konnte verstehen, dass sie zur Ruhe kommen musste, um die schreckliche Nachricht zu verdauen. Ein Kind zu verlieren, war bestimmt das Schlimmste, was einem Menschen passieren konnte. Vermutlich rollte eine riesige Trauerwelle über sie hinweg und sie sah keinen anderen Weg, als sich komplett abzuschotten.

Dabei war Torge überzeugt, dass sie Hilfe gebrauchen konnte, sowohl bei praktischen Dingen als auch, um sich nicht völlig einsam und verlassen zu fühlen. Und er konnte sie bestimmt unterstützen, wenn sie es zuließ.

Also versuchte er zumindest weiter, sie telefonisch zu erreichen. Ohne Erfolg. Manchmal ging sofort die Mailbox heran, manchmal klingelte es vorher endlos lange, aber Nicole nahm trotzdem keinen seiner Anrufe an.

„Soll ich einfach zu ihr fahren und mal nach ihr schauen?", fragte er morgens am Frühstückstisch seine bessere Hälfte.

„Hast du eine Nachricht hinterlassen?", fragte sie statt einer Antwort.

„Etliche", antwortete Torge knapp.

„Da nicht immer gleich die Mailbox herangeht, scheint sie ihr Telefon ab und zu einzuschalten."

„Hhm, sieht so aus."

„Immerhin hat sie gesehen, dass du dich bei ihr meldest. Vermutlich hört sie außerdem die Nachrichten ab", fügte Annegret hinzu.

„Hhm", grummelte Torge. Das war nicht das, was er hören wollte.

„Ich denke, wenn sie nicht antwortet, will sie einfach ihre Ruhe haben. Das ist in meinen Augen völlig verständlich."

„Ja, sicher. Andererseits will sie vermutlich niemandem zur Last fallen. Wir sind ja nicht gerade eng befreundet."

„Dann ist das vielleicht die Antwort auf deine Frage."

Das wollte er erst recht nicht hören. Manchmal verstand sie ihn einfach nicht. Selten. Aber es kam vor.

„Ich weiß, dass du unbedingt etwas tun willst. Geht es dabei wirklich um Nicoles Wohlergehen oder um die Beteiligung an dem Mordfall?", fragte Annegret mit einem listigen Lächeln.

Sie hatte ihn durchschaut. „Beides", gab er zu, weil leugnen ohnehin sinnlos war.

„Aha."

„Jetzt bleib mal ernst, Annegret! Du kennst mich schließlich."

„Ja eben."

Sie drehten sich im Kreis. Torge ärgerte sich insgeheim, das Thema überhaupt angeschnitten zu haben.

Demonstrativ warf er einen Blick auf seine Armbanduhr. „Oh, schon so spät! Ich muss los. Wir reden heute Abend weiter. Danke dir für das Frühstück. Dieses neue Brot schmeckt mir wesentlich besser, das hast du gut ausgesucht."

„Das freut mich, Torge."

Damit war die Harmonie wieder einigermaßen hergestellt – etwas, das sich der Hausmeister angewöhnt hatte, weil es ihm wichtig war. Man wusste nie, was der Tag brachte und er wollte mit Annegret nicht im Streit auseinandergehen.

Während der Fahrt von Tating nach St. Peter-Ording gingen ihm wieder die Neuigkeiten durch den Kopf, die er auf der Pressekonferenz erfahren hatte. Sein Bauchgefühl sagte ihm, dass Nicole mehr Details über das Leben ihrer Tochter kannte, als sie zugab. Vielleicht sogar, wer der Vater von Jessis Kind war.

Konnte das sein oder verrannte er sich ins Wunschdenken? Möglicherweise wusste es nicht einmal Jessi selbst. Trotzdem wollte er diesen Gedanken weiter durchspielen. War die Vaterschaft des ungeborenen Babys der zentrale Punkt der Ermittlung? Der Schlüssel, um diesen Fall zu lösen? Wie konnte daraus ein Mordmotiv entstehen? Und wie kam er an Informationen, die ihm in diesen Fragen Klarheit verschafften? Insbesondere, wenn Nicole sich weigerte, ihr Wissen zu teilen oder tatsächlich nichts wusste?

Spontan fand er keine Antworten; hatte keine Idee, wo er ansetzen sollte. Welche Quellen konnte er dafür anzapfen? Sollte er einen weiteren, aber konkreteren Zeugenaufruf durchführen? Allerdings hatte er mit der jungen Generation kaum Berührungspunkte und er bezweifelte, dass die Gäste der *Weißen Düne* ihm weiterhelfen konnten. Dafür war die Resonanz bei der ersten Aktion einfach zu mau gewesen. Nein, das würde nichts bringen. Er musste sich etwas anderes einfallen lassen.

Auch wenn Annegret es ihm auszureden versuchte, vielleicht fuhr er später einfach mal bei Nicole vorbei. Schlimmstenfalls blieb ihre Tür verschlossen, aber einen Versuch war es wert.

Während Torge weiter grübelte und seine Möglichkeiten auslotete, klingelte sein Smartphone. Spontan hoffte er, Nicole würde endlich zurückrufen. Um seine Verkehrssicherheit nicht zu gefährden, warf er lediglich einen kurzen Blick auf das Display in der Freisprechhalterung.

Knud!

Freudig nahm er das Gespräch entgegen. Bestimmt gab es etwas Neues! Selbst in den Phasen, in denen er ein wenig ins Abseits geriet, konnte er sich letztendlich immer auf Knud verlassen. Natürlich hoffte er auf die Einbeziehung in die Ermittlung und die Wahrscheinlichkeit war hoch, dass der befreundete Kommissar ihn nicht enttäuschte.

Bei allem Optimismus hatte Torge nicht damit gerechnet, aufs Revier eingeladen zu werden, um an einer Besprechung teilzunehmen. Wenn es sonst glücklich lief, hielt Knud ihn über den Fortgang auf dem Laufenden. Aus diesen Infos konnte er dann meistens einen eigenen Plan schmieden und im Rahmen seiner Möglichkeiten weitere Fakten sammeln oder Befragungen durchführen. Insbesondere auf Eiderstedt war er sehr gut vernetzt. Und da er stets hilfsbereit war, konnte er im Gegenzuge mal einen Gefallen einfordern. Meist war das jedoch gar nicht nötig, weil alle seine Nebentätigkeit spannend fanden und den freundlichen Hobbyermittler gerne unterstützten.

Obwohl sie eine ganze Weile geschnackt hatten, hielt Knud mit dem Kern seines Anliegens hinterm Berg. Torges Neugier war trotzdem geweckt – oder gerade deshalb. Gut passte der Zeitpunkt nicht, weil er jetzt eigentlich den Wellnessbereich reinigen sollte. Entweder er fand eine Vertretung oder er riskierte, sich den Unmut von Marina Lessing zuzuziehen. Ihr Verhältnis hatte sich im Laufe der letzten Jahre wesentlich verbessert. Die Managerin der Ferienanlage war in ihre Position hineingewachsen. Ihr Umgang zeugte von gegenseitigem Respekt, der alles entspannter machte.

Trotzdem wollte er sie natürlich nicht verärgern, indem er unerlaubterweise seinen Arbeitsplatz verließ oder seine Pflichten vernachlässigte. Allerdings ging es um Nicole. Das Wohl der Mitarbeiterin lag ihr bestimmt genauso am Herzen wie ihm selbst. Na ja, zumindest annähernd. Trotzdem versuchte er, erst einmal seinen Kollegen zu erreichen, um zu fragen, ob der ihn vertreten könnte. Vermutlich musste er im Gegenzuge dessen Neugier stillen, aber das war die Sache wert. Das Glück war auf seiner Seite. Hansen hatte gerade Leerlauf und versprach die Aufgabe zu übernehmen, wenn Torge ihm bei einem Feierabendbier mal wieder Geschichten aus seinem Ehrenamt vertellte.

Dieses Anliegen war so allgemein gefasst, das konnte er ohne Bedenken zusagen. Marina Lessing zeigte sich verständnisvoll. Er behauptete einfach, er solle sich auf Bitten der Polizei um Nicole kümmern und ein paar wichtige Informationen in Erfahrung bringen.

Noch konnte er nicht wissen, wie nahe er damit der Wahrheit kam.

Knud in St. Peter-Ording

Donnerstag, den 5. September

Obwohl Knud im Gegensatz zu seinen Kolleginnen komplett hinter Fietes Plan stand, Torge dieses Mal direkt in die Ermittlungen einzubeziehen, hatte er ihm am Telefon keine konkreten Fakten genannt. Es machte ihm tatsächlich Spaß, seinen Kumpel ein wenig zappeln zu lassen. Dieser hatte versprochen, so schnell wie möglich zu kommen. Es könnte aber eine Stunde dauern, weil er vorher ein paar Dinge regeln musste.

Dem Hobbyermittler einen direkten Auftrag zu geben, war sicherlich ungewöhnlich. Allerdings befanden sie sich auf dem platten Land und die Zusammenarbeit mit Torge war in einer Zeit der hoffnungslosen Unterbesetzung entstanden, in der sie händeringend nach Verstärkung gesucht hatten. Mittlerweile waren Charlotte und Lilly mit an Bord, was Torges

Unterstützung entbehrlich gemacht hätte. Trotzdem bekam der kauzige Nordfriese Zugang zu Menschen, die dem offiziellen Organ der Polizei misstrauten. So könnte es auch in diesem Fall sein, deshalb unterstützte er Fietes Idee – sogar gegen den Widerstand der Kolleginnen, was möglicherweise eine abendliche Diskussion mit Charlotte nach sich zog.

„Und? Kommt Trulsen?", riss Lilly ihn aus seinen Gedanken.

Charlotte schüttelte lachend den Kopf. „Falsche Frage, liebe Kollegin. Richtig muss es heißen: Wann kommt Trulsen? So eine Gelegenheit lässt sich unser Hilfssheriff auf keinen Fall entgehen. Jede Wette!"

„Natürlich nicht", fiel Lilly in das Lachen ein. „Also, wann kommt Trulsen?" „So schnell wie möglich. Kann aber eine Stunde oder so dauern", griente Knud. Lachende Frauen waren ihm allemal lieber als unzufriedene.

„Gibt es etwas, das wir besprechen müssen?", fragte Lilly. „Ich würde sonst gerne zur Schule fahren und mit einigen Mitschülerinnen von Jessi reden. Und natürlich mit den Freunden von Lukas", ergänzte sie mit einem Seitenblick auf den Revierleiter. „Allerdings sehe ich das Motiv eher in ihrem Background und es gibt bestimmt ein paar Freundinnen, die mehr über ihre Männerbekanntschaften und vielleicht sogar das Verhältnis zu ihrer Mutter wissen. Auch wenn Jessi sich eher auf Jungs und Männer konzentriert hat, jedes Mädchen – und sei sie noch so unabhängig - braucht mal ein weibliches Wesen zum Quatschen und Ausheulen. Und Konflikte gab es ja scheinbar reichlich. Zoff mit der Mutter, ihre Schwangerschaft und wer weiß, was noch. Ich finde dazu bestimmt mehr heraus, als wir bisher wissen."

„Wow, was für eine flammende Rede", bemerkte Fiete amüsiert. „Niemand hält dich ab, min Deern. Willst du alleine fahren oder zusammen mit Charlotte?"

„Nichts für ungut, Charlie, aber ich möchte es gerne solo versuchen. Allein vom Alter her, bin ich denen am nächsten. Gleiches gilt für mein Aussehen. Ihr wirkt dagegen ein bisschen … konservativ."

„Du meinst spießig", korrigierte Charlie und knuffte sie in die Seite.

„Nee. Ja. Na ja, aus deren Augen vielleicht. Meine Piercings und Tattoos wirken jedenfalls moderner."

„Hau schon ab", forderte Fiete sie auf, während er nur mit Mühe ernst bleiben konnte. „Letzten Endes hast du ja recht. Wir mussten uns anfangs erst an dein Äußeres gewöhnen. Ich melde mich bei dir, wenn es Reaktionen auf die PK gibt."

„Nicht nötig. Morgen sitzen wir ohnehin für die nächste Besprechung zusammen. Für heute habe ich genug auf dem Zettel. Ich bin dann mal weg. Viel Spaß mit Trulsen", fügte sie grinsend hinzu.

Nachdem Lilly gegangen war, wandte sich Fiete wieder seiner Hintergrundrecherche zu, um mehr über die Familie Wagner herauszubekommen. Knud wusste, dass es dem Kollegen keine Ruhe ließ, weil die Drogensucht des Jungen ein ernstzunehmendes Problem war und darin genauso ein Mordmotiv begründet sein konnte.

„Ihr kommt ohne mich klar, oder?", fragte Fiete, ohne eine Antwort darauf zu erwarten.

„Und was machen wir, wenn wir Trulsen in seine Mission eingewiesen haben?", fragte Charlotte. „Wollen wir noch einmal zu der Familie Wagner fahren, um dort weitere Infos zu erfragen?"

„Ich weiß nicht." Knud war skeptisch. „Ich glaube kaum, dass die uns mehr als beim ersten Mal erzählen. Sie haben ihr Kind verloren. Wir sollten ihnen ein wenig Zeit geben, den Verlust zu verarbeiten."

Charlotte nickte. „Aber was dann? Lilly kümmert sich um die Schule, Trulsen um Nicole Kramer. Willkürlich durch die Gegend zu fahren und Jessis Bild zu zeigen, bringt uns nicht weiter. Vielleicht heute Abend, wenn die Clubs und Diskotheken öffnen, aber jetzt um die Mittagszeit erscheint mir das wenig zielführend."

„Geht einfach früh in die Mittagspause und schöpft ein wenig Kraft", ließ Fiete hinter seinem Bildschirm verlauten. „Ihr werdet bestimmt ein paar Abend-, vielleicht sogar Nachtschichten einlegen müssen, um herauszufinden, wo Jessi unterwegs war und mit wem sie sich traf. Gönnt euch zum Ausgleich jetzt eine kleine Auszeit. Bleibt einfach erreichbar, falls sich jemand auf unsere PK meldet."

„Lass uns zum Strand fahren. Er ist nicht mehr so voll und ein bisschen Bewegung an der frischen Luft wird uns guttun", schlug Knud vor.

„Jedenfalls eher als nur zu sitzen und zu essen", stimmte Charlotte sofort zu. „Du meldest dich bei uns, Chef?"

„Wie versprochen. Ihr verpasst hier im Moment nichts. Im Notfall werde ich sogar mit einem Zeugen oder unserem Hilfssheriff alleine fertig."

„So war es nicht gemeint", versicherte sie. „In einer Stunde sind wir zurück."

„Von mir aus keine Eile", nickte Fiete, ohne den Blick zu heben.

Knud fragte sich unwillkürlich, ob der Revierleiter bereits etwas Interessantes entdeckt hatte, fasste sich aber in Geduld.

Kaum hatten sie das Revier verlassen, kam ein Mann auf sie zu.

„Moin! Ich habe Sie gerade aus dem Gebäude kommen sehen. Sind Sie Polizisten oder haben Sie eine Aussage gemacht?"

„Wir gehören zu den Kommissaren", antwortete Charlotte.

„Das trifft sich gut. Ich habe gestern die Pressekonferenz gesehen und möchte was loswerden."

Knud nahm den jungen Mann in Augenschein. War er einer von Jessis Liebhabern? Von der äußeren Erscheinung könnte es passen. Der Kommissar schätzte ihn auf Anfang zwanzig. Er war äußerst attraktiv: braun gebrannt, etwas längere blonde Haare – vielleicht ein Surfer. Er trug halblange Jeans und ein lockeres T-Shirt, außerdem steckte er barfuß in Sneakers. Dazu kaute er einen Kaugummi, den er freundlicherweise in seine Hosentasche steckte, als sie hineingingen.

„Habt Ihr was vergessen?", fragte Fiete hinter seinem großen Bildschirm. Auch jetzt guckte er nicht auf.

„Nein, wir haben einen Zeugen", antwortete Knud.

„Nee, Mann. Ich bin kein Zeuge. Nicht, dass Sie glauben, ich hätte den Mord gesehen oder so. Wenn Sie darauf aus sind, kann ich gleich wieder gehen." Er drehte sich um und machte Anstalten, seine Ankündigung in die Tat umzusetzen.

„So hat mein Kollege es nicht gemeint." Reflexartig griff Charlie nach dem Arm des Mannes.

„Nicht anfassen, Lady!" Er reagierte ungewöhnlich heftig.

„Entschuldigung." Sie trat einen Schritt zurück. „Ich wollte Ihnen nicht zu nahe treten. Fangen wir nochmal von vorne an: Kommissarin Charlotte Wiesinger, und das ist mein Kollege Knud Petersen. Setzen Sie sich bitte. Wollen Sie ein Glas Wasser trinken?"

„Nein, danke." Trotzdem nahm er an dem Besprechungstisch Platz. „Matthias Thiessen. Sie können mich Matze nennen."

„Okay, Matze. Danke, dass Sie bleiben und mit uns sprechen. Weshalb sind Sie hergekommen?", eröffnete Knud die Befragung.

„Ich kannte sie", erklärte er zögernd.

„Die beiden Toten?", hakte Charlotte sofort nach.

„Nein, nein. Den Typen nicht. Nur Jessi. Wir waren eine Weile zusammen, so wie man mit Jessi eben zusammen war. Sie wissen schon. Ich meine, Sie haben bestimmt gehört, wie locker sie alles nahm."

„Ja, das wurde uns berichtet. Aber erzählen Sie es uns mal so, als wüssten wir nichts über Jessi. Wie war sie und wie war Ihre Beziehung?"

„Es war nichts Festes. Jessi hatte gerne Spaß, ging auf Partys und in Clubs, amüsierte sich eben. Sie trank gerne Cocktails und konnte die halbe Nacht tanzen, ohne müde zu werden."

„Nahm sie Drogen?"

„Nee, Drogen waren nicht ihr Ding."

„Sind Sie da sicher?"

„Klar, Mann. Ich kenne einige Clubs, in denen immer mal ne Tüte rumgeht oder Pillen über den Tresen geschoben werden, diskret natürlich. Sie hat solche Angebote regelmäßig abgelehnt. Die hat nicht mal Zigaretten geraucht, weil die ihren Teint zerstören."

Der Alkohol und die ständig wechselnden Bekanntschaften hatten sicherlich ebenfalls Spuren hinterlassen, aber Knud verkniff sich eine entsprechende Bemerkung. Das war jetzt nicht das Thema.

„Okay, Sie haben sich also eine Weile gemeinsam amüsiert. Wie begann Ihre Bekanntschaft und wie lange dauerte sie? Oder trafen Sie sich nach wie vor?"

„Es lief über ein paar Wochen, mal sahen wir uns häufiger, mal seltener. Stressfrei, wenn wir beide Lust hatten."

„Lust im sexuellen Sinne?", fragte Charlotte.

„Auch. Aber das war nicht alles. Wir haben uns einfach gut verstanden. Sie hat sich fürs Surfen interessiert, ich habe es ihr gezeigt. Wir chillten zusammen am Strand und sind durch angesagte Locations gezogen. War unkompliziert."

„Wussten Sie, dass Jessi noch zur Schule ging?"

„Klar." „Wie alt war Jessi?"

„Na, achtzehn. Ich dachte, das wüssten Sie. Als ich sie kennenlernte, habe ich sie sogar älter geschätzt. Sie war geschminkt, das wirkt immer anders", erklärte Matze. Es klang authentisch. Vermutlich wusste er wirklich nicht, dass sie minderjährig gewesen war.

Das genaue Alter des Opfers hatten sie bei der Pressekonferenz bewusst unterschlagen, um einfacher an Aussagen von Männern zu kommen, die sich sonst vielleicht nicht melden würden.

„Also, wann genau begann Ihre Beziehung und wann endete sie?", wiederholte Knud seine Frage.

Matze stutzte. Die Entspannung in seinen Gesichtszügen war schlagartig verschwunden. „Jetzt weiß ich, worauf Sie hinauswollen, Mann. Aber da sind Sie auf dem Holzweg. Ich kann unmöglich der Vater von Jessis Baby sein."

„Was macht Sie da so sicher? Sind Sie sterilisiert?"

„Was? In meinem Alter? Nee, auf keinen Fall. Aber wir haben Lümmeltüten benutzt. Außerdem nahm sie die Pille. Deshalb habe ich mich ja so gewundert. Wie konnte sie da überhaupt schwanger werden?" Matze schien sich wieder sicherer zu fühlen.

„Vielleicht hat sie nicht immer Kondome benutzt. Außerdem können die reißen", mutmaßte Knud.

„Kann ich mir nicht vorstellen. Sie war da völlig kompromisslos. Sagte, sie wollte auf keinen Fall wie ihre Mutter enden."

„Was meinte sie damit?", hakte Charlie sofort ein.

„Woher soll ich das wissen?", konterte er patzig.

„Jessi könnte es Ihnen erzählt haben." Charlotte blieb sachlich, obwohl ihr Matzes Tonfall eindeutig missfiel. „Oder Sie haben nachgefragt. Immerhin verstanden Sie sich doch so gut.

Jessi brauchte bestimmt mal jemanden, dem sie ihr Herz ausschütten konnte."

„Nee, über ihre Mutter wollte sie nicht reden. Ging mich auch nichts an. Ich habe Ihnen gerade gesagt, wir hatten eine lockere Beziehung, wollten Spaß haben. Ist ja logisch, dass dazu keine Schwangerschaft passte. War mir ganz recht. Für ein Kind bin ich selbst zu jung."

„Okay. Hat sie Ihnen von ihren Großeltern erzählt?"

„Ihren Großeltern? Was haben die damit zu tun?"

„Beantworten Sie einfach die Frage", forderte Knud den jungen Mann auf.

„Nö, nicht dass ich wüsste."

„Gut, also nochmal zurück zum Zeitablauf. Wann lernten Sie Jessi kennen?"

„Lassen Sie mich mal überlegen." Matze zählte irgendetwas an seinen Fingern ab. „Kann ich jetzt ein Glas Wasser bekommen?"

„Sicher."

„Danke. Also, ich bin Mitte Mai hergekommen, um zu surfen. Das muss so Ende Mai, Anfang Juni gewesen sein." Er nahm einen großen Schluck von dem bereitgestellten Wasser. „Gut, danke."

„Und wie endete Ihre Wir-haben-nur-Spaß-Beziehung?"

„Die verlief irgendwie im Sande. Jessi war flatterhaft, das wusste jeder, der sich auf sie einließ. Sie hatte Ferien, war unterwegs. Weiß nicht, sie meldete sich immer seltener, da wusste ich halt Bescheid."

„Und waren Sie deshalb wütend oder ärgerlich? Fühlten Sie sich zurückgesetzt?"

„Nein. Haben Sie mir nicht zugehört? Es war locker, ohne Erwartungen oder Besitzansprüche." „Wir hören genau zu, Matze, aber es geht um einen brutalen Doppelmord. Da wollen wir es ganz genau wissen." Charlottes Geduld neigte sich dem Ende, was sich in ihrem deutlich schärferen Tonfall widerspiegelte.

„Hören Sie, ich bin nicht hergekommen, um mich anmotzen zu lassen. Darauf habe ich echt keinen Bock. Ich dachte, die Info würde Ihnen weiterhelfen. Mir ist bewusst, dass es sich um ein grausames Verbrechen handelt, aber damit habe ich nichts zu tun."

„Beruhigen Sie sich", versuchte Knud zu schlichten. „So etwas wirft Ihnen keiner vor. Wann haben Sie Jessi zum letzten Mal gesehen?"

Matze griff erneut zum Wasserglas und trank es in einem Zug leer. „Ich denke, das war vor circa drei Wochen."

„Und haben Sie mitbekommen, mit wem sie zusammen war?"

„Nein, ich habe das Interesse verloren und sie nicht mehr gesehen. Es war mir nicht wichtig. Es gab viele Jungs und Männer um Jessi herum, auch mehrere gleichzeitig. Sie war nie treu, nicht einmal für eine Weile."

„Waren Sie nie eifersüchtig?"

„Das wäre blödsinnig gewesen. Ich wiederhole es gerne: Jeder, der sich auf Jessi einließ, wusste, wie sie war. Ich auch. Deswegen halte ich eine Tat aus Eifersucht für äußerst unwahrscheinlich."

„Sind Sie bereit, eine DNA-Probe abzugeben?", fragte Knud in möglichst sachlichem Tonfall.

„Warum?" Matze kniff die Augen zusammen.

„Um Ihre Vaterschaft des Fötus feststellen oder auszuschließen."

„Nur darum geht es?", fragte Matze misstrauisch.

„Worum sollte es sonst gehen?"

„Keine Ahnung. Die DNA ist das moderne Zaubermittel, oder? Ich möchte da nicht in irgendwas reingezogen werden. Hat man immer wieder gehört, dass einem Sündenbock ein Mord angehängt wird. Ich lebe vielleicht nicht nach gesellschaftlichen Vorstellungen, habe aber trotzdem keinen Dreck am Stecken. Und immerhin bin ich freiwillig hier."

„Das wissen wir zu schätzen. Es steht Ihnen jederzeit frei, zu gehen. Und auch die Abgabe der Probe ist natürlich freiwillig."

Knud schien genug Ruhe auszustrahlen, um überzeugend zu klingen.

„Meinetwegen. Geben Sie her, ich habe nichts zu verbergen."

Lilly in St. Peter-Ording

Donnerstag, den 5. September

In erster Linie wollte Lilly erneut mit Leonie sprechen. Seit der schlimmen Nachricht waren ein paar Tage vergangen und die Kommissarin hoffte, diese würden ausreichen, damit sich die engste Freundin des Opfers ein wenig sammeln konnte. Bestimmt hatte Leonie weiter darüber nachgedacht, mit wem sich Jessi häufiger traf. Häufig genug, um eine Bedeutung zu erlangen, die eine derartige Tat rechtfertigte. Und sie brauchte Nachnamen oder mehr Anhaltspunkte, wo sie die Typen finden konnte. Was hatten die gemacht? Beruflich und privat? Wo hatte Jessi sie kennengelernt? Wer konnte sie sonst getroffen oder beobachtet haben? Bislang waren die Informationen mager, damit konnten sie im Grunde nichts anfangen.

Und sie wollte unbedingt mit weiteren Mitschülern und -schülerinnen der beiden Opfer ins Gespräch kommen. Manchmal wusste jemand etwas Intimes, bei dem man es nicht vermuten würde. Gab es eine graue Maus in dem Jahrgang? Eine unscheinbare Person, die niemand wirklich wahrnahm und die gerade dadurch viel mehr mitbekam, als alle anderen dachten?

Wenn ja, musste Lilly sie finden.

Sie erreichte die Schule kurz vor der großen Pause. Heute war es warm und sonnig, die meisten strömten sicherlich sofort nach draußen, um ein wenig Luft zu schnappen und sich die Beine zu vertreten. Das war ihre Chance.

Tatsächlich lief es wie vermutet ab. Der Abiturjahrgang besaß einen eigenen Bereich, in dem geraucht werden durfte, weil die meisten bereits volljährig waren. Lilly mischte sich zwischen die Schüler und versuchte ein paar Gesprächsfetzen aufzuschnappen. Die Idee war ihr spontan gekommen. Bestimmt waren die Morde Schulgespräch. Vielleicht machten irgendwelche Infos die Runde.

Klar, sie musste alles, was sie hörte, kritisch betrachten. Sicherlich gab es Aufschneider und Wichtigtuer, die Mutmaßungen als Tatsachen hinstellten oder schlichtweg logen. Außerdem brodelte sicherlich die Gerüchteküche.

Lilly traute sich zu, in anschließenden Einzelgesprächen die Spreu vom Weizen zu trennen. Für den Anfang konnte es trotzdem hilfreich sein, denn in jedem Gerücht und vermutlich sogar in jeder Verleumdung steckte bekanntlich ein Körnchen Wahrheit. Das galt gleichermaßen für Lukas wie für Jessi.

„Was war denn nun eigentlich mit den beiden? Waren die fest zusammen?"

„Ach, was. Du kennst doch Jessi. Für die war es bestimmt nichts Ernstes."

„Aber immerhin war sie schwanger. Vielleicht hatte sie das Geflatter satt."

„Blödsinn. Sie war erst siebzehn. Du glaubst nicht ernsthaft, dass sie eine Familie gründen wollte. Schon gar nicht mit diesem Loser."

„Lukas war kein Loser, das weißt du so gut wie ich. Nur weil er zurückhaltender war, hätte er Typen wie dich trotzdem locker in die Tasche gesteckt."

„Was soll das heißen? Willst du dich mit mir anlegen?"

„Ich will einfach, dass du die Fresse hältst, statt hier so große Töne zu spucken. Du beleidigst nicht nur meinen Freund, sondern ein Mordopfer. Wie respektlos kann man sein?"

„Friede seiner Asche. Ich wollte nicht schlecht über Lukas reden. Aber niemand kann sich vorstellen, was Jessi von ihm wollte. Er war einfach nicht ihr Typ."

„Na ja, besonders wählerisch war sie ohnehin nicht. Vielleicht wollte sie einfach mal was anderes ausprobieren."

„Und dann gleich von ihm schwanger werden?"

„Wer sagt, das Kind sei von ihm gewesen? Hat sie das behauptet?"

Schlagartig wurde es ruhiger. Diese Frage schien die Schüler zu beschäftigen. Sollte Lilly sich einmischen? Erklären, dass Lukas nicht der Vater war? In der Hoffnung, mehr zu erfahren? Sie zögerte.

„Ach, das wusste sie bestimmt selbst nicht", wurde die Diskussion fortgesetzt und kurz darauf von der Pausenglocke beendet. Niemand schien Notiz von ihr zu nehmen. Insofern ging ihre Taktik auf. Aber was nützte ihr das?

Bis zur nächsten Pause sollte sie sich eine Strategie zurechtlegen.

„Sind Sie die Kommissarin aus dem Fernsehen?", fragte eine leise Stimme hinter ihr.

Lilly drehte sich um. „Meinst du die Pressekonferenz?"

Das Mädchen nickte. Sie sah jünger aus. Gehörte sie trotzdem zum Abiturjahrgang?

„Ja, die bin ich. Kommissarin Lilly Morgenroth. Möchtest du mich sprechen?"

„Ich habe was beobachtet, das vielleicht mit dem Fall zu tun hat", behauptete sie.

„Wirklich? Kanntest du Jessi gut?"

Das Mädchen schüttelte den Kopf. „Ich bin erst in der Elften. Sie wusste gar nicht, dass es mich gibt. Mit Jüngeren gab sie sich nie ab."

„Hat es dich gestört? Wärst du gerne ihre Freundin gewesen?" Lilly folgte ihrem Bauchgefühl. Vielleicht sollte sie lieber gar nichts fragen, sondern die andere reden lassen.

„Nein, darum geht es nicht. Ich habe sie gesehen – in einer delikaten Situation."

Lilly kniff die Augen zusammen. Delikate Situationen schienen bei Jessi an der Tagesordnung gewesen zu sein. „Ja?"

Das Mädchen guckte in alle Richtungen, um zu checken, ob sich jemand in der Nähe befand, der nicht mithören sollte. „Aber Sie dürfen niemandem sagen, dass Sie es von mir wissen."

„Wie könnte ich? Ich kenne noch nicht einmal deinen Namen", parierte Lilly.

Das Mädchen zögerte, schien ihn bewusst verschwiegen zu haben. „Ja."

„Nun sag mir erst mal, worum es überhaupt geht. Wenn es brisante Informationen sind, werde ich deinen Namen nicht nennen – falls du dich entschließt, ihn mir preiszugeben."

„Na gut. Ich heiße Dörte Hinrichsen."

Lilly nickte und wartete.

Noch einmal prüfte Dörte die Umgebung. „Ich habe Jessi mit Patrick Gerdes gesehen."

„Patrick Gerdes?" Lilly versuchte, den Namen einzuordnen.

„Er ist Lehrer hier an der Schule."

Natürlich! Knud hatte mit ihm gesprochen. An die Details konnte sie sich nicht erinnern. Für den Augenblick war das unwichtig. „Okay. Und was genau hast du beobachtet?" Instinktiv hielt sie den Atem an. War es das, was sie spontan vermutete?

„Die beiden haben in der Turnhalle rumgemacht."

Rumgemacht? Vor Lillys geistigem Auge erschienen verschiedene Szenarien. „Was genau meinst du damit?"

Dörte schaute sie prüfend an. „Das können Sie sich ja wohl denken."

„Ja, aber ich muss es genauer wissen. Haben sie ein bisschen geknutscht oder mehr?"

„Ich bin nicht bis zum Schluss geblieben. Aber als ich in die Halle kam, um etwas zu holen, was ich vergessen hatte, hörte ich Geräusche aus dem Nebenraum. Da, wo die Matten und Geräte lagern. Das hat mich neugierig gemacht." Sie wirkte leicht verlegen. „Also bin ich hin, um zu gucken. Hätte ich wohl lieber nicht machen sollen." Obwohl Dörte eine Pause einlegte, wartete Lilly dieses Mal geduldig ab.

„Sie lagen auf einem Stapel Matten, knutschten und stöhnten, während sie sich streichelten. Ihre Bluse stand offen."

Wenn das stimmte, war es eine ungeheuerliche Information – mit oder ohne Verbindung zu den Mordfällen. Aufgrund der Brisanz tippte Lilly insgeheim aber auf einen Zusammenhang.

„Handelte es sich wirklich um Jessi und euren Lehrer Patrick Gerdes oder hast du es bloß vermutet?"

„Ich bin lange genug geblieben, um mir hundertprozentig sicher zu sein", erklärte Dörte mit Nachdruck.

„Warum? Warum war es dir so wichtig, das ganz genau zu wissen?"

„Liegt das nicht auf der Hand? Jessi war minderjährig und Gerdes ist unser Pauker. Schon mal was von Schutzbefohlenen gehört?" Die anfängliche Schüchternheit war verschwunden. Dörte schien sich über das Verhalten des Lehrers richtig zu ärgern. War sie selbst in ihn verknallt gewesen? „Bestimmt haben sie miteinander geschlafen. Das allein ist echt abartig, noch dazu an einem Ort, wo jederzeit jemand reinplatzen oder sie sogar still und unbemerkt beobachten konnte."

Plötzlich zweifelte Lilly daran, dass Dörte die Halle vorzeitig verlassen hatte.

„Bei Jessis Ruf hat es mich kaum gewundert. Wahrscheinlich gab es ihr den doppelten Kick, ihren Lehrer zu verführen und zusätzlich dabei angeglotzt zu werden."

Das klang so, als hätte Jessi die Spannerin bemerkt – und Dörte es wusste. Und es klang außerdem nach Eifersucht, Missgunst – und Leidenschaft.

War Dörte etwa selbst in den Mord verstrickt? Lilly musste unbedingt mehr über die Schülerin erfahren und sie weiterhin sehr vorsichtig behandeln, damit diese nicht plötzlich dichtmachte. Aber warum erzählte sie es der Polizei, wenn sie selbst dahintersteckte? War sie so naiv und machte sich darüber keine Gedanken oder verfolgte sie einen ganz anderen Plan? Wollte sie mit dieser Geschichte den Verdacht auf Patrick Gerdes lenken? Ein Lehrer, der sich mit einer minderjährigen Schülerin einließ, hatte in einer Mordermittlung sicherlich einen schweren Stand.

Oder war Dörte in Lukas verliebt gewesen? Hatten ihre Wut und Verletzung in der Mordnacht ein Ventil gefunden? Auf Anhieb schien Lilly diese Theorie wesentlich plausibler. Vielleicht waren Dörte und Lukas sogar zusammen gewesen und er hatte sie für die extrovertierte Jessi fallengelassen. Das musste sie unbedingt in Erfahrung bringen. Wenn sich das als richtig herausstellte, war es allemal ein Mordmotiv.

Einen Moment lang wusste Lilly nicht, wie sie reagieren sollte, um Dörte nicht zu verschrecken.

„Wie schätzt du Jessi ein?", fragte sie schließlich möglichst allgemein.

„Sie haben sicher von ihrem Ruf gehört. Die hat nichts anbrennen lassen und war extrem von sich eingenommen."

„Ja, davon habe ich gehört. Kannst du dich erinnern, wann du die beiden gesehen hast?"

„Erwischt meinen Sie wohl." Dörte grinste ein wenig lüstern.

Sie wurde Lilly immer unsympathischer. Ihre Zweifel an der Geschichte stiegen, aber ihre Meinung war zweitrangig. Sie musste mehr in Erfahrung bringen – über die Fakten und die Absicht des Mädchens.

„Ja, erwischt. Also, weißt du, wann es passiert ist?"

„Aber sowas von! Wie könnte ich das vergessen? Es ist genau drei Wochen her. Kaum waren die Ferien zu Ende, so ein Knaller! Ich habe mich natürlich gefragt, was die in der ganzen freien Zeit getrieben haben – und wie lange es schon ging!"

„Warum hast du es nicht gemeldet, wenn es dich so geärgert hat?"

„Ich war mir nicht sicher, ob das der richtige Weg ist. Eigentlich ist es nicht meine Art, andere zu verpetzen. Geht mich im Grunde ja nichts an."

„Aber jetzt wolltest du mit mir sprechen und mir von den Vorkommnissen berichten", hakte Lilly nach. „Warum?"

„Jetzt, wo Jessi tot ist, konnte ich es nicht mehr für mich behalten. Immerhin könnte es einen Zusammenhang mit dem Mord geben."

„Ja, da gebe ich dir recht." Lillys Gedanken rasten. Sollte sie Dörte auf Lukas ansprechen? Immerhin war er ebenfalls tot und da lag es auf der Hand, nach ihm zu fragen. Könnte es tatsächlich sein, dass sie für ihn geschwärmt hatte oder sogar mit ihm zusammen war? Nach dem kurzen Eindruck, den sie von dem Mädchen gewonnen hatte und nach allem, was sie bisher über Lukas wusste, passten die beiden besser zusammen als Jessi und Lukas. Sie musste es versuchen! „Kanntest du das zweite Opfer? Lukas Wagner?", fragte sie möglichst beiläufig, beobachtete ihr Gegenüber dabei aber ganz genau.

Prompt zuckte Dörte leicht zusammen. Schließlich nickte sie. „Ja."

„Wie habt Ihr euch kennengelernt?"

Dörte schien froh zu sein, nicht mehr über Jessi sprechen zu müssen. Nach dem kurzen Erschrecken entspannten sich ihre Gesichtszüge. „Lukas war wirklich sehr nett und hilfsbereit. Er hat mich mal gerettet, als ich ziemlich spät unterwegs war und einen Platten hatte – mit dem Fahrrad."

„Hat er dein Rad repariert?" Lilly führte ihre Befragung im Plauderton fort.

„Nein, wir hatten beide kein Flickzeug dabei. Ich weiß gar nicht, ob es was genützt hätte. Ich glaube, er war nicht so der Handwerkertyp. Aber er hat mir Gesellschaft geleistet und mich zu Fuß nach Hause gebracht." Die Erinnerung zauberte ein Lächeln auf ihre Lippen.

Lag darin Sehnsucht? Lilly war sich nicht sicher. „Du mochtest ihn", stellte sie schlicht fest.

„Ja, er war zurückhaltend und wirklich nett."

Nett. Das klang nicht gerade nach der großen Verliebtheit.

„Habt Ihr euch danach angefreundet?", wollte Lilly weiter wissen.

„Wir haben uns ein paar Mal getroffen, aber schließlich verlief es im Sande."

Also doch!

„Weil er anfing, sich mit Jessi zu treffen?" Sie musste der Sache auf den Grund gehen, auch wenn sich Dörte daraufhin verschließen könnte.

Ein Schatten fiel über ihr Gesicht, das kurze Lächeln war verschwunden. „Ja, sie hat ihn mir weggeschnappt", stieß sie ärgerlich hervor. „Ausgerechnet! Was wollte sie mit dem schüchternen Lukas? Die beiden passten überhaupt nicht zusammen! Und sie konnte jeden haben! Hatte sie ja auch. Die meinte es mit keinem ernst, sie hat die Typen nur benutzt! Erst brannte sie lichterloh, hat aber immer schnell das Interesse verloren und die Jungs kalt lächelnd abserviert. "

Es ging Dörte also um Lukas, nicht um Patrick Gerdes. Damit stieg die Wahrscheinlichkeit, dass ihre Beobachtung der Wahrheit entsprach. Lilly überlegte trotzdem, welchen Sinn es machen konnte, eine derartige Geschichte zu erfinden – und kam wieder zu dem gleichen Schluss: Möglicherweise steckte Dörte hinter der Tat und wollte den Verdacht auf den Lehrer lenken. Aber warum hatte sie Lukas ermordet, wenn sie in ihn verliebt war? Hatte er ihr einen Korb gegeben? Wollte sie ihn für seine plötzliche Ablehnung bestrafen, nachdem er ihre Hoffnung auf etwas Festes zerstört hatte?

Sie musste unbedingt mehr über alle Beteiligten in Erfahrung bringen. So langsam bekam der Fall ein Gesicht. Darüber hinaus brannte sie darauf, ihr Wissen mit den Kollegen zu teilen und deren Einschätzung zu hören.

Torge in Garding

Donnerstag, den 5. September

Endlich hatte Torge alles erledigt oder delegiert und konnte losfahren. Marina Lessing zeigte sich ungewohnt entgegenkommend. Na, genau genommen tat er ihr damit unrecht. Anfangs hatte die Managerin der Weißen Düne nur das Ansehen der Ferienanlage im Sinn, aber mit den Jahren war sie selbstsicherer und damit empathischer geworden. Sie hatte begriffen, wie wichtig die Mitarbeiter waren. Also gab sie Torge bereitwillig frei, als er darum bat, zu Nicole Kramer fahren zu dürfen. Betont beiläufig erwähnte er außerdem, dass die Polizei von St. Peter-Ording ihn um Hilfe gebeten hatte. Das hätte genauso nach hinten losgehen können, weil der Chefin sein ehrenamtliches Engagement natürlich nicht verborgen geblieben war, aber sie thematisierte es nicht. Es war wohl so, wie er vermutete:

Solange seine Arbeit nicht darunter litt, gewährte sie ihm gewisse Freiheiten, wenn es die Arbeitszeit betraf. Sicherlich war ihr bewusst, dass sie umgekehrt jederzeit auf ihn zählen konnte, wenn es in der Ferienanlage einen Notfall gab. Nie beharrte er auf seinen Feierabend. Sein Überstundenkonto war stets prall gefüllt. Und was er in seiner Freizeit machte, war ohnehin seine Privatangelegenheit.

Mit klopfenden Herzen erreichte er nach kurzer Fahrt das Revier. Jetzt konnte er es gar nicht mehr abwarten zu erfahren, was die Kommissare von ihm wollten. Lag er mit seiner Vermutung richtig? Wollten sie ihn bitten mit Nicole zu sprechen oder handelte es sich um etwas ganz anderes?

Immer zwei Stufen auf einmal nehmend erklomm er die Treppe.

„Da bin ich", rief er bereits vom Eingang her. Kurz darauf machte sich Enttäuschung breit. Der große Raum war leer. Torge stutzte. Das konnte eigentlich gar nicht sein. Hier war immer jemand anwesend! War etwas Bahnbrechendes passiert? Waren deshalb alle ausgeflogen? Spontan fühlte er sich zurückgesetzt. Er hatte sich extra beeilt und nun war niemand da. Und informiert hatte ihn auch keiner!

„Torge! Moin", wurde er von Fiete begrüßt, der mit einem Pott in der Hand aus der Küche kam. „Willst du einen Kaffee?"

Erleichtert nickte er. „Kaffee geht immer, aber mach dir keine Umstände, ich weiß ja, wo alles steht. Wo sind die anderen?" Das interessierte ihn viel mehr.

„Lilly ist an der Schule. Charlotte und Knud machen Pause."

„Pause? Jetzt?"

„So ist es. Auch der fleißigste Ermittler braucht mal eine Unterbrechung, bevor er sich die Nacht um die Ohren schlägt", erklärte Fiete.

„Aber Knud hat mich herbestellt. Ich dachte, er würde hier auf mich warten. Ich habe mich extra beeilt", fügte er hinzu, was selbst in seinen eigenen Ohren etwas nörgelig klang.

„Ich bin da", bemerkte Fiete amüsiert. „Hol dir einen Kaffee, dann wird deine Laune wieder steigen. Vermutlich sind Charlotte und Knud ohnehin gleich zurück. Ansonsten setze ich dich ins Bild."

Zufrieden tat Torge, wie ihm geheißen, beeilte sich aber. „Also, schieß los", forderte er den Revierleiter auf, während er den Zucker verrührte.

Fiete erzählte dem Hausmeister, was er über Nicole Kramer und das Haus, in dem sie wohnte, in Erfahrung gebracht hatte.

Torge stieß einen Pfiff aus. „Brisant."

„Ja. Wir gehen davon aus, dass sie dir die Hintergründe eher anvertraut als uns. Außerdem wissen wir nicht, ob diese Tatsache überhaupt für die Aufklärung der Morde relevant ist. Deshalb wäre es schön, wenn du sie befragst und dabei herausbekommst, ob Jessi davon wusste und die Immobilie mit Erreichen ihres achtzehnten Geburtstags möglicherweise veräußern wollte."

Der Hobbyermittler brauchte einen Moment, um die Aussage hinter Fietes Ausführungen zu begreifen. „Glaubt Ihr etwa, Nicole hat ihre eigene Tochter umgebracht?", fragte er erschrocken. „Das ist der Job? Ich soll Nicole ausfragen, um herauszufinden, ob sie eine Mörderin ist?"

„Niemand hat behauptet, es wäre immer leicht."

„Aber ich kenne Nicole eine Ewigkeit. Wir haben ein Vertrauensverhältnis", protestierte Torge.

„Das ist der Punkt. Deshalb sollst du ja mit ihr schnacken."

„Das fühlt sich an, als würde ich sie verraten", überlegte Torge laut.

„Du kannst ablehnen. Aber mal Hand aufs Herz. Würdest du sie schützen, wenn es sich bewahrheitet, dass sie für die Morde an den beiden Teenagern verantwortlich ist?" Fiete guckte ihm direkt in die Augen.

„Nee, natürlich nicht. Damit hatte ich trotzdem nicht gerechnet", ruderte Torge zurück.

„Es steht bisher nicht fest, ob es wirklich so ist. Die Konstellation ist ungewöhnlich und das Mutter-Tochter-Verhältnis war angespannt."

„Was absolut normal ist. Ich hatte selbst mal einen Teenager zu Hause. War nicht die einfachste Zeit", erklärte Torge voller Inbrunst.

„Das glaube ich unbesehen. Bisher steht Nicole Kramer nicht wirklich unter Verdacht, aber wir müssen alle Eventualitäten überprüfen. Also, bist du dabei?"

Torge überlegte. Wohl war ihm bei der Sache nicht gerade. Anderseits war es seine Chance, etwas Zielführendes herauszufinden. Tief in seinem Herzen konnte er sich kaum vorstellen, in Nicole eine Mörderin zu entlarven. Eher, ihre Unschuld zu beweisen. Das gab den Ausschlag.

„Ja, ich fahre zu ihr und unterhalte mich mit ihr."

„Gut." Auch Fiete wirkte nun erleichtert. „Geh vorsichtig und sensibel mit ihr um. Es besteht ein kleiner Anfangsverdacht ..."

„Also doch."

„Beruhige dich, Torge. Ich habe es dir eben erklärt. Wir brauchen Klarheit in dieser Sache. Im Vordergrund steht jedoch der Verlust ihrer Tochter. Und das mittels eines Kapitalverbrechens. Das macht die Angelegenheit wirklich brisant. Behandle sie mit Samthandschuhen und erzwinge nichts, wenn sie nicht reden will."

„Wofür hältst du mich?", fragte er entrüstet.

Fiete machte eine wegwerfende Handbewegung. „Geschenkt. Bleib beim Thema. Noch etwas: Du berichtest mir. Und zwar ausschließlich mir. Wenn ich nur eine Zeile davon in der Presse lese oder dich vor einer Fernsehkamera entdecke, mache ich dich einen Kopf kürzer."

„Das ist eine Morddrohung", scherzte Torge, um die Atmosphäre aufzulockern.

„Das kannst du laut sagen. Und ich meine es so, wie ich es sage. Wenn du die Grenzen überschreitest und unsere Arbeit torpedierst, lernst du mich richtig kennen. Verstehen wir uns?"

Torge war wieder ernst geworden. „Ich verspreche es."

„Gut, ich nehme dich beim Wort. Gutes Gelingen!"

Mit einem mulmigen Gefühl erreichte Torge eine gute Viertelstunde später die Straße in Garding, in der Nicole wohnte. Er hielt vor ihrem Haus und starrte es eine Weile durch die Windschutzscheibe an. War dieses Gebäude der Auslöser für den Mord an den beiden Jugendlichen? Das durfte einfach nicht wahr sein! Welche Mutter tötete denn ihr eigenes Kind wegen eines Hauses?

Torge atmete tief durch und sortierte seine Gedanken. Er brauchte einen Moment der mentalen Vorbereitung, bevor er aus dem alten Kombi aussteigen und bei ihr klingeln konnte.

Auch wenn es ihm widerstrebte, musste er versuchen, neutral an die Befragung heranzugehen. Nein, das war unmöglich. Er mochte Nicole und konnte sich eine derartige Tat beim besten Willen nicht vorstellen. Aber er versuchte, dafür offenzubleiben. Dass er voreingenommen war, wussten schließlich auch die Kommissare und trotzdem hatten sie ihm diese Aufgabe übertragen. Bei allen Vorbehalten wollte Torge sie nicht enttäuschen. Darüber hinaus hatte Fiete natürlich recht. Sollte

Nicole wirklich eine Mörderin sein, musste sie ihre gerechte Strafe bekommen.

Torge straffte sich. Es wurde nicht besser, wenn er hier lange herumsaß. Er musste es hinter sich bringen und hoffte, Nicole außerdem etwas Trost spenden zu können.

Kaum hatte er geklingelt, wurde die Tür aufgerissen, gerade so, als hätte Nicole dahinter auf ihn gewartet. Torge war angenehm überrascht. Nachdem sie all seine Anrufe und Nachrichten ignoriert hatte, war er eher davon ausgegangen, dass sie auch jetzt nicht reagieren würde. Umso besser!

„Torge! Gott sei Dank! Ich habe so gehofft, dass du herkommst." Nicole sah derangiert aus, wirkte total aufgelöst.

Das war wohl der Grund für ihr Schweigen, obwohl es natürlich keinen Sinn ergab. Sie hätte einfach zurückrufen können, dann wäre er längst hier gewesen.

„Komm rein! Ich setz uns einen Kaffee auf." Sie griff nach seinem Arm und zog ihn ins Haus.

„Gern!", antwortete er, obwohl er bei Fiete gerade erst einen Kaffee getrunken hatte. Vielleicht tat es ihr gut, sich damit zu beschäftigen.

In der Küche sah es chaotisch aus. Überall standen benutzte Gläser und Becher herum. Dagegen schien sie nicht viel gegessen zu haben. Sie selbst sah bei genauerer Betrachtung ebenfalls vernachlässigt aus. Torge fragte sich unwillkürlich, ob sie dieselben Klamotten wie am Montag trug. Wenn er mit ihr gesprochen hatte, würde er ihr empfehlen, ein Bad zu nehmen oder zumindest zu duschen. Vermutlich brauchte sie darüber hinaus eine Freundin. Er nahm sich vor, auch das zu thematisieren.

Auf jeden Fall war deutlich, wie sehr sie unter der Situation litt. Es kam ihm im Angesicht dieses Chaos noch unwahrscheinlicher vor, dass Nicole in die Morde verwickelt war. Trotzdem hatte er versprochen, mit ihr zu reden und möglichst viel aus ihr herauszubekommen. Wie sollte er bloß beginnen? Nicole sah schwach und verletzlich aus. Darauf musste er unbedingt Rücksicht nehmen.

„Also." Sie setzte sich zu ihm an den Tisch. „Warum bist du hier?"

„Ich wollte gucken, wie es dir geht und dir meine Unterstützung anbieten", begann er die Unterhaltung ganz allgemein.

„Wie soll es mir schon gehen, Torge? Meine Tochter ist tot. Obwohl ich es mit eigenen Augen gesehen habe, kommt es mir völlig unrealistisch vor, einfach unfassbar. Ich habe keine Ahnung, wie es nun weitergehen soll!"

Das klang verzweifelt und nicht nach der Aussage einer Frau, die vor fünf Tagen ihre eigene Tochter getötet hatte. Oder spielte sie Theater? Torge konnte nicht einschätzen, ob Nicole eine gute Schauspielerin war. Trotzdem wäre es in dem Fall einfacher gewesen, die Tür verschlossen zu halten, oder?

Er nahm sich vor, genau das herauszufinden. Aber wie sollte er die Eigentumsverhältnisse des Hauses ansprechen, wenn sie sich gerade fragte, wie sie weiterleben sollte? Das kam ihm oberflächlich und gemein vor.

Nicole rührte gedankenverloren in ihrem Kaffee, obwohl sie weder Milch noch Zucker hineingetan hatte.

Torge guckte ihr schweigend zu und überlegte, was er sagen sollte. Vielleicht war es doch keine so gute Idee, sich von den Kommissaren für diese Aufgabe einspannen zu lassen. Vorerst legte er sein Augenmerk auf ihr Wohlbefinden. Mal schauen, wie sich das Gespräch entwickelte.

„Trink erst mal einen Schluck Kaffee", forderte er sie mit sanfter Stimme auf. „Soll ich dir was zu essen machen oder eine Pizza bestellen?"

„Ich habe überhaupt keinen Appetit. Mir kommt alles so sinnlos vor. Mein kleines Mädchen! Ich hätte besser auf sie aufpassen müssen. Wahrscheinlich ist es meine Schuld. Ich habe schließlich gemerkt, wie sie sich immer weiter von mir entfernte. Aber wie hätte ich ihr verbieten sollen, spät nach Hause zu kommen oder woanders zu übernachten? Sie war fast achtzehn. Spätestens nach ihrem Geburtstag hätte sie ohnehin gemacht, was sie wollte." Erschöpft ließ sie den Kopf sinken und legte ihn neben dem Kaffeebecher auf den Tisch. „Ich bin so unendlich müde und erschöpft. Und trotzdem kann ich nicht schlafen. Was soll ich bloß machen, um die Geister zu verscheuchen, Torge?"

Auf den Hobbyermittler wirkte ihr Verhalten authentisch. Ganz offensichtlich quälte sie sich mit Selbstvorwürfen. Ob es sie ablenkte, wenn er das Gespräch beiläufig auf das Haus lenkte? Ihre Reaktion konnte aufschlussreich sein.

Weil ihm keine geniale Überleitung einfiel, fragte er sie schließlich geradeheraus. „Wollen wir einfach über was anderes reden? Würde dich das ablenken? Danach kannst du vielleicht duschen gehen und wir essen zusammen."

Sie nickte, allerdings war Torge nicht sicher, ob sie ihm wirklich zuhörte. Nun, er würde es ausprobieren.

„Du hilfst der Polizei bestimmt, den Mörder zu finden, Torge?", wechselte sie schließlich das Thema.

„Ja, Nicole. Ich tue, was ich kann. Natürlich brauche ich dafür möglichst viele Informationen von dir", erklärte er.

„Ich habe alles gesagt, was ich weiß."

„Du kanntest keine Namen? Hat Jessi nicht irgendwas erzählt, was sie unternommen hat. Wo genau sie war? In welchen Clubs, Diskotheken, Kneipen? Und mit wem?" Diese Fakten waren bestimmt genauso hilfreich, wie der Hintergrund zum Haus. Vielleicht sogar viel aufschlussreicher.

„Ach, das waren so viele Namen. Wie sollte ich mir die alle merken. Anfangs habe ich es versucht. Aber weil die so schnell wechselten, habe ich schließlich aufgegeben."

„Nicole. Bitte denk trotzdem nach. Es geht um Jessi. Jede Erinnerung kann hilfreich sein." Sie zählte die Namen einiger Lokale und Clubs auf, von denen Torge noch nie gehört hatte. „Und die befinden sich hier bei uns in SPO?", fragte er ungläubig.

„Nee. Nicht alle. Sie ist oft nach Husum oder Hamburg gefahren."

Was zusätzlich erklärte, warum sie über Nacht wegblieb.

„Und erinnerst du dich an die Namen der Jungs oder Männer?", fragte Torge weiter. Unauffällig hatte er sein Notizbuch aus der Tasche gezogen und schrieb fleißig mit.

„Pfffft. Was nützen dir die Namen? Jessi hat, wenn überhaupt, nur Vornamen erwähnt. Wie sollen die weiterhelfen?"

„Alles kann helfen, Nicole."

„Ich bin so müde!"

„Du kannst dich gleich ein wenig hinlegen, dann bringe ich deine Küche in Ordnung."

„Ach, das brauchst du nicht."

„Wir werden sehen. Schieß einfach los." Torge ließ nicht locker.

„Ich sehe da keinen Sinn drin, aber bitte: Daniel, Andreas, Matze, Jens, Noah, Patrick, Micha, Torsten, Kevin. Ach, ich weiß nicht. Es waren viel mehr. Und eben Lukas. Den hat sie auch mal erwähnt."

Das war mehr als gehofft. Ob die Info ohne Nachnamen etwas nützte, musste er später sehen. Aber irgendwo musste er schließlich anfangen.

„Wie soll es jetzt bloß weitergehen?", wiederholte sie schließlich.

„Ruh dich aus. Ich kann mir vorstellen, wie sinnlos dir im Moment alles erscheint, aber du hast immerhin einen Job und dieses Haus."

Sprang sie darauf an?

„Ach, dieses verfluchte Haus! Ich hätte es schon vor Jahren verkaufen sollen, aber da haben meine Eltern einen Riegel vorgeschoben."

„Was meinst du damit?", tat Torge unwissend.

Das leidige Thema schien neue Kraft in Nicole zu pumpen. „Das ist die dunkle Seite unserer Familiengeschichte. Willst du die wirklich hören?"

„Es scheint dir neue Energie zu geben", mutmaßte Torge.

Nicole lachte unfroh. „Ja, das ist tatsächlich so. Jahrelang hat es die letzte Kraft aus mir herausgesogen. Meine spießigen alten Herrschaften kamen mit einem unehelichen Kind in der Familie nicht klar. Statt mich in dieser Lage zu unterstützen, wurden sie nie müde, mir Vorhaltungen zu machen."

Vielleicht war das der Grund, warum Nicole ihrer Tochter so viel Freiraum gegeben hatte.

„Willst du die ganze unschöne Geschichte hören?", fragte sie.

„Wenn es eine Erleichterung für dich ist, gerne."

„Ja, vielleicht ist jetzt der richtige Zeitpunkt, es endlich mal loszuwerden", nickte sie. „Jessis Vater war mit einer anderen Frau verheiratet. Das habe ich allerdings erst erfahren, als ich schwanger war, was leider ziemlich schnell nach unserem Kennenlernen passiert ist. Schlimmer noch, er hatte bereits zwei kleine Kinder. Als ich ihm also von meiner Schwangerschaft erzählte, hat er sofort die Flucht ergriffen. Er wollte weder ein gemeinsames Leben mit mir noch Verantwortung für unser Kind übernehmen. Das hatte er bereits. Mit einer anderen."

„Scheibenkleister", murmelte Torge.

„Du sagst es. Ich habe sowohl über Abtreibung als auch über Adoption nachgedacht, habe aber beides nicht übers Herz gebracht. Stattdessen habe ich mir Hilfe von meinen Eltern erhofft. Die haben sie mir allerdings von Anfang an verweigert. Als sie erfuhren, dass der Kindsvater verheiratet und gut verdienend war, erwarteten sie eine Unterhaltsforderung oder sogar Klage. Das wollte ich aber nicht. Nachdem er mich verlassen hatte, war er quasi für mich gestorben. Ich wollte kein Geld von ihm, im Gegenzuge hätte ich ihm kein Besuchsrecht eingeräumt, was er allerdings nie eingefordert hat."

„Und deine Eltern haben ihre Meinung nie geändert? Auch nicht, als Jessi geboren war?"

„Nein. Im Gegenteil. Sie haben das Thema jahrelang mit schöner Regelmäßigkeit auf den Tisch gebracht und mich immer weiter unter Druck gesetzt. Eine Zeitlang habe ich den Kontakt zu ihnen abgebrochen. Da Jessi aber ohne Vater aufwachsen musste, wollte ich ihr nicht zusätzlich die Großeltern vorenthalten. Zumal es ohnehin die einzigen Großeltern waren. Ich habe mich also zurückgenommen, Jessi zuliebe. Nur ihrer Forderung, den Unterhalt geltend zu machen, bin ich nicht nachgekommen."

„Und wie haben sie darauf reagiert? Waren sie nicht froh und dankbar über den Kontakt zu Jessi – und damit auch zu dir?", fragte Torge betrübt. Unglaublich, was Nicole alles durchmachen musste!

„Von wegen! Eigentlich wurde es über die Jahre immer schlimmer. Vielleicht schlug der Altersstarrsinn bei ihnen zu. Aber ich wollte nichts von diesem Mann in meinem Leben haben, nicht einmal sein Geld. Und ich wollte Jessi für mich allein. Also habe ich immer fleißig gearbeitet."

„Und deine Eltern?"

„Du wirst es nicht glauben. Sie haben mich mit dem Pflichtteil abgespeist - und einem Budget für die Instandhaltung des Hauses, komplett zweckgebunden und überwacht durch einen Vermögensverwalter. Alles inklusive des Hauses haben sie ihrer Enkeltochter vererbt, das musst du dir mal vorstellen."

Es stimmte also!

„Obwohl Jessi ein Kind war, hat sie dieses Haus geerbt", wiederholte Nicole. „Mir haben sie ein Wohnrecht bis zu ihrer Volljährigkeit eingeräumt, damit aber auch die Verantwortung für die Immobilie aufgehalst. Es ist schön, einen eigenen Garten zu besitzen, aber im Grunde wäre ich lieber in eine kleine Mietwohnung mit Balkon gezogen. Tja, so sieht es aus – und an ihrem achtzehnten Geburtstag hätte Jessi über das Haus frei verfügen können."

„Wusste sie darüber Bescheid?", fragte Torge.

„Klar! Was denkst du denn? Dafür haben sie natürlich gesorgt."

„Seit wann wusste sie es?", wollte Torge es ganz genau wissen.

„Seit ihrem sechzehnten Lebensjahr. Das haben sie ebenfalls verfügt. An diesem Tag wurde sie von dem Vermögensverwalter informiert."

„Von dem Vermögensverwalter? Nicht von dir?", fragte Torge überrascht.

„So haben es meine Eltern verfügt."

„Krass." „Das kann man wohl sagen. Danke für dein Verständnis. Es tut gut, jemanden an meiner Seite zu haben, der es wie ich empfindet."

„Und wie hat Jessi darauf reagiert?", fragte Torge.

„Erst konnte sie es gar nicht glauben und war komplett überfordert. Ist ja klar. Sie hat nicht verstanden, warum meine Eltern ihr das Haus vererbt haben."

„Und hast du es ihr erklärt? So wie mir?"

„Ja. Mit sechzehn war sie alt genug, um die alte Geschichte zu erfahren. Verstanden hat sie es trotzdem nicht. Sie hat es abgetan, gesagt, es würde sich dadurch nichts ändern. Aber seitdem hat sie sich sehr verändert", gab Nicole ganz offen zu.

„Das heißt was?"

„Ich weiß es nicht, Torge. Wir haben nie wieder darüber gesprochen, es ist nur so ein Gefühl."

„Was meinst du damit, Nicole?"

„Ach, ist ja auch egal. Sie ist tot und ich sitze alleine in diesem Haus, das ich eigentlich schon vor langer Zeit losgeworden wäre. Es ist voll mit Erinnerungen, die ich gerne aus meinem Gedächtnis verbannen würde." Plötzlich fing Nicole an zu schluchzen. Überrascht und ein wenig hilflos streichelte Torge ihren Arm. Wieder wünschte er sich eine Frau an seiner Seite – Annegret oder eine der Kommissarinnen. Die würden bestimmt entspannter mit dieser Situation umgehen.

Es stimmte also. Das Haus hatte Jessi gehört und in drei Monaten hätte sie frei darüber verfügen können. Was bedeutete das jetzt für den Fall?

Charlie in St. Peter-Ording

Freitag, den 6. September

Trulsen hatte es sich natürlich nicht nehmen lassen, am gleichen Nachmittag aufs Revier zu kommen und über sein Gespräch mit Nicole Kramer Bericht zu erstatten. Viel Neues war dabei nicht herausgekommen, aber immerhin gab es die Bestätigung, was das Haus und vor allem die Hintergrundgeschichte anging.

Die Namensfragmente halfen spontan nicht viel weiter, außer vielleicht, dass es einen Patrick auf der Liste gab. Handelte es sich dabei wirklich um den Lehrer Patrick Gerdes? Würde ein Mädchen ihrer Mutter davon erzählen? Oder hatte Jessi angenommen, er würde ohnehin in der Flut der Namen untergehen, weil Nicole es nicht hinterfragte? Darüber hinaus konnte es sich genauso gut um einen anderen Patrick handeln.

Dörtes Anschuldigung war ein Knaller, den die Kommissare erst einmal verdauen mussten. Wenn sie überhaupt stimmte. Davon war Charlie nicht überzeugt. So wie Lilly konnte sie sich vorstellen, dass Dörte sie frei erfunden hatte, um Verdachtsmomente gegen ihn zu schaffen oder einfach, weil sie sich zurückgesetzt fühlte und irgendwie ihren Frust loswerden musste.

Den Wahrheitsgehalt dieser Behauptung mussten sie vorrangig überprüfen. Natürlich sehr vorsichtig. Im Falle einer Verleumdung konnte Patrick Gerdes´ Leben zerstört werden. Das durfte auf keinen Fall passieren, falls er unschuldig war! Sie sollten mit ihm selbst sprechen, bevor durch die Befragungen anderer Schüler oder Lehrer Gerüchte entstanden, die sie nicht mehr ungeschehen machen konnten.

„Wollen wir ihn in der Schule aufsuchen oder hierher bitten?", fragte sie die Kollegen am Besprechungstisch.

„Bereits erledigt", antwortete Fiete. „Er kommt in circa einer Stunde her. Bei solchen Vorwürfen dürfen wir uns keinen Fehler erlauben. Nicht auszudenken, wenn es durch uns publik wird und sich im Nachhinein als haltlos erweist. In der Schule haben die Wände im Zweifel Ohren. Nee, es ist mir sicherer, wenn wir das Gespräch hier führen."

„Du hast doch Anfang der Woche mit ihm gesprochen, Knud", meldete sich Lilly zu Wort. „Erzähl bitte nochmal, wie er auf deine Nachfrage zu Jessi reagiert hat."

„Er wusste einiges über sie und begründete es damit, seinen Bildungsauftrag ernst zu nehmen und sich um seine Schüler zu sorgen, wenn es dafür einen Anlass gibt."

„Vielleicht besonders um die Schülerinnen", warf Lilly ein. „Und was war bei ihr der Anlass?" „Ständige Müdigkeit, besonders in der ersten Stunde."

„Das ist nicht besonders spektakulär. Welcher Teenager steht gerne früh auf? Ist das alles?"

„Hhm, ja. Ihr Lebenswandel hatte sich bis zu ihm herumgesprochen und er machte sich Sorgen."

„Vielleicht, weil er wirklich ein Teil ihrer Loverschar war", mutmaßte Lilly.

„Finden wir es heraus. Er wird in Kürze auftauchen."

„Wenn er nicht vorher abtaucht. Mit einem schlechten Gewissen könnte er genauso die Flucht ergreifen."

„Unwahrscheinlich. Er kann sich ausmalen, dass er ohnehin nicht weit kommt. Das würde seine Situation weiter verschlimmern", hielt Charlie dagegen.

„Nicht, wenn er tatsächlich mit Jessi intim war und außerdem für die Morde verantwortlich ist", argumentierte Lilly.

„Immer mit der Ruhe", sprach Fiete wie üblich ein Machtwort, wenn die Diskussion aus dem Ruder lief. „Im ersten Schritt geht es um eine mögliche Affäre mit Jessi."

„Seine minderjährige Schülerin", beharrte Lilly. „Das ist alles andere als harmlos und in meinen Augen ein handfestes Mordmotiv, wenn sie wirklich was miteinander hatten. Vielleicht wusste Lukas davon und musste deshalb ebenfalls sterben. Immerhin war er auf Droge. Da wird man schnell mal redselig."

„Das ist ein guter Aspekt, Lilly. Natürlich werden wir Gerdes nach seinem Alibi für die Mordnacht befragen, insbesondere, wenn er den Wahrheitsgehalt der Vorwürfe einräumt", bestätigte Fiete.

„Das kann ich mir kaum vorstellen", insistierte Charlie. „Als Lehrer ist er erledigt, wenn er ein intimes Verhältnis mit einer minderjährigen Schülerin zugibt. Ich bin mir sicher, dass er es abstreiten wird."

„Kommt vielleicht drauf an, wie diskret und vorsichtig sie sonst waren", warf Lilly ein. „Wenn es überhaupt stimmt."

„Ja, logisch. Aber gehen wir mal davon aus. Warum sollte Dörte eine Affäre zwischen Jessi und Gerdes erfinden, wenn sie in Lukas verknallt war?"

„Vielleicht wollte sie ihm eins auswischen, weil er sie ungerecht benotet hat", überlegte Charlie. „Hat er sie unterrichtet?"

„Ja, das habe ich bereits überprüft", nickte Lilly. „In beiden Fächern: Mathe und Sport."

„Hast du weitergehende Infos über Dörtes Noten und ihr Verhältnis zu dem Lehrer? Gab es Spannungen oder Verdachtsmomente auf ungerechte Behandlung?", fragte Charlie weiter, während die männlichen Kommissare dem Wortwechsel der Kolleginnen lauschten.

„Nein, ihre Noten sind gut."

„Vielleicht spekulierte sie auf eine sehr gute Bewertung", gab Charlie weiter zu bedenken.

„Hhm. Möglich. Ich kann sie nochmal befragen, wenn die Aussage von Gerdes vorliegt", bot Lilly an. „Aber wie bekommen wir Klarheit in Bezug auf Nicole Kramer?" „Lasst uns erst mal anhören, was Patrick Gerdes aussagt."

„Sowieso", wurde Charlie von Lilly unterbrochen. „Aber könnt Ihr euch vorstellen, dass sie für die Morde verantwortlich ist?"

„Schwer zu sagen. Ohne selbst Mutter zu sein, halte ich es für eine unglaubliche Tat, die eigene Tochter zu töten. Auf mich wirkte sie weder kalt noch berechnend, aber man kann sich in den Menschen täuschen. Immerhin kennen wir nun ihre Geschichte, die ebenfalls einen ziemlichen Leidensweg darstellt. Trotzdem müssen wir sie natürlich dazu befragen."

„Und Dörte?", schien Lilly ihre Liste der Verdächtigen abzuklappern. „Reicht die verschmähte Liebe von Lukas Wagner als Mordmotiv aus?"

„Eifersucht ist ein klassisches Motiv. Allerdings sind die beiden nach deiner Aussage nur einige Male ausgegangen. Es hörte sich für mich so an, als hätte er sie abserviert, bevor sie ein Paar wurden. Du hast sie befragt, Lilly. Wie ist dein Eindruck?"

„Schüchtern und zurückhaltend. Na ja, so war sie zumindest am Anfang unseres Gesprächs. Ihre Wut auf Jessi schien ziemlich groß zu sein."

„Aber würde sie deshalb Lukas ermorden? Da wäre es sinnvoller, die Nebenbuhlerin aus dem Weg zu räumen und auf seine Rückkehr zu hoffen, oder?"

„Dazu müsste man mehr über die beiden wissen. Vielleicht können wir Rene dazu befragen", schlug Knud vor.

„Hätte er Dörte nicht bereits im ersten Gespräch erwähnt, wenn er etwas über sie und ihr Verhältnis zu Lukas wusste?", fragte Lilly skeptisch.

„Manche Zeugen reden nur über das, was sie explizit gefragt werden. Einen Versuch ist es wert. Aber konzentrieren wir uns auf Patrick Gerdes. Der wird immerhin gleich erscheinen ..."

„Es sei denn, er befindet sich bereits auf der Flucht."

„Ja, genau", tat Knud Lillys Zwischenbemerkung ab. „Wer führt die Befragung durch?"

„Du und Charlotte", antwortete Fiete sofort. „Wir brauchen unsere ganze Erfahrung." Charlie wartete auf einen Protest von Lilly, der jedoch ausblieb. Sie schien zufrieden, die PK durchgeführt und sonst einiges herausbekommen zu haben.

Patrick Gerdes erschien pünktlich. Auf den Beistand eines Anwaltes verzichtete er. War er sich seiner Sache so sicher oder tatsächlich unschuldig? Immerhin hatte Fiete ihm mitgeteilt, dass Vorwürfe gegen ihn vorlagen, zu denen die Kommissare seine Stellungnahme hören wollten.

Bei der Begrüßung hatte er entspannt gewirkt, fast ein wenig zu locker. Als er schließlich Knud und Charlie in dem Vernehmungszimmer gegenübersaß, schien seine Stimmung in Anspannung umzuschlagen.

„Ihr Kollege sprach von Beschuldigungen. Entspricht das der Wahrheit oder war das lediglich ein Vorwand, um mich hierher zu zitieren?" Sein Ton klang leicht gereizt.

Charlie vermutete dahinter Unsicherheit, aber das blieb Mutmaßung.

„So arbeiten wir nicht, Herr Gerdes. Es liegt tatsächlich eine Aussage gegen Sie vor", erwiderte sie.

„Von wem?"

„Das tut nichts zur Sache."

„Für mich schon." Gerdes klang ungeduldig.

„Das kann ich mir denken, trotzdem geben wir unsere Quelle zum derzeitigen Stand der Ermittlungen nicht preis."

„Ermittlungen?" Es war dem Lehrer anzusehen, wie viel Kraft es ihn kostete, ruhig zu bleiben. „Beschuldigt mich etwa jemand des Mordes an Jessi und Lukas?"

„Beruhigen Sie sich, Herr Gerdes. Wir fangen gerade erst an", entgegnete Knud sachlich.

„Ja oder nein?" Gerdes´ rechtes Augenlid begann nervös zu zucken.

„Nein."

Er atmete langsam aus, nachdem er vorher die Luft angehalten hatte, und lehnte sich wieder zurück. „Gut, denn das wäre ein absolut haltloser Vorwurf."

Warum brachte es ihn dann derart aus der Fassung?

„Wie kommen Sie darauf?", hakte Charlie nach.

„Ich kann eins und eins zusammenzählen. Sie ermitteln in diesem Mordfall – und es liegen Vorwürfe gegen mich vor. Aber damit habe ich nichts zu tun."

„Die uns vorliegende Zeugenaussage ..."

„Ein Zeuge?", unterbrach Gerdes sie sofort.

„Ja. Bitte lassen Sie uns ausreden, damit wir vorankommen", wies Charlie ihn zurecht. So langsam ging er ihr mit seiner Art auf die Nerven. „Hatten Sie ein sexuelles Verhältnis mit Jessi Kramer Der plötzliche Themenwechsel ließ ihn erblassen.

„Was? Das ist der Vorwurf?"

„Ja." „Und dafür haben Sie einen Zeugen?"

„Ja." „Das ist eine infame Verleumdung!" Gerdes griff nach dem Wasserglas, ließ seine Hand aber wieder sinken, als er das Zittern bemerkte. „Wer behauptet das?"

Charlie schüttelte lediglich mit dem Kopf.

„Kommissarin Wiesinger, Kommissar Petersen, ich versichere Ihnen, dass es sich dabei um eine Lüge handelt. Jessi war minderjährig." Er schnaubte. „Ich brauche Ihnen kaum zu erklären, was das bedeutet. Außerdem lebe ich in einer Beziehung. Warum sollte ich mich auf eine Schülerin einlassen? Noch dazu auf eine, die von einer Blume zur nächsten flattert."

Wie poetisch! Und das von einem Mathelehrer! Charlie bezweifelte die Echtheit seines Ausbruch. Irgendwie wirkte seine Rede aufgesetzt. Oder war er einfach total verunsichert, weil er wusste, was auf dem Spiel stand?

„Vielleicht gerade deswegen. Ein wenig unverbindlicher Sex, der Ihre Beziehung nicht in Gefahr bringt, weil Jessi bald wieder weitergezogen wäre."

„Derartige Unterstellungen lasse ich mir nicht bieten! Ich verlange einen Anwalt."

Unwillkürlich fragte sich Charlie, warum er den nicht gleich mitgebracht hatte. Ganz offensichtlich war er von anderen Vorwürfen ausgegangen.

„Der steht Ihnen selbstverständlich zu", erklärte Knud. „Wenn Sie es wünschen, können wir an dieser Stelle unterbrechen, bis Ihr Anwalt eintrifft."

Patrick Gerdes schien abzuwägen, ob er ein schnelles Ende der Befragung oder den Beistand eines Rechtsanwalts bevorzugen sollte. Natürlich konnte es Stunden dauern, bis dieser eintraf.

„Hören Sie", ruderte er zurück. „Ich versichere Ihnen, dass es sich dabei um eine Lüge handelt. Da will mir jemand eins auswischen oder so. Ich liebe meine Partnerin und lasse mich nicht mit Schülerinnen ein. Ich habe Ihnen bereits Anfang der Woche gesagt, wie ernst ich meinen Job nehme. Das passt wohl kaum mit so einer Liebelei zusammen." Gerdes wirkte mühsam beherrscht. Er hatte sich wieder vorgebeugt. Seine gesamte Körperhaltung drückte den Wunsch nach Flucht aus.

Knuds Miene blieb ausdruckslos. Selbst Charlie wusste nicht, was er gerade dachte. „Wo waren Sie am Samstagabend zwischen 19 und 22 Uhr?", fragte er unvermittelt, was Gerdes erneut zusammenzucken ließ.

„Dem Mordabend?"

„Ja."

„Sie verdächtigen mich des Mordes an meinen Schülern?"

„Antworten Sie einfach auf meine Frage."

„Ich war zu Hause. Mit meiner Lebensgefährtin Sandra Müller. Fragen Sie sie. Sie wird es Ihnen bestätigen."

„Machen wir. Leben Sie zusammen?"

„Ja. Seit fünfzehn Jahren."

„Führen Sie eine glückliche Beziehung?", bohrte Knud weiter. Wollte er den Lehrer provozieren?

„Ja, das tun wir. Mit allen Höhen und Tiefen, wie andere Paare auch. Seitensprünge sind in unserer Beziehung kein Thema. Wir gehen ehrlich und respektvoll miteinander um."

„Was haben Sie an dem Abend gemacht?"

„Ist das wirklich wichtig? Ich war es nicht, ich war zusammen mit Sandra zu Hause. Reicht das nicht aus?" Das Augenlid zuckte weiter.

„Es handelt sich um eine Mordermittlung, Herr Gerdes. Und es existiert eine belastende Aussage gegen Sie. Ja, wir wollen es ganz genau wissen und es ist wichtig." „Meinetwegen, wenn es der Wahrheitsfindung dient." Der Anwalt schien vergessen. „Wir haben von circa 17 bis 18 Uhr eingekauft und dann gemeinsam gekocht. Im Anschluss haben wir gegessen und den Abend ausklingen lassen. So machen wir es häufig, wenn wir weder eingeladen sind, noch selbst Gäste bewirten. Wenn ich mich richtig erinnere, sind wir an dem Abend gegen elf ins Bett gegangen." Klang es einstudiert oder war Gerdes einfach nur genervt?

„Okay. Wir werden das überprüfen", behauptete sie lapidar, obwohl es dabei lediglich um die Aussage von seiner Partnerin ging. Eine objektivere Bestätigung wäre natürlich aussagekräftiger.

Gerdes nickte, die Aussicht schien ihn zu beruhigen.

„Geben Sie uns freiwillig eine DNA-Probe?"

Sofort stieg seine Anspannung wieder. „Eine DNA-Probe? Wofür das denn?"

„Wir konnten bisher nicht die Vaterschaft des Fötus feststellen, den Jessi in sich trug", antwortete sie und beobachtete seine Reaktion ganz genau.

Gerdes wurde erst blass und dann rot. „Nicht ohne richterliche Anordnung. Ich habe damit nichts zu tun!"

Widerstrebend mussten sie den Lehrer gehen lassen. Der vage Vorwurf reichte nicht aus, um ihn festzuhalten. Und seine Partnerin würde das Alibi mit großer Wahrscheinlichkeit bestätigen. Da Dörtes Behauptung möglicherweise überraschend kam, wäre es hilfreich mit Sandra Müller zu sprechen, bevor die beiden eine gemeinsame Strategie festlegen konnten.

Charlie unterbrach die Vernehmung, um sich mit Knud abzustimmen. Sie mussten Gerdes lange genug hierbehalten, um eine spontane Aussage von Sandra Müller zu erhalten.

Knud nickte. „Das ist eine gute Idee. Wir lassen uns die Kontaktdaten der Frau geben." Er guckte auf die Uhr. „Bestimmt treffen wir sie an ihrem Arbeitsplatz an."

„Wenn sie arbeitet, ja. Oder eben zu Hause. Egal wo, wir müssen schnell sein."

„Übernimm du das mit Lilly. Wir wissen nichts über sie. Vielleicht ist alles, was Gerdes uns erzählt hat, gelogen. Oder seine Partnerin wusste bereits von der Affäre."

„Wenn es überhaupt wahr ist."

„Genau. Fühlt ihr auf den Zahn, ich werde Gerdes einfach eine Weile schmoren lassen und dann einige Fragen wiederholen, um ihn unter Druck zu setzen. Vielleicht verlangt er erneut nach einem Anwalt. Das wird entsprechend länger dauern und euch genug Zeit geben."

Lilly in Tönning

Freitag, den 6. September

Lilly freute sich, gleich wieder an die vorderste Front zu kommen. Sie war gerne mit Charlie unterwegs und bei diesem Einsatz ging es darum, zu überprüfen, ob an der von Dörte vorgetragenen Beschuldigung etwas dran war. Natürlich wollte sie gerne selbst in Erfahrung bringen, ob sie das Mädchen richtig einschätzte. Charlie hatte sie kurz über Gerdes´ Aussage ins Bild gesetzt und ihr erklärt, warum Eile geboten war.

Eine kurze Rücksprache mit dem Lehrer ergab, dass Sandra Müller lediglich vier Tage arbeitete und zu dieser Zeit eigentlich zu Hause in ihrer Wohnung in Tönning anzutreffen sein müsste. Das bevorstehende Gespräch zwischen seiner Lebensgefährtin und den Kommissaren schien ihn nicht zu beunruhigen. Entweder hatten die beiden sich längst auf eine Strategie geeinigt oder er war tatsächlich unschuldig und ihre Aussagen mussten nicht aufeinander abgestimmt werden. Das galt es nun herauszufinden.

Die Wohnung des Paares befand sich im zweiten Obergeschoss eines gepflegten Altbaus in Hafennähe. Auf ihr Klingeln erscholl nach kurzer Zeit der Summer, eine Gegensprechanlage gab es nicht. Gleiches galt für einen Fahrstuhl. Vielleicht erwartete Sandra Müller eine andere Person – oder sie rechnete sogar mit dem Auftauchen der Polizei. Hatte Patrick Gerdes seine Partnerin eingeweiht? In die heimliche Affäre oder sogar in den Mord? Lilly war gespannt.

Als sie das Stockwerk erreichten, erwartete sie eine sportlich gekleidete Frau mit einem freundlichen Gesichtsausdruck im Rahmen der offenen Tür. Ihr blondes Haar war kurz geschnitten, die Frisur wirkte modern, dazu trug sie ein dezentes Make-up.

„Moin! Wollen Sie zu mir?", begrüßte sie die Kommissarinnen.

„Wenn Sie Sandra Müller sind, ja", antwortete Charlie.

Auf das Nicken der Frau stellte Charlie die beiden Kommissarinnen vor. „Wir ermitteln im Mordfall von Jessi Kramer und Lukas Wagner und würden gerne mit Ihnen sprechen."

„Oh, da sollten Sie lieber mit Patrick reden, er ist allerdings nicht da. Ich habe natürlich in den Medien davon gehört, aber ich kannte die Teenager nicht."

Charlie nickte bestätigend. „Dürfen wir trotzdem einen Moment reinkommen? Es wird nicht lange dauern."

Sandra Müller zuckte mit den Schultern. „Ja, wenn Sie meinen, dass ich Ihnen irgendwie weiterhelfen kann. Bitte." Sie trat einen Schritt zurück und lud die Besucherinnen mit einer entsprechenden Handbewegung ein, ihr zu folgen.

Die Wohnung war geräumig, hell und penibel aufgeräumt.

„Am besten setzen wir uns in die Küche. Darf ich Ihnen etwas zu trinken anbieten?" Nachdem die Kommissarinnen verneint hatten, setzte sie sich ebenfalls. „Also, worum geht es? Wie kann ich Ihnen helfen?"

Lilly hatte plötzlich kein gutes Gefühl, die freundliche Frau mit der These zu konfrontieren, dass ihr Mann sie möglicherweise hinterging und zum Mörder seiner Schüler geworden war. Auch Charlie zögerte. Lilly warf ihr einen Blick zu, um herauszufinden, ob die Kollegin das Gleiche dachte.

„Frau Müller", begann Charlie und legte gleich wieder eine Pause ein.

„Ja?"

„Leider müssen wir Sie mit einigen unangenehmen Aussagen konfrontieren."

„Aussagen?"

„Ja. Uns liegt eine Zeugenaussage ihren Partner betreffend vor, deren Wahrheitsgehalt bislang unbestätigt ist. Trotzdem müssen wir dem nachgehen."

Charlie wirkte ungewohnt unsicher. Normalerweise trat sie sehr tough auf und konfrontierte die Verdächtigen oder deren Angehörigen schonungslos mit Verdachtsmomenten oder belastenden Fakten. Was war heute bloß mit ihr los?

„Okay." Sandra Müller wirkte entspannt. Gedankenverloren strich sie sich über den Bauch.

Erst durch diese Geste wurde Lilly klar, was los war. Wie hatte Charlie so schnell erkannt, dass Gerdes´ Partnerin ebenfalls schwanger war? Die kleine Wölbung fiel auf den ersten Blick kaum auf. Lilly schätzte die Frau auf Mitte vierzig. Klar, eine Schwangerschaft war in diesem Alter nicht mehr so außergewöhnlich, trotzdem überraschte es die junge Kommissarin. Was bedeutete das für ihren Fall?

„Aufgrund der uns vorliegenden Aussage haben wir vorhin mit Ihrem Lebensgefährten gesprochen", tastete sich Charlie weiter heran.

Sandra Müller nickte, als ob sie sowas vermutet hätte. Weiterhin blieb sie völlig entspannt und lächelte freundlich.

„Dabei ging es unter anderem um Samstagabend."

„Den Mordabend?"

„Ja."

„Sie verdächtigen Patrick des Mordes an seinen eigenen Schülern?", fragte Sandra Müller erstaunt.

„Durch die Zeugenaussage gibt es einen Anfangs- ..."

„Frau Wiesinger! Um was geht es denn in dieser Zeugenaussage? Niemand kann gesehen haben, dass Patrick die beiden umgebracht hat, weil er es nicht war. Und ich bin mir hundertprozentig sicher, weil wir diesem Abend gemeinsam verbracht haben. Den ganzen Abend. Patrick war nicht zwischendurch mal weg oder sowas. Wir waren den ganzen Tag zusammen, haben erst spät eingekauft, weil wir uns nicht aufraffen konnten und das Wetter dafür eigentlich zu schön war. Abends haben wir gekocht und hier auf dem Balkon gegessen. Dazu haben wir ein Glas Wein getrunken und sind gegen 23 Uhr ins Bett gegangen."

„Wein?", fragte Charlie überrascht.

„Ah, Sie haben es bemerkt." Sandra lächelte wieder. „Ja, ich bin schwanger. Wir haben nicht mehr damit gerechnet. Umso größer war die Freude. Immerhin bin ich bereits 44. Seitdem ich es weiß, trinke ich alkoholfreien Wein oder einfach Traubensaft."

Lillys Gedanken rasten. Diese Eröffnung warf ein völlig neues Licht auf den Fall. Plötzlich schien ihr eine Affäre zwischen Gerdes und Jessi unwahrscheinlich. War Dörtes Aussage doch eine infame Lüge, wie der Lehrer es während der Vernehmung behauptet hatte?

Und dann schoss ihr ein anderer Gedanke durch den Kopf: War das Kind, das Sandra Müller erwartete, ein Wunschkind von beiden? Oder wollte nur sie dieses Kind? Hatte sie ihren Partner vor vollendete Tatsachen gestellt? War er aus der Beziehung ausgebrochen oder hatte über die Affäre mit Jessi seinen Frust abreagiert? Dabei wäre es natürlich geradezu skurril, wenn er die Schülerin ebenfalls geschwängert hatte.

Am liebsten hätte sie kurz ihre Gedanken mit der Kollegin geteilt. Charlie machte allerdings keine Anstalten, das Gespräch zu unterbrechen, um Lillys Überlegungen in Erfahrung zu bringen.

Trotzdem gab der letzte Aspekt dem Szenario wieder eine Wende. Sandra Müllers Schwangerschaft bedeutete nicht zwingend, dass Patrick Gerdes von der Liste der Verdächtigen gestrichen werden musste. Plötzlich kam ihr ein noch spektakulärerer Gedanke, der sogar beängstigend war: Hatte Patrick Gerdes seinen Frust nicht nur in Form einer Affäre mit Jessi abreagiert? Hatte sie ihm vielleicht von der Schwangerschaft erzählt? Musste sie deshalb sterben, weil er sich komplett überfordert fühlte und gleichzeitig befürchtete, mit zwei ungewollten Kindern konfrontiert zu werden?

Lilly riss sich zusammen und konzentrierte sich wieder auf die Befragung.

Gerade wollte Sandra Müller etwas wissen: „Also, können Sie mir sagen, was für eine Zeugenaussage Sie vorliegen haben, Frau Wiesinger?"

Charlie zögerte. Ganz offensichtlich wollte sie ihre Informationen nicht so einfach preisgeben. Jetzt, mit diesem neuen Wissen wohl erst recht nicht. Auch bei Sandra könnte der Verdacht einer Affäre einen Vertrauensbruch bewirken, der sich möglicherweise nicht mehr kitten ließ, selbst wenn er sich im Nachhinein als haltlos erwies. Dafür wollten die Kommissarinnen nicht die Verantwortung tragen.

„Erzählen Sie uns von Ihrer Beziehung mit Patrick Gerdes", wich Charlie aus, die vermutlich die gleichen Überlegungen anstellte.

„Meine Beziehung mit Patrick?", fragte Sandra ungläubig. „Wofür ist das wichtig?"

„Das erkläre ich Ihnen später", antwortete Charlie. „Bitte vertrauen Sie mir. Es handelt sich nicht um Neugier, sondern kann uns helfen, diesen Fall zu verstehen."

„Also gut", stimmte Sandra zu. „Patrick und ich sind seit fünfzehn Jahren ein Paar. Kennengelernt haben wir uns im Urlaub, auf Samos. Es hat also als Urlaubsflirt begonnen und ich hätte nie vermutet, dass daraus die große Liebe wird. Nach einem Jahr bin ich aus Bremen hierhergezogen."

„Was machen Sie beruflich?"

„Ich arbeite in der Sparkasse. Es ist nichts Besonderes, aber ich mag den direkten Kundenkontakt. Natürlich gibt es Routine wie in jedem Job, aber gleichzeitig ist es abwechslungsreich, weil es um Menschen geht. Es macht mir Spaß, wenn ich Probleme lösen kann. Der Servicegedanke steht dabei im Vordergrund." Es klang ein wenig einstudiert, aber gleichzeitig authentisch.

„Wie würden Sie Ihre Beziehung beschreiben?"

„Ganz normal mit allen Höhen und Tiefen. Wir vertrauen einander, sind loyal und ehrlich. Wenn wir können, unterstützen wir uns gegenseitig. Wir haben eine große Schnittmenge gleicher Interessen, lassen uns aber auch Freiheiten."

„Wie sehen die aus?", hakte Charlie sofort ein.

„Es gibt Menschen, mit denen wir uns alleine treffen, nicht als Paar. Patrick hat einen guten Freund, mit dem er alles beschnackt, im Männergespräch eben. Darüber bin ich ehrlich gesagt sehr froh, weil weder er noch wir als Team dadurch im eigenen Saft schmoren. Das ist bei Männern ja nicht selbstverständlich. Er bekommt Anregungen von außen, so wie ich von meinen Freundinnen. Mit denen treffe ich mich mindestens einmal pro Monat. Sie wissen schon: Mädelsabend. Wenn Patrick mir das nicht zugestehen würde, hätte ich es kaum fünfzehn

Jahre mit ihm ausgehalten. – Ach das klingt jetzt irgendwie negativ, so meinte ich es nicht."

„Wie denn?"

„Was ich nicht an meiner Seite ertragen könnte, wäre eine Klette; jemanden der klammert. Einen, bei dem ich den Eindruck hätte, ich würde sein Leben leben. Es gibt ein paar Interessen, die Patrick nicht mit mir teilt – und umgekehrt. Die leben wir alleine aus oder mit Freunden. Am Ende haben wir uns etwas zu erzählen, das gibt neue Impulse für unsere Beziehung."

„Das heißt, Sie haben ein paar Geheimnisse vor Ihrem Lebensgefährten?"

„Was meinen Sie damit?"

„Ich weiß nicht. Sagen Sie es mir. Gibt es Dinge, die Sie ihm verheimlichen?", fragte Charlie.

„Hat das nicht jede Frau? Ach, was sage ich! Das gilt bestimmt genauso für unsere Männer. Ich denke, jeder hat seine kleinen Geheimnisse. Alles, was für uns wichtig ist, teilen wir miteinander. Wie ich eingangs sagte: Wir leben unsere Beziehung voller Vertrauen und Loyalität. Das könnte ich gar nicht anders."

„Gab es nie andere Partner, Seitensprünge oder One-Night-Stands?"

Sandra Müller runzelte die Stirn. Die Frage erregte ihren Unmut, das war deutlich zu sehen. Kurz glaubte Lilly, sie würde ihn äußern, aber dann hatte sie sich wieder im Griff.

„Nicht, seit wir zusammen sind. Das würde schließlich dem widersprechen, was ich Ihnen gerade erzählt habe. Ich nehme an, dass Sie mir trotz meiner Offenheit nichts über die angebliche Zeugenaussage berichten wollen?"

„Später", wiederholte Charlie.

„Okay, wenn das alles war, würde ich mich jetzt gerne ein wenig ausruhen. Das hat mir meine Gynäkologin empfohlen, wenn ich kein Risiko eingehen möchte."

Knud unterwegs in Nordfriesland

Samstag, den 7. September

Am Freitagabend startete Knud mit Charlotte an seiner Seite die geplante Tour durch die Clubs, Kneipen und Diskotheken, um möglichst viel über das Nachtleben von Jessi herauszufinden. Nach den Erkenntnissen der letzten Stunden stand außerdem die potenzielle Affäre zwischen Gerdes und der Schülerin im Fokus ihrer Ermittlungen. Hatten die beiden wirklich etwas miteinander gehabt und waren dabei so leichtsinnig gewesen, sich gemeinsam in der Öffentlichkeit zu zeigen? Sie begannen in St. Peter-Ording und erweiterten den Radius von dort aus weiter in die Umgebung. Knud vermutete, dass sie sich, wenn überhaupt, in größerer Entfernung getroffen hatten. Vielleicht in Husum. Oder sie waren sogar zusammen nach Hamburg gefahren.

Nach Aussage von Sandra Müller war Gerdes nie über Nacht weggeblieben, aber entsprach das der Wahrheit?

Sowohl Nicole als auch einige Mitschülerinnen hatten Namen genannt, darüber hinaus erfuhren sie über Jessis Instagram-Account mehrere bevorzugte Locations. Damit begannen sie ihre Tour. Sie zeigten ihr Foto und fragten nach Begleitern – und ob sie zusammen mit dem Lehrer gesehen worden war. Das bestätigte am Freitagabend niemand.

Es fielen etliche Namen, darunter der von Matze. Nie hatte es unschöne Szenen, öffentlich ausgetragene Konflikte oder anderen Streit gegeben.

Trotz der langjährigen Erfahrung und des Wissens, dass Polizeiarbeit oft kleinteilig und mit einer Menge Geduld verbunden war, hegte Knud Zweifel an der Sinnhaftigkeit.

„Glaubst du wirklich, dass wir mit dieser Vorgehensweise einen Durchbruch erzielen?", fragte er am Samstagabend auf dem Weg nach Husum. „Was nützt es uns, diese zahlreichen Kontakte von Jessi bestätigt zu bekommen? Ich habe den Eindruck, das führt zu nichts."

„Seit wann bist du so pessimistisch?", fragte Charlotte. „Ist das sonst nicht eher mein Part?"

Knud griente. „Rollenwechsel", kommentierte er knapp. „Aber mal ehrlich: Was versprichst du dir von dieser Herangehensweise?"

„Ganz einfach: Mit großer Wahrscheinlichkeit werden wir den Mörder in Jessis Bekanntenkreis finden", behauptete Charlotte.

„Das steht doch gar nicht fest", widersprach er vehement. „Genauso gut können wir es mit einem Raubmord zu tun haben."

Charlotte wiegte den Kopf. „Möglich, aber unwahrscheinlich. Einen willkürlichen Mord eines Täters ohne persönliche Verbindung können wir meiner Meinung nach ausschließen."

„Es könnte jemand aus Lukas Umfeld sein, der von dem Bargeld wusste, welches der Junge immer bei sich führte."

„Auch daran glaube ich nicht. Immerhin war das nicht sicher. Und einem Paar in die Dünen zu folgen und es so brutal abzustechen ... das scheint mir nicht zusammenzupassen." „Aber ein Eifersuchtsdrama bei einer Schülerin, die für ihre Flatterhaftigkeit bekannt war, ist genauso wenig nachvollziehbar", blieb Knud bei seiner Meinung.

„Da stimme ich dir zu. Es steckt mehr als bloße Eifersucht dahinter."

„Nämlich?"

„Zum Beispiel Existenzbedrohung."

„In dem Fall wäre Nicole Kramer wieder mit im Spiel."

„Ja, um die kümmern wir uns nächste Woche", bestätigte Charlotte. „Jetzt geht es vordringlich um Patrick Gerdes. Zwei Frauen, die fast gleichzeitig schwanger werden, möglicherweise beide ungewollt, dafür von einem Mann. Das gibt auf jeden Fall genug Zündstoff und vielleicht sogar ein Mordmotiv. Immerhin haben wir die Aussage von Dörte Hinrichsen."

„Aber Gerdes hat die Affäre abgestritten."

„Natürlich versucht er, seine Haut zu retten. Im Zusammenhang mit der Schwangerschaft seiner Partnerin ist das absolut nachvollziehbar. Ich frage mich trotzdem: Wie ist Dörte darauf gekommen, wenn da nichts dran ist? Sie hätte genauso einen anderen Lehrer oder sonst wen beschuldigen können. Warum ausgerechnet Gerdes?" „Das kann ich dir nicht beantworten", musste Knud zugeben.

„Wenn wir die Affäre nachweisen, sind wir einen großen Schritt weiter."

„Insbesondere, wenn er der Vater des Kindes ist."

„Das muss gar nicht sein. Reicht vielleicht aus, wenn Jessi es ihn hat glauben lassen", überlegte Charlotte. „Das könnte der

Schlüssel im Fall sein. Um diese Verbindung nachzuweisen, würde ich sogar nach Hamburg oder Bremen fahren."

Knud gefiel der Enthusiasmus seiner Kollegin und er ließ sich davon gerne anstecken.

„Wir legen also den Fokus auf die mögliche Affäre zwischen Jessi und Gerdes – und sammeln am Rande weitere Infos ein."

„Jetzt hast du es verstanden", grinste Charlotte ihn frech an.

Routiniert klapperten sie die gesammelten Adressen ab. In der Regel trafen sie auf jemanden, der Jessi erkannte, was bei ihrer auffälligen Erscheinung kein Wunder war. Niemand konnte allerdings die Begleitung von Patrick Gerdes bestätigen und keiner kannte die Nachnamen anderer Jungs oder Männer, in deren Gesellschaft sich Jessi gezeigt hatte. In der Regel waren es eher Männer gewesen. Umso erstaunlicher schien es nach wie vor, warum sie sich auf Lukas einließ. Wollte sie Gerdes damit eine Botschaft senden? Vermutlich würden sie es nie erfahren.

Gegen halb elf war auch Charlottes Motivation auf dem Nullpunkt. „So langsam zweifele ich ebenfalls an der Sinnhaftigkeit dieser Tour. Mal wieder treten wir komplett auf der Stelle. Gibt es einen anderen Ansatzpunkt, über den wir herausfinden können, ob die beiden etwas miteinander hatten? Ich kann mir kaum vorstellen, dass es niemand mitbekommen hat – und sie es keiner Seele anvertraut haben."

„Möglicherwiese gab es schlicht und einfach keine Affäre. Vielleicht sollten wir selbst in der kommenden Woche mit Dörte sprechen. Sie ein bisschen härter herannehmen. Ihr klarmachen, welchen Schaden sie mit einer Falschaussage anrichten kann, Meineid und so."

„Hhm."

„Du willst es glauben."

„Nenn es Bauchgefühl oder weibliche Intuition. - Ja, ich glaube, es ist die Wahrheit." Charlotte klang zwar nicht ganz überzeugt, aber das war nach dem Misserfolg der letzten beiden Tage kein Wunder. „Wir müssen einfach hartnäckig weitermachen."

„Ich habe nicht vor aufzugeben. Auf unserer Liste stehen zwei weitere Clubs, die wir bisher nicht aufgesucht haben. Sollte deren Besuch ebenfalls ergebnislos verlaufen, müssen wir eben nach Hamburg fahren."

„Ach, dafür ist es zu spät", erwiderte Charlotte mit einem Blick auf ihre Armbanduhr.

„Dann eben morgen."

„Sonntags? Davon verspreche ich mir nichts."

„Dann eben nächsten Freitag, vielleicht bringt uns die Woche auf eine andere Spur."

„Sag mal, gibt es in Husum um diese Uhrzeit irgendwo ein Fischbrötchen?", wechselte Charlotte plötzlich das Thema, was Knud im ersten Moment überforderte.

„Ein Fischbrötchen?"

„Ja, ich habe Hunger und brauche dringend eine Stärkung."

„Du meinst wohl Nervennahrung", amüsierte sich Knud.

„Eher Fietes nordisches Allheilmittel. Vielleicht was Süßes als Nachtisch. Ja oder nein?"

„Wenn, dann wohl unten am Hafen", überlegte Knud.

„Dann mal los. Danach kann ich sicher wieder besser denken."

Eine Dreiviertelstunde später betraten sie gestärkt und besser gelaunt die vorletzte Location auf ihrer Liste. Charlotte hatte ihren Optimismus zurückgewonnen und zog Knud mit, wenn auch weniger überzeugt als sie.

Der Club war krachend voll, laute Musik dröhnte aus mehreren Lautsprechern, die etwas übersteuert schienen. Die kleine

Pause kam zur rechten Zeit. Es versprach anstrengend zu werden.

Charlotte ließ sich nicht beeinträchtigen. Zielstrebig steuerte sie den Tresen an, um im ersten Schritt dem Barkeeper die Fotos von Jessi und Gerdes unter die Nase zu halten.

Leider war der Mann gerade vollkommen im Stress. Er warf einen kurzen Blick auf die Fotos, schüttelte den Kopf und wandte sich ab, um ein paar farbenfrohe Cocktails zu mixen.

Knud rechnete mit einem Zeichen von Charlotte, die Kellner zu befragen oder den Club sogar zu verlassen, aber sie verfolgte ein anderes Ziel.

Nachdem er sich ihr genähert hatte, schrie sie ihm ins Ohr, um die Musik zu übertönen. „Lass uns einen ruhigen Moment abwarten. In seinen Augen war dieses Flackern des Erkennens. Ich kann mich täuschen, bin mir aber ziemlich sicher. Ich möchte ihn auf jeden Fall in Ruhe befragen, notfalls in seiner Pause."

Knud nickte. „Ich versuche es inzwischen beim Servicepersonal. Halt du die Stellung."

Charlotte zog eine Grimasse. „Ich bestelle mir gleich einen Drink, dann muss er mir wenigstens kurz seine Aufmerksamkeit schenken. Vielleicht wirkt außerdem mein Kripo-Ausweis Wunder."

Knud hob den Daumen und stürzte sich ins Gewühl, um seinen angekündigten Plan in die Tat umzusetzen. Auch die Kellner machten einen gestressten Eindruck. Wie es aussah, waren vor kurzem eine Menge Leute neu eingetroffen. Die Mitarbeiter hatten alle Hände voll zu tun.

Knud warf immer mal wieder einen Blick in Richtung Bar. Er wollte keineswegs verpassen, wenn Charlotte mit dem Barkeeper ins Gespräch kam. Als es so weit war, konnte er seine

Neugier nicht bezähmen und drängelte sich durch die Menge zurück zu ihr.

Gerade wollte sich der Barmann mit einem abweisenden Kopfschütteln wieder umdrehen, da schob Charlotte ihren Ausweis über den Tresen. Vermutlich erklärte sie ihm, dass es sich um eine Mordermittlung handelte und es wichtig sei, die Wahrheit zu erfahren.

Ergeben nickte er und gab ihr ein Zeichen zu warten. Kurz verschwand er in einem Raum hinter der Bar und signalisierte ihr kurz darauf, ihm zu folgen. Seinen Platz hinter dem Tresen nahm eine Kollegin ein.

Knud beeilte sich, hinterherzukommen. Schließlich befanden sie sich in einem kleinen Raum, in dem es nach abgestandenem Zigarettenqualm roch. Mit einer Geste forderte er sie auf, an einem klapprigen Campingtisch Platz zu nehmen. Auch die Stühle waren von kaum besserer Qualität.

„Kriminalpolizei also. Und was wollen Sie ausgerechnet von mir?"

„Wir ermitteln in den Mordfällen zweier Jugendlicher", erklärte Knud.

„Ja, meine Frau hat mir davon erzählt. Es war in den Nachrichten. Schreckliche Sache."

„Nach unseren Erkenntnissen kam das Mädchen Jessi Kramer ab und zu in Ihre Bar."

„Gehört leider nicht mir. Sehr schade. Hätte wohl ausgesorgt und bräuchte mir nicht mehr die Nächte um die Ohren zu schlagen. Man wird schließlich nicht jünger."

Charlotte nickte ein wenig ungeduldig. „Bitte nennen Sie uns Ihren Namen."

„Michael Böttcher. Aber alle nennen mich Mike. Können Sie ebenfalls machen", erwiderte er.

„Also gut, Mike. Bitte gucken Sie sich nochmal die Fotos an. Es ist für uns wichtig, zu erfahren, ob die beiden zusammen hier waren."

„Ich möchte in nichts hineingezogen werden, Lady. Ich war eine Weile als Kleinkrimineller unterwegs, habe meine Strafe abgebrummt. Das liegt alles hinter mir. Ich verdiene mein Geld auf ehrliche Weise und zahle meine Steuern – wenn auch nicht besonders gerne", fügte er mit einem schiefen Grinsen hinzu.

„Sie haben nichts zu befürchten. Ihre Aussage kann für unsere Ermittlung sehr wichtig sein. Also: Waren die beiden zusammen hier im Club?"

„Ja, waren sie. Nur ab und zu. Das Mädchen ist echt ein Hingucker, kann man nicht anders sagen. Armes Ding! Dass sie so früh sterben musste. Ist der Typ dafür verantwortlich?" „Wie kommen Sie darauf? Haben die beiden sich gestritten?", hakte Charlotte sofort nach.

„Nee, aber irgendwie passten die überhaupt nicht zusammen. Sie war ja immer mal mit anderen da, aber niemals mit einem so Alten. Der wirkte jedenfalls wie Mitte vierzig. Könnte ohne Probleme ihr Vater sein. Außerdem schien er so bürgerlich, man könnte es genauso spießig nennen. Der passte weder zu ihr noch in unseren Club. Völlig fehl am Platz." Offensichtlich hatte die Zusicherung, dass ihm nichts passieren würde, Mikes Zunge gelockert.

„Okay. Wirkten sie wie ein Paar, das mindestens eine Affäre hatte?", fragte Charlotte weiter.

„Auf jeden Fall. Der hat ihr seine Zunge tief in den Hals gesteckt, wenn Sie wissen, was ich meine. Es schien ihr zu gefallen, auch wenn ich mich unwillkürlich gefragt habe, was sie mit dem alten Sack will. Entschuldigung", fügte er hinzu, als er Charlottes Blick auffing. „Manchmal muss man das Kind einfach beim Namen nennen. Sie schien sich aber irgendwie geschmeichelt zu fühlen. Nee, das trifft es nicht. Sah eher wie Genugtuung aus, weil er nach ihrer Pfeife tanzte. Na ja, irgendwie so. Das war mein spontaner Eindruck und sie saßen ja nicht den ganzen Abend bei mir an der Bar. Fragen Sie am besten Saskia, die hat am Tisch bedient, an dem sie meistens saßen, wenn sie nicht getanzt haben. War das dann alles? Meine Schicht läuft noch."

Torge in Tating

Sonntag, den 8. September

Die gesamten letzten Tage hatte Torge an die verzweifelte Nicole denken müssen. Das letzte Gespräch war ihm nahe gegangen und er überlegte quasi ununterbrochen, wie er ihr helfen konnte. Genauer gesagt, wie er ihre Unschuld beweisen konnte, denn davon war er überzeugt.

Die beiden arbeiteten seit Jahren zusammen in der *Weißen Düne* und Torge meinte, die Kollegin zu kennen. Wie viele Mittagspausen hatten sie gemeinsam verbracht? Nie war bei Torge das Gefühl entstanden, sie sei hinterhältig oder illoyal. Und immer hatte sich Nicole um das Wohlergehen ihrer Tochter gesorgt und manche Extraschicht geschoben, um finanziell alles zu wuppen. Diese Frau konnte unmöglich eine Mörderin sein.

Darüber hinaus hatte sie an dem verhängnisvollen Abend bis halb neun gearbeitet und erst um 20.42 Uhr ausgestempelt. Das hatte Torge überprüft. Woher sollte sie so schnell wissen, dass Jessi mit ihrem Freund am Strand oder bereits in den Dünen unterwegs war? Da steckte sicher eine längere Beobachtungsphase hinter.

Nein! Das passte vorne und hinten nicht zusammen! Torge musste einen Weg finden, Nicoles Unschuld zu beweisen. Denn sie selbst war in ihrer Trauer um die einzige Tochter sicherlich nicht dazu in der Lage.

Aber wie?

Da die stressigsten Monate der Hauptsaison überstanden waren, hatte Torge diesen Sonntag wieder frei. Sein Gedankenkarussell trieb ihn aus dem Bett. Er saß mit einem Kaffeepott in der Friesenküche seiner Reetkate und genoss die Ruhe des Morgens. Gegen acht würde er für Annegret und sich selbst das Frühstück vorbereiten, aber bis es soweit war, kritzelte er ein paar Aspekte auf seinen kleinen Notizblock. Nichts davon war eine ausgefeilte Strategie und er hoffte auf ein konstruktives Gespräch mit Annegret. Brainstorming nannte man das heutzutage. Er mochte dieses Wort.

Als ihm nichts mehr einfiel, bereitete er ein Rührei mit Schnittlauch zu. Den Verzicht auf Speck fand er nach wie vor gewöhnungsbedürftig, aber da seine seute Deern es so lieber mochte und es natürlich gesünder war, fügte er sich dem neuen Speiseplan. Dazu schnitt er eine Zwiebel in winzig kleine Würfel, die er in einem großzügigen Klacks Butter anbriet. Ah, dieser Duft! Der musste einfach bis zu ihr ins Schlafzimmer dringen und sie in die Küche locken. Das funktionierte bei ihm selbst eigentlich immer. Und so langsam konnte er es kaum noch abwarten, seine Überlegungen mit Annegret zu teilen und ihre Ideen dazu zu hören.

„Moin Torge! Das ist ja eine wunderbare Überraschung! Was hat dich denn zu so früher Stunde an den Herd verschlagen?", begrüßte sie ihn kurz darauf, als wären seine Gedanken bei ihr angekommen. „Lass mich raten: Du kannst mal wieder nicht schlafen, weil du in der Ermittlung vorankommen möchtest."

„Hhm, ja, so ähnlich. Setzt dich erst mal hin. Ich bringe dir Kaffee. Das Rührei ist fast fertig – so wie du es am liebsten magst", strahlte er sie an.

„Ja, es duftet herrlich." Annegret zog den Gürtel ihres Bademantels ein wenig enger und nahm auf der Eckbank Platz. „Es ist wirklich schön, so verwöhnt zu werden. Meistens hast du ja ein Anliegen, wenn du dich so ins Zeug legst", zwinkerte sie ihm wohlwollend zu. „Was ist es dieses Mal?"

„Keine Sorge! Ich möchte lediglich deine Meinung zu einigen Überlegungen hören", stieg er ins Gespräch ein. Bestimmt fragte sie gleich nach und dann waren sie mittendrin. Auch Annegret fand mittlerweile Gefallen an seiner inoffiziellen Nebentätigkeit und der Chance, sie mit eigenen Ideen zu bereichern.

„Schieß los", sagte sie prompt und schob sich ein großes Stück von dem Rührei in den Mund. „Mhm, lecker! Das hast du richtig fluffig hinbekommen."

Torge nickte. Das Kompliment freute ihn, aber er war mit den Gedanken bei Nicole und seiner Unschuldsvermutung.

„Was macht dich da so sicher?", fragte Annegret, nachdem er seine Erkenntnisse vertellt hatte.

„Wie soll sie um Viertel vor neun so schnell gewusst haben, wo sich Jessi befindet? Um zehn waren die beiden Jugendlichen bereits tot."

„Vielleicht hatte sie eine Spyware auf dem Handy ihrer Tochter installiert", schlug Annegret vor, was seine Theorie komplett torpedierte.

„Spyware?", fragte er ungläubig.

„Ja, das ist eine Überwachungssoftware, mit der sie jederzeit über Jessis Aufenthaltsort informiert sein konnte", belehrte sie ihn.

„Ich weiß, was das ist. Allerdings wage ich zu bezweifeln, dass Nicole sowas kennt, geschweige denn auf Jessis Handy installieren konnte. Wenn ich es richtig in Erinnerung habe, ist sie technisch nicht besonders bewandert. Darüber hinaus müsste sie unbemerkten Zugriff auf das Gerät haben. Die jungen Leute heute geben ihr Smartphone aber nie aus der Hand."

„Sie könnte es sich nachts genommen haben, wenn Jessi schlief. Und die Installation ist keine große Sache. Auf YouTube gibt es dafür Erklärvideos", blieb Annegret bei ihrer Meinung.

„Spyware", murmelte Torge. Konnte das wirklich sein? Nach wie vor fiel es ihm schwer zu glauben, es bei Nicole mit einer Doppelmörderin zu tun zu haben. Und das Risiko, nicht nur gesehen, sondern erkannt zu werden, war direkt bei der *Weißen Düne* natürlich besonders groß. So dumm war sie nicht!

Insgeheim ärgerte sich Torge ein wenig, ließ sich aber vorerst nichts anmerken. Trotzdem entwickelte sich das Gespräch in die völlig falsche Richtung. Er musste einen Weg finden, das Ruder wieder rumzureißen.

„Kann ich mir nicht vorstellen", erwiderte er lahm. „Hätte sie dafür nicht eher einen anderen Ort gewählt?"

„Das musst du sie selbst fragen." Annegret ließ sich nicht aus der Ruhe bringen und genoss das Rührei.

An jedem anderen Tag wäre Torge darüber sehr glücklich gewesen, aber heute gab es Wichtigeres.

„Annegret, es ist ernst. Und ich glaube an Nicoles Unschuld."

„Tja, ich weiß, wie ernst es ist und so meine ich es auch. Wenn du meine Argumente in den Wind schlägst, läufst du Gefahr, als voreingenommen zu gelten."

„Aber ..."

„Torge! Ich weiß, du magst Nicole, aber versuch bitte trotzdem, objektiv zu bleiben und die Angelegenheit von allen Seiten zu beleuchten."

„Das mache ich doch gerade."

„Nein, mein Lieber. Deine Meinung steht fest und du versuchst Argumente zu finden, die deine Vermutung stützen. Dabei könntest du betriebsblind werden."

Wie so oft hatte sie recht.

„Kennst du dich damit aus?", ließ er sich auf ihre Argumentation ein. „Kann man diese Software auf dem Handy nachweisen, wenn sie wieder gelöscht wurde?" „So genau weiß ich das nicht, aber die Kommissare können es bestimmt herausfinden."

„Dafür bräuchten sie aber Nicoles Handy", überlegte Torge. „Das würde sie sicherlich weiter verunsichern."

„Noch ist ihre Unschuld nicht bewiesen."

„Ihre Schuld aber genauso wenig", brauste Torge auf.

„Bleib ruhig und iss dieses köstliche Ei. Ich bin schließlich auf deiner Seite", versuchte Annegret ihn zu beschwichtigen. „Was hast du dir außerdem überlegt?"

„Ich würde am liebsten das Testament von Nicoles Eltern einsehen."

„Warum das denn?"

„Ihr einziges Motiv liegt im Erbe des Hauses. Warum sonst sollte Nicole ihre eigene Tochter ermorden?"

„Da stimme ich dir soweit zu. Man kann nie wissen, was sich außerdem im Hintergrund abspielt, aber gehen wir mal davon aus. Was nützt es dir, Einblick in den letzten Willen zu erhalten?"

„Vielleicht haben die Eltern festgelegt, was mit dem Haus passieren soll, wenn Jessi vor Nicole stirbt", erklärte Torge.

„Das kann ich mir nicht vorstellen. Die werden kaum davon ausgegangen sein, dass ihre Tochter zur Mörderin wird, um an das Haus zu kommen. Das wäre ja fast als Beihilfe zu bezeichnen."

Torge riss die Augen auf. „Du meine Güte. Was für ein brisanter Gedanke! Daran habe ich überhaupt nicht gedacht."

„Mag sein. Aber wie du es drehst oder wendest, sieht es nicht besonders gut für Nicole aus. Wenn sie von Jessi erbt, bleibt das Mordmotiv", führte Annegret weiter aus.

„Ja, aber wenn nicht, gibt es keinen Grund, die Tochter zu ermorden." „Aber konnten Nicoles Eltern das bestimmen?"

„Das kann ich mir nicht vorstellen. Das Erbe ist ja auf Jessi übergegangen und ihre Mutter wird es verwalten. Möglicherweise konnte Jessi einen anderen Erben als ihre Mutter festlegen, vielleicht aber erst nach ihrem achtzehnten Geburtstag. Genau diese Fakten würde ich gerne hieb- und stichfest wissen. Das könnte ein Weg sein, um Nicole zu entlasten."

„All diese Informationen im Allgemeinen und in diesem besonderen Fall hat bestimmt der Notar, der das Testament der Eltern verwaltet", meinte Annegret. „Dir wird er natürlich keine Auskunft geben, aber wenn du zusammen mit Nicole zu ihm gehst, stehen die Chancen besser. Vorausgesetzt sie ist damit einverstanden."

„Das ist eine gute Idee, min seute Deern", entgegnete Torge begeistert. „Ich werde es ihr nachher vorschlagen."

„Ich denke, das hat Zeit bis morgen. Gönn ihr eine Pause und lass uns den Tag zusammen verbringen. Wir haben diesen Sommer kaum was unternommen. Dafür brauchen wir ebenfalls Zeit."

Wenn sie ihn so anschaute, konnte er nicht nein sagen. Und schließlich war der Notar am Sonntag ohnehin nicht zu erreichen.

Charlie in St. Peter-Ording

Montag, den 9. September

Gleich am Montagmorgen lag der Vaterschaftstest von Matze Thiessen vor. Er war negativ, was Charlie nach der Aussage des jungen Mannes nicht weiter überraschte. Wenn man ihm Glauben schenkte, hatte dieses Paar umsichtig verhütet, was eine Schwangerschaft unwahrscheinlich machte.

Ohnehin stand Patrick Gerdes nach der Aussage des Barkeepers ganz oben auf der Liste der Verdächtigen. Seine Lüge beeinträchtigte seine Glaubwürdigkeit zusätzlich. Lag in der Schwangerschaft von Jessi das Mordmotiv begründet? Hatte sich der langersehnte Kinderwunsch von Sandra Müller und Patrick Gerdes erfüllt und der Lehrer wollte sich das wegen einer belanglosen Affäre nicht kaputtmachen lassen?

War er wirklich der Vater von Jessis Baby oder hatte sie das lediglich behauptet? Und wenn ja, warum? Wollte er die Liaison beenden und sie war mit ihm noch nicht fertig gewesen? Hatte es sie verletzt, dass er in diesem Fall derjenige war, der Schluss machte – etwas, das sie nicht kannte, weil sie sonst immer diejenige war, die eine solche Entscheidung traf? Setzte sie ihn deshalb mit einer Behauptung unter Druck, von der sie selbst möglicherweise nicht wusste, ob sie überhaupt der Wahrheit entsprach?

Immerhin wogen die Zeugenaussagen des Barkeepers und der Kellnerin in Fietes Augen schwer genug, um Gerdes offiziell vorzuladen, damit Charlie und Knud ihn erneut verhören konnten. Sie selbst war davon überzeugt und fest entschlossen, ein Geständnis aus ihm herauszuholen. Mindestens, was die Affäre betraf, am liebsten auch für die Morde.

Patrick Gerdes erschien wieder pünktlich, dieses Mal jedoch in Begleitung eines Anwalts. Beide hatten sich in Schale geworfen. Zum Auftreten des Rechtsbeistands passte die Aufmachung, bei Gerdes wirkte es verkleidet, da er sonst salopp in Jeans und Polohemd unterwegs war. Er schien sich dadurch doppelt unwohl zu fühlen.

Charlie empfand kein Mitleid. Ein Lehrer, der sich mit seiner minderjährigen Schülerin einließ, musste seiner gerechten Strafe zugeführt werden. Das galt genauso, wenn die Schülerin bereits ein reges Sexualleben pflegte. Gerdes musste über ihre Minderjährigkeit Bescheid gewusst haben – oder hätte es zumindest ohne Probleme in Erfahrung bringen können.

Was hatte ihn bloß dazu getrieben? Immerhin lebte er in einer festen Beziehung. War die nach fünfzehn Jahren so langweilig geworden, dass er sich außerhalb amüsieren musste? Sandra Müllers Schwangerschaft sprach dagegen.

„Fall nicht gleich über ihn her", raunte Knud ihr zu, kurz bevor sie den Vernehmungsraum betraten, in dem die Männer bereits Platz genommen hatten.

„Hältst du mich für so unprofessionell?", fragte Charlie leicht gereizt.

„Ich sehe deine funkelnden Augen – und ich kann vollkommen verstehen, wie unmöglich du sein Verhalten findest. Wir sollten trotzdem versuchen, sachlich zu bleiben." Wie immer fiel es Knud wesentlich leichter, seine Emotionen auszuklammern.

„Bleib du sachlich. Ich werde ihn mit klaren Worten und einem scharfen Tonfall weit genug unter Druck setzen, damit er eine Aussage macht. Würde mich nicht wundern, wenn er sogar der Mörder von Jessi und Lukas ist. Den werde ich kaum mit Samthandschuhen anfassen, darauf kannst du Gift nehmen." Ohne Knuds Antwort abzuwarten, drückte sie die Klinke herunter und öffnete die Tür. Sie mochte seine ruhige ausgleichende Art, aber im Job war er ihr manchmal zu zahm.

„Meine Herren, vielen Dank für Ihr pünktliches Erscheinen." Sie arbeitete routiniert die Formalitäten ab und wollte im Anschluss gleich zur Sache kommen, aber der Anwalt war schneller.

„Meines Wissens hat mein Mandant bereits in der vergangenen Woche eine Aussage gemacht. Warum wurde er erneut herbestellt?"

„Weil wir über das Wochenende neue Erkenntnisse gewonnen haben."

„Die da wären?"

„Es gibt Zeugen, die Sie, Herr Gerdes, zusammen mit Jessi Kramer gesehen haben."

„Ja, und? Sie war meine Schülerin." Es klang flapsig.

Charlie fragte sich prompt, was er damit bezweckte. Schließlich konnte er sich denken, womit sie ihn gleich konfrontierte.

„Ja, eben. Eine minderjährige Schülerin, um genau zu sein, mit der Sie in enger Umarmung in einer Bar in Husum gesehen wurden. Mehr als nur einmal. Soll ich weitere Details nennen oder wollen Sie eine entsprechende Aussage machen?"

Patrick Gerdes zuckte zusammen. Es war ihm anzusehen, wie gern er den Raum verlassen hätte.

„Du musst darauf nicht antworten, Patrick." Der Rechtsbeistand legte seinem Mandanten beruhigend die Hand auf den Arm und wandte sich an die Kommissare: „Ein paar betrunkene Gäste in einer Bar sind nicht gerade die verlässlichsten Zeugen", begann er jovial. „Bestimmt handelt es sich um eine Verwechslung."

„Wir reden nicht von betrunkenen Gästen, sondern zwei Angestellten, die sowohl Jessi Kramer als auch Patrick Gerdes auf den vorgelegten Fotos erkannt haben", korrigierte Charlie den Anwalt. In ihrer Stimme klang Genugtuung mit, worüber sie sich ärgerte.

„Ich wusste es nicht", flüsterte Gerdes.

„Patrick!" Der Anwalt versuchte, ihn zum Schweigen zu bringen – ohne Erfolg.

„Wenn ich es gewusst hätte, wäre es nie dazu gekommen." Er fuhr sich mit einem Taschentuch über die Stirn, auf der sich ein paar Schweißtropfen gebildet hatten.

„Was wussten Sie nicht?", bohrte Charlie nach, obwohl sie sich denken konnte, was er meinte.

„Dass sie noch nicht ganz achtzehn war."

„Sie hätten es ohne Probleme in Erfahrung bringen können." Charlie blieb unerbittlich.

„Ich bin einfach davon ausgegangen, weil im Abijahrgang eigentlich alle volljährig sind", erwiderte Gerdes. Seine Hand zitterte.

„Patrick! Du redest dich um Kopf und Kragen", intervenierte der Anwalt.

„Es ist ohnehin zu spät. Sie wissen es – und ich entschuldige mich in aller Form für mein Verhalten." Gerdes wirkte schuldbewusst. Trotzdem glaubte Charlie, dass er nur so tat, weil sie ihn überführt hatten.

„Entgegen Ihrer Ansicht liegt in diesem Fall kein Vergehen im Sinne § 174 StGB vor. Jessi Kramer war eine überaus gute Schülerin, fast volljährig und sexuell ausgesprochen aktiv. Vermutlich gehen Sie davon aus, dass mein Mandant das Mädchen verführt hat, aber das Gegenteil war der Fall", schaltete sich der Anwalt wieder ein.

„Was zu beweisen wäre", konterte Charlie.

„Sie wissen ja, im Zweifel für den Angeklagten", zeigte er sich ebenfalls schlagfertig. „Im Übrigen war die Schülerin Jessi Kramer äußerst unabhängig, was genauso für ihre schulischen Leistungen galt."

„Sie geben also zu, mit Jessi Kramer ein sexuelles Verhältnis unterhalten zu haben?", wollte Charlie seine Bestätigung hören.

Patrick Gerdes senkte seinen Kopf. Einen Moment fragte sich Charlie, ob er ihre Frage wahrgenommen hatte, aber schließlich nickte er. „Ich kann mir vorstellen, wie abscheulich Sie es finden, sich mit der eigenen Schülerin einzulassen, unabhängig vom Alter. Aber es ist einfach passiert. Und ich habe sie zu nichts genötigt oder gezwungen." Er hob den Kopf und blickte ihr direkt in die Augen. „Es war einvernehmlich und damit nicht strafbar, sondern höchstens moralisch verwerflich." Er hatte sich ganz offensichtlich vorbereitet.

Der Anwalt schien mit der Aussage seines Mandanten zufrieden und unterließ, etwas hinzuzufügen.

„Wann und wo ist es dazu gekommen?", fragte sie weiter.

„Ist das wichtig?", meldete sich der Rechtsbeistand wieder zu Wort.

„Allerdings!", erklärte Charlie mit Nachdruck. „Wie Sie sicherlich wissen, haben wir es mit einem Mordopfer zu tun, das zudem schwanger war."

Er zog die Stirn in Falten und bedachte Patrick Gerdes mit einem langen Blick. War ihm gerade erst der Zusammenhang klar geworden? Charlie hielt es für ausgeschlossen, dass er die Presseberichte über die beiden Toten übersehen hatte.

„Es war wie immer mit Jessi sehr locker. Tatsächlich haben wir uns an einem Abend vor circa zwei Monaten in einer Bar in Husum getroffen. Zufällig. Ich hatte einen Streit mit Sandra und war wütend abgehauen, sie war von einem Date versetzt worden. Also setzten wir uns an einen Tisch, tranken was und ließen beide erst mal Dampf ab. Später haben wir getanzt, immer enger und intimer. In dieser Nacht ist es zum ersten Mal passiert, wobei sie die Initiative ergriff. Ich glaube, es hat sie angemacht, ihren Lehrer zu verführen – oder gefügig zu machen, so könnte man es ebenfalls ausdrücken."

„Das klingt so, als wäre sie Ihnen emotional überlegen gewesen", mutmaßte Charlie, während Knud sich weiter zurückhielt, dem Wortwechsel aber aufmerksam lauschte. Für einen Moment hatte sie vergessen, dass er sich überhaupt im Raum befand. „Und Sie? Hat es Sie genauso angemacht? Wie haben Sie sich gefühlt?"

Gerdes nickte langsam. „Sie verurteilen mich, schon klar! Ja, ich habe mich geschmeichelt gefühlt. Sie war jung, attraktiv und sexy. Dazu wild und leidenschaftlich. Das hatte ich eine Weile nicht mehr erlebt. Diese Leidenschaft meine ich. Es fühlte sich neu und abenteuerlich an."

„Haben Sie dabei nicht an Ihre Partnerin gedacht?"

„Nein, in Jessis Nähe habe ich alles andere ausgeblendet. Das fing gleich am ersten Abend an und hat sich über Wochen so fortgesetzt."

„Haben Sie mit dem Gedanken gespielt, Ihre Lebensgefährtin zu verlassen?", fragte sie weiter.

„In den letzten fünf Jahren tatsächlich immer mal wieder", gab er erstaunlich ehrlich zu.

„Uns interessieren in erster Linie die besagten zwei Monate", erklärte Charlie, obwohl diese Aussage natürlich kein gutes Licht auf die Beziehung des Paares warf. Was steckte vor dem Hintergrund dieser Bemerkung hinter der Schwangerschaft von Sandra Müller?

„Ja, Sandra und ich hatten eine Krise. Wir wollten irgendwie in andere Richtungen. Sie wünschte sich trotz ihres Alters nach wie vor eine eigene Familie, ich dagegen hatte mich seit Jahren damit abgefunden, kinderlos zu bleiben. Ich genieße die Zweisamkeit und würde gerne reisen, die Welt entdecken. Dafür konnte ich Sandra allerdings nur wenig begeistern."

„Sie haben sich also eine Zukunft mit Jessi vorgestellt?", fragte Charlie weiter.

„Ach was. So naiv bin ich nun auch wieder nicht. Jessi war süß, unkompliziert ..."

„Und leidenschaftlich", ergänzte sie trocken.

Gerdes errötete leicht, schwieg aber.

„Wie haben Sie reagiert, als Jessi Ihnen von ihrer Schwangerschaft erzählte?"

„Woher wissen Sie das?", fragte Gerdes erschrocken.

Es stimmte also.

„Das spielt keine Rolle."

„Ich war schockiert. Bin von einer Lüge ausgegangen, weil wir verhüteten. Aber natürlich ..."

„Warum sollte Jessi Sie anlügen?", fiel Charlie ihm ins Wort.

„Das weiß ich nicht."

„Hat sie keine Forderungen gestellt? Geld? Ihre Lebensgefährtin zu verlassen? Irgendwas?" Charlie beugte sich vor und starrte Gerdes direkt in die Augen.

Dieser wich automatisch zurück und wandte sich hilfesuchend an seinen Anwalt, dessen Namen Charlie vergessen hatte.

„Du kannst die Aussage verweigern", klärte dieser seinen Mandanten auf.

„Ist es dafür nicht zu spät?", fragte Gerdes. Er wirkte erschöpft und hilflos.

„Bisher ging es um die Affäre. Alles, was du darüber hinaus aussagst, kann den Kommissaren ein Motiv für die Morde liefern", erläuterte er weiter, als wären sie allein im Raum.

„Das basteln die sich ohnehin zurecht", flüsterte Gerdes.

„Je weniger du sagst, umso besser", erwiderte der Anwalt. „Wie ich es sehe, haben Sie Ihre Fakten vorgetragen und wir kommen jetzt in den Bereich der Mutmaßung. Ich sehe die Vernehmung damit als beendet an", wandte er sich an Charlie.

Diese ignorierte ihn. „Wollen Sie Ihrer Aussage etwas hinzufügen, Herr Gerdes?"

Der Lehrer zögerte. Er hatte seinen Kopf wieder gesenkt, was ihn kraftlos aussehen ließ.

„Nein, das möchte er nicht", übernahm sein Anwalt das Antworten.

„Herr Gerdes?"

„Ja, ich möchte noch etwas sagen."

„Warum denn? Das ist völlig unnötig", legte der Rechtsbeistand weiter Veto ein. Offensichtlich fühlte er sich seiner Aufgabe enthoben.

„Weil ich meine Version der Geschichte zu Protokoll geben will. Wer weiß, was Jessi alles herumerzählt hat. Ich habe mich auf diese dusselige Affäre eingelassen, das war ein blöder Fehler! Aber ich habe nichts mit den Morden zu tun und vertraue auf Ihre Kompetenz den wahren Täter zu finden."

„So weit, so gut. Was hat Jessi von Ihnen gefordert?"

„Sie wollte Geld."

„Unterhalt für das Baby?", fragte Charlie weiter.

„Den vielleicht später. Ich war mir nicht einmal sicher, ob sie das Kind wirklich austragen wollte. Nein, sie hat mich erpresst."

„Erpresst?"

„Ja. Sie wollte Geld. Erst mal tausend Euro. Ich war mir allerdings sicher, dass diese Forderung nur der Anfang war", antwortete Gerdes. Er wirkte blass und müde. Gleichzeitig schien es ihn zu erleichtern, darüber zu sprechen.

„Was wollte sie tun, wenn Sie ihr die Zahlung verweigerten?"

„Sie drohte, unsere Affäre an die große Glocke zu hängen, also allen in der Schule davon zu erzählen. Außerdem wollte sie es Sandra stecken."

„Sie hatten Angst um Ihren Job und Ihre Beziehung", fasste Charlie zusammen.

„Ich fürchtete in erster Linie um meinen Ruf. Das finden Sie vielleicht merkwürdig, aber ich bin Lehrer aus Leidenschaft. Es erfüllt mich, den jungen Menschen etwas beizubringen, auch über die fachlichen Inhalte hinaus. Nur bei Jessi habe ich versagt. Ich hätte mich nie zu dieser Liebelei hinreißen lassen dürfen. Ein Moment der Schwäche kann einem das ganze Leben ruinieren."

„Haben Sie Jessi Geld gegeben, damit sie ihr Wissen für sich behält?"

„Nein, ich bin davon ausgegangen, sie würde mich immer weiter erpressen."

„Haben Sie sich Ihrer Partnerin anvertraut?", wollte Charlie weiter wissen.

„Nein. Unser Verhältnis war zu angespannt. Ich hätte ja die Affäre beichten müssen. Dafür brachte ich weder den Mut noch die Kraft auf." Gerdes schien sich zu schämen.

„Und hat Jessi ihre Drohung wahrgemacht?"

„Nein, dazu kam sie nicht mehr", flüsterte Gerdes. „Ich weiß, es sieht für mich nicht gut aus, aber ich versichere Ihnen erneut, Jessi und Lukas nicht umgebracht zu haben."

„Haben Sie sich einer anderen Person anvertraut? Zum Beispiel der Vertrauenslehrerin Tamara Knoop oder einem guten Freund?"

„Nein, es war mir einfach zu peinlich. Bis auf meinen Anwalt hier, habe ich es niemandem erzählt." Seine Stimme wurde immer leiser. „Was passiert jetzt mit mir?"

„Ich nehme Sie vorläufig fest wegen des Verstoßes gegen § 174 StGB: Sex mit einer minderjährigen Schutzbefohlenen und des dringenden Verdachts des Mordes an Jessi Kramer und Lukas Wagner. Sie werden dem Haftrichter in Husum vorgeführt."

Patrick Gerdes sackte weiter in sich zusammen, während der Anwalt nach Luft schnappte.

„Du hast nichts zu befürchten, ich boxe dich da raus", erklärte er im Brustton der Überzeugung.

Charlie zweifelte daran und Gerdes schien es genauso zu gehen.

Torge in Garding

Montag, den 9. September

Selten hatte Torge seinen Feierabend so ungeduldig erwartet, wie an diesem Montag. Während er gestern vor dem Gespräch mit Annegret fest davon überzeugt war, das Haus könnte der entscheidende Aspekt sein, der über Nicoles Schuld oder Unschuld entschied, hatte ihn die Überlegung seiner seuten Deern verunsichert.

Spyware!

Nach wie vor wunderte er sich, dass Annegret sich mit so etwas auskannte. Warum hatte sie sich überhaupt mit diesem Thema beschäftigt? Hatte sie etwa auf seinem eigenen Handy eine derartige Software installiert, um ihn zu überwachen? Spontan tat er es ab, so etwas würde seine Annegret nie machen. Das hatte sie schließlich nicht nötig! Nach all den gemeinsamen

Jahren lebten sie harmonisch zusammen. Treue, Vertrauen und Loyalität bedeuteten beiden gleich viel und er selbst hatte während der Zeit an der Seite seiner Frau nie über einen Seitensprung nachgedacht.

War sie sich seiner Liebe und Treue nicht sicher, weil er aufgrund seiner Hilfsbereitschaft häufig spät nach Hause kam oder sie sogar am Wochenende alleine ließ? Aber nee, das würde sie ihm nicht zutrauen.

Bis zum Mittag versuchte er sich selbst zu beruhigen und den im Grunde abwegigen Gedanken abzutun, aber so ganz ließ er ihn nicht los.

Lustlos stocherte er in seinem Bauernfrühstück, das er regelmäßig und sonst mit großem Appetit aß. Nach der Hälfte gab er auf und schob den Teller zur Mitte des Tisches.

„Was ist denn mit dir los, Torge? Hat deine Frau dich wieder zu einer Diät verdonnert?" Ein gut gelaunter Hansen setzte sich auf den freien Platz ihm gegenüber und guckte listig zwischen der verschmähten Mahlzeit und dem Hausmeisterkollegen hin und her.

Was sollte er dazu sagen? Torge hatte überhaupt keine Lust, sich zu rechtfertigen. Und den neugierigen Hansen ging das ohnehin nichts an. Auf keinen Fall würde er ihm seine Befürchtungen bezüglich der Spyware anvertrauen.

„Geht es um Nicole? Mann! Ich wusste gar nicht, dass Ihr so eng befreundet seid. Ist aber auch eine wirklich schlimme Sache. Ein Kind zu verlieren, das ist einfach die falsche Reihenfolge", plapperte Hansen munter drauf los und gab dem Hobbyermittler damit eine Steilvorlage, die dieser prompt nutzte. Erstaunlicherweise hatte ihn diese blöde Überwachungssoftware in den letzten Stunden komplett beschäftigt und all seine Gedanken darauf konzentriert.

„Ja, wirklich schlimm", bestätigte er, um Hansen beim Thema zu halten. „Nicole geht es dementsprechend schlecht. Ich will heute früh Feierabend machen und schauen, ob ich sie irgendwie unterstützen kann."

Hansen nickte mit vollem Mund. Er hatte sich ebenfalls für das Bauernfrühstück entschieden und aß es mit großem Appetit. „Grüß sie schön von mir. Gibt es eigentlich was Neues in dem Fall? Die Vorstellung von einem Doppelmörder, der sich direkt neben unserer *Weißen Düne* herumgetrieben hat, ist echt unheimlich. Haben die Kommissare eine heiße Spur? Oder du selbst?" Hansen ließ die Gabel sinken und schien für kurze Zeit die Mahlzeit zu vergessen.

„Hhm, ja, es gibt einige Verdächtige, aber du weißt ja, wie es ist. In einer laufenden Ermittlung darf ich dich nicht in die Details einweihen."

„Vielleicht kann ich etwas beitragen. Immerhin arbeite ich hier."

Torge nickte geistesabwesend. Hansens Bemerkung hatte ihn auf eine Idee gebracht. Der Tatort lag direkt neben der *Weißen Düne*. Und wenn er auf dem Laufenden war, hatten die Kommissare die Handys der beiden Toten nicht gefunden. Ob die immer noch in den Dünen lagen? Wahrscheinlich hatte der Täter sie mitgenommen. Doch wozu? Warum sollte er sie behalten? Wenn er unter Verdacht geriet, belastete er sich erst recht, wenn die Telefone bei einer Durchsuchung seiner Wohnung gefunden wurden. Genauso gut konnte er sie weggeworfen haben. Oder vergraben. Möglicherweise lagen sie nur ein paar Meter entfernt von seinem jetzigen Platz. Das musste er unbedingt überprüfen!

„Torge! Wo bist du mit deinen Gedanken? Hörst du mir überhaupt zu?", fragte Hansen mit einer ungewohnten Ungeduld. „Ich könnte dir vielleicht in diesem Fall helfen! Was meinst du?"

„Ich glaube, du hast mir gerade geholfen, Kumpel", froh-
lockte Torge, auch wenn Hansen kein Wort verstand. „Sag mal,
schmeckt dir das Bauernfrühstück nicht oder hat deine Frau dir
eine Diät verordnet?", witzelte er schließlich, während sein Blick
auf dem ebenfalls halbvollen Teller des Kollegen ruhte.

„Ach du!", kicherte Hansen. „Was meinst du damit, ich hätte
dir gerade geholfen?"

„Ich erklär´s dir später. Versprochen! Aber jetzt muss ich los."
Ohne eine Antwort abzuwarten, erhob sich Torge von seinem
Stuhl. „Wir sehen uns. Moin!"

Die Gedanken wirbelten durch Torges Kopf. Auf einmal
sprühten die Ideen nur so. Heute nach Eintritt der Dunkelheit
würde er in den Dünen nach den Smartphones der beiden Opfer
suchen, so viel stand fest.

Aber ihn beschäftigte mehr. Bestimmt hatten die Kommissare versucht, die Handys zu orten. Was aber war mit Durch-
suchungen? Gab es bislang keine ernsthaften Tatverdächtigen,
für die der Richter einen Beschluss genehmigt hätte? Das konnte er sich nicht vorstellen.

Was, wenn Nicole zu den Verdächtigen gehörte und die
Mobiltelefone bei ihr gefunden wurden? War sie damit überführt? Sollte er sie darauf ansprechen? Wieder einmal erschien
Annegrets mahnender Gesichtsausdruck vor seinem geisti-
gen Auge. Er sollte helfen, den Täter zu überführen, nicht die
Ermittlungen zu torpedieren. Konnte er das selbst irgendwie
herausbekommen?

In seinem Büro angekommen, fiel ihm wieder die Spyware
ein. Statt sich sofort an die Bestellungen etlicher Verbrauchs-
materialien zu machen, zückte er sein eigenes Telefon und
untersuchte es gründlich nach einer möglicherweise installier-
ten Überwachungsapp – die er natürlich nicht fand. Beschämt
steckte er es wieder in die Hosentasche und leistete im Stillen

Abbitte. Wie konnte er nur auf so eine abwegige Idee kommen? Auf keinen Fall durfte er Annegret davon berichten. Dieser Anflug von Misstrauen würde sie sicherlich tief verletzen!

Den Plan, über den Notar etwas herauszubekommen, hatte Torge bereits so gut wie verworfen. Trotzdem sollte er nach Feierabend mal bei Nicole vorbeischauen. Vielleicht hatte sie ein Exemplar des Testamentes zu Hause. Dann ließ sie ihn bestimmt einen Blick darauf werfen.

Und er wollte ihr Handy nach so einer Spyware durchsuchen. Noch wusste er nicht, wie ihm das gelang, ohne sie misstrauisch zu machen, da musste er improvisieren. Mit Glück ergab sich eine Situation, in der Nicole für eine Weile mit etwas anderem beschäftigt war. Zum Beispiel mit der Suche nach dem Testament. Auch wenn er sich nicht mehr viel davon versprach, als Ablenkungsmanöver konnte es nützlich sein.

Und vielleicht war ihr ja noch etwas über Jessi eingefallen, was sie bisher bewusst oder unbewusst verschwiegen hatte.

Routiniert erledigte er die Bestellungen von Seifen, Duschgels, Bodylotions und all dem Gedöns, das die Gäste in den Bungalows zur Verfügung gestellt bekamen. Da er ohnehin am Computer saß, recherchierte er im Anschluss die Namen der üblichen Spywares, damit die Untersuchung von Nicoles Handy so schnell wie möglich ging. Welche Apps auf seinem eigenen Handy installiert waren, wusste er schließlich, hatte aber keine Ahnung, was sie alles nutzte.

Als er gegen sechzehn Uhr bei Nicole klingelte, pochte sein Herz vor Aufregung bis zum Hals. Weiterhin war er von ihrer Unschuld überzeugt und hoffte, nichts zu finden; aber was, wenn er sich irrte?

Der erhoffte Anruf von Knud war bisher ausgeblieben. Gab es wirklich nichts Neues oder hatten sie vergessen, ihn einzubeziehen? Morgen würde er mal wieder auf dem Revier vorbeischauen und dafür wollte er unbedingt ein paar Neuigkeiten im Gepäck haben.

In Nicoles Haus herrschte Stille. Auch nach dem zweiten Klingeln regte sich nichts. Hatte Nicole es verlassen? Sie war freigestellt, aber vielleicht brauchte sie einfach ein wenig frische Luft oder kaufte ein paar Lebensmittel ein.

Torge setzte sich auf den Treppenabsatz vor ihrer Tür und beschloss zu warten. Sollte er bei ihr anrufen oder eine Nachricht schicken? Auf keinen Fall wollte er zu aufdringlich sein oder sie unter Druck setzen. Nach einer Viertelstunde schickte er ihr eine Nachricht. Sie wurde zugestellt, aber nicht gelesen. Nicole schien ihrem Handy keine Beachtung zu schenken, vielleicht wollte sie einfach ihre Ruhe 4haben.

Nach kurzer Überlegung klingelte Torge ein letztes Mal. Alle guten Dinge waren schließlich drei. Er war nahe dran, aufzugeben, da hörte er plötzlich ein schlurfendes Geräusch. Aufgeregt presste er sein Ohr gegen die Tür und hoffte, dabei nicht beobachtet zu werden. Ja, tatsächlich das Schlurfen wurde lauter.

Gerade rechtzeitig brachte er sich in eine unverfängliche Pose, als schließlich die Tür geöffnet wurde.

Torge zuckte vor Schreck zusammen, als er Nicole sah. Ihre Augen waren gerötet und lagen tief in den Höhlen, darunter befanden sich dunkle Ringe. Sie hatte geweint. Lange. Eine Frisur war nicht mehr zu erkennen. Und sie schien seit Tagen die gleichen Klamotten zu tragen. Es roch abgestanden im Haus, aber auch Nicole selbst müffelte. Sah so eine Mörderin aus?

Torge wurde von Mitleid erfasst. Er hätte viel früher nach ihr gucken sollen! Wie konnte ein Mensch übers Wochenende dermaßen verwahrlosen? Sollte er Annegret anrufen? Nicole brauchte dringend eine Dusche und etwas zu essen – und vielleicht den Zuspruch einer Frau.

„Torge!" Sie nuschelte. Taumelte. Griff nach dem Türrahmen, um nicht zu stürzen. „Was machst du denn hier?"

„Darf ich reinkommen?"

„Ich habe nicht aufgeräumt. Ich ..." Sie drohte das Gleichgewicht zu verlieren. Hatte sie getrunken oder war sie einfach nur ausgehungert und dehydriert? „Ich kann nicht mehr, Torge."

Er packte sie am Arm und führte sie zu ihrem Sofa. Im Wohnzimmer herrschte Chaos. Sie schien allerdings nicht getrunken zu haben. Weder Alkohol noch etwas anderes. Vielleicht sollte er sie ins Krankenhaus bringen. Aber vorher brauchte sie Wasser.

„Hier trink das, Nicole. Aber langsam." Er reichte ihr ein Glas, das er mit Leitungswasser gefüllt hatte.

Sie trank erst langsam, dann gierig. „Entschuldige Torge. Ich komme mit Jessis Tod überhaupt nicht klar. Wozu soll ich aufstehen? Wozu weiterleben? Es ergibt alles keinen Sinn mehr!"

Sie brauchte eine Psychologin oder eine Trauerbegleiterin.

Und zuerst eine Dusche. Konnte er sie davon überzeugen?

„Willst du duschen, Nicole? Vielleicht fühlst du dich dann etwas besser. Ich mache dir eine Kleinigkeit zu essen. Danach kann ich dich zur Kurklinik fahren, vielleicht kannst du dort mit einem Psychologen sprechen."

„Darf ich mit zu euch kommen, Torge? Ich weiß, es ist viel verlangt, aber Ihr habt doch ein Gästezimmer. Könnte ich vielleicht ein paar Tage bei euch bleiben? Ich verspreche, mich zusammenzureißen und euch nicht zur Last zu fallen." Torges Gedanken rasten. Durfte er das? Sie stand offiziell nicht unter Verdacht. Er würde einfach einer Kollegin helfen. Das beeinträchtigte nicht die Arbeit der Polizei. Er konnte im Gegenteil etwas herausbekommen, weil er näher dran war.

„Natürlich. Dann essen wir bei uns. Geh duschen. Oder willst du ein Bad nehmen?"

„Nein, dafür habe ich keine Geduld. Ich dusche und packe ein paar Sachen. Danke Torge. Es fällt mir gerade unglaublich schwer, alleine zu sein. So einsam habe ich mich bisher nie gefühlt." Sie trank das Glas leer. „Versprich mir, nicht die Flucht zu ergreifen, während ich mich frisch mache." Sie lächelte schwach.

„Großes Indianerehrenwort! Ich warte hier auf dich. Lass dir Zeit."

Sie nickte und schlurfte aus dem Zimmer. Wo war all ihre Kraft geblieben? Bisher hatte er sie als starke, alleinerziehende Mutter kennengelernt, die sich nicht so leicht unterkriegen ließ.

Ihr Handy lag auf dem Tisch. Torge zögerte. So wie er sie gerade erlebt hatte, konnte sie unmöglich die Mörderin ihrer eigenen Tochter sein!

Trotzdem brauchte er Gewissheit. Mit einem schlechten Gewissen griff er nach dem Smartphone, als er von Weitem die Dusche rauschen hörte. Bei dem Handy handelte es sich um ein älteres Modell ohne Passwortschutz. Schnell guckte er die Apps durch. Es gab keinen Hinweis auf eine Spyware. Ob sie sie mittlerweile gelöscht hatte, konnte er nicht nachvollziehen. Dafür reichten seine technischen Kenntnisse nicht aus. Er fühlte sich trotzdem bestätigt.

Erst mal würde er sich zusammen mit Annegret um ihr Wohlbefinden kümmern. Das hatte sogar Vorrang vor der Ermittlungsarbeit. Sollten sich die Kommissare darum kümmern!

Charlie in Husum

Mittwoch, den 11. September

Am Dienstag passierte nichts. Die Kommissare waren gespannt, wie der Richter den Fall beurteilte, ob Patrick Gerdes des Mordes angeklagt werden würde. Solange diese Entscheidung im Raum stand, gab es keine Motivation, die anderen Fährten zu verfolgen.

Für Charlie waren insbesondere Dörte Hinrichsen und Nicole Kramer verdächtig.

Über Dörte hatten sie bislang kaum weitere Informationen. Sie schien aber in Lukas Wagner verliebt gewesen zu sein. Reichte ihre Wut auf Jessi aus, um die umzubringen, weil sie ihr Lukas ausgespannt hatte? Und wie realistisch war es, dass sie dermaßen die Kontrolle verloren hatte, um ebenfalls den

Angebeteten abzustechen? Zumal die beiden ja vorher nieder-geschlagen wurden.

Charlie störte sich an diesen Fakten. Die sprachen eindeutig gegen eine Tatbeteiligung der Schülerin.

Sollte Gerdes jedoch auf freien Fuß gesetzt werden, weil dem Richter die Indizien nicht ausreichten, mussten sie dieser Spur weiter nachgehen. Lilly hatte das eigentlich längst machen wol-len, aber die letzten Tage war sie von einem Magen-Darm-Infekt außer Gefecht gesetzt worden.

„Gönnt euch einfach eine Pause", ordnete Fiete pragmatisch an. „Ihr wart das ganze Wochenende unterwegs – und zwar sehr erfolgreich. Sobald die Rückmeldung aus Husum vorliegt, wissen wir, ob der Fall damit abgeschlossen ist, oder ob wir wei-tere Beweise sammeln müssen."

„Was ist eigentlich mit Nicole Kramer und dem Haus?", fragte Knud.

„Was soll damit sein?"

„In meinen Augen ist das ein starkes Mordmotiv. Vielleicht sollten wir sie erneut vernehmen." „Die Frau hat ihr einziges Kind verloren. Im Moment konzentrieren wir uns auf Patrick Gerdes und warten ab. Das haben wir doch eben beschlossen." Fiete wurde ausnahmsweise ungeduldig.

„Ich glaube nicht, dass er sie ermordet hat", erklärte Knud. Es klang allerdings nicht hundertprozentig überzeugt.

Das ließ Charlie aufmerken. „Warum nicht?"

„Weil Jessi fast achtzehn war und jeder, der sie kannte, bei Bekanntwerden einvernehmlichem Sex angenommen hätte."

„Seine ebenfalls schwangere Lebensgefährtin wäre bestimmt nicht gerade begeistert gewesen", widersprach Charlie.

Knud nickte. „Ja, das ist richtig. Trotzdem stört mich etwas."

„Was denn?"

„Ich kann es nicht genau erklären. Irgendwas von dem, was er gesagt hat, passt nicht richtig zusammen. Ich glaube, uns fehlt ein entscheidendes Puzzleteil. Vielleicht fällt es dem Richter ebenfalls auf. Kann mich nicht erinnern, schon mal so lange auf dessen Entscheidung gewartet zu haben."

„Wen siehst du als Täter?", wollte Charlie wissen.

„Eher Nicole Kramer. Klar, sie ist die Mutter. Auf Anhieb macht es eine Tatbeteiligung eher unwahrscheinlich, aber das Haus hat sicher einen anständigen Wert. Ich weiß nicht, ob sie bei einem Verkauf ausgesorgt hätte, aber sie wäre auf jeden Fall finanziell wesentlich freier."

„Das ist richtig, aber du hast sie erlebt. Traust du ihr wirklich einen derartig brutalen Doppelmord zu?", fragte Charlie.

„Ich weiß es nicht. Allerdings frage ich mich, ob es nicht besser gewesen wäre, gleich zu Beginn das Haus zu durchsuchen. Wer weiß, ob wir bei ihr die Handys und Portemonnaies der beiden Opfer gefunden hätten."

„Dafür bräuchten wir einen Beschluss."

„Das ist mir klar!"

„Den hätten wir nicht bekommen. Gleich nach dem Mord wussten wir ja nichts von den ungewöhnlichen Besitzverhältnissen. Da hätte uns kein Richter eine Durchsuchung genehmigt."

„Ja, mag sein. Aber mittlerweile hatte sie genug Zeit, mögliche Beweismittel verschwinden zu lassen."

„Wenn sie es war. Ich glaube, wir haben mit Patrick Gerdes den richtigen Mörder dingfest gemacht. Überleg mal. Diese kleine Affäre ruiniert sein ganzes Leben", blieb Charlie bei ihrer Meinung.

„Genau davon bin ich nicht überzeugt. Aber lass uns abwarten, wie der Haftrichter entscheidet. Wollen wir uns die Zeit mit einem Fischbrötchen vertreiben?", schlug Knud vor. „Neulich Abend hat es ja nur für Pasta gereicht."

„Dann bringt mir auf jeden Fall eins mit", meldete sich Fiete zu Wort. „Und ja, vertreibt euch irgendwo anders die Zeit. Diese ganzen Spekulationen gehen mir auf die Nerven."

Bevor Fiete seinen Unmut weiter kundtun konnte, wurde er vom Klingeln seines Telefons unterbrochen. Charlie und Knud wechselten einen Blick und grinsten sich an. Auch wenn sie nicht der gleichen Meinung waren, genossen sie den Schlagabtausch. Einen Fall von allen Seiten zu beleuchten und nicht zu schnell abzuschließen, gehörte zur Arbeit der Kriminalpolizei und sie waren zu einem erfolgreichen Team zusammengewachsen, das sich prächtig ergänzte.

„So, wie es aussieht, wird euch das Lachen gleich vergehen. Der Haftrichter will euch sehen. Sofort, persönlich und in Husum", erklärte der Revierleiter nach einem extrem kurzen Telefonat.

„Wir sollen nach Husum kommen?", fragte Charlie ungläubig. „Warum das denn?"

„Das wird er euch gleich selbst erklären. Setzt euch ins Auto und fahrt los. Dann habe ich hier endlich meine Ruhe und kann ohne euer Geplapper meiner Arbeit nachgehen. Aber vergesst auf keinen Fall, mir ein Fischbrötchen mitzubringen. In Husum gibt es die Besten."

Die erste Hälfte der Fahrt verbrachten Charlie und Knud mit weiteren Spekulationen, aber irgendwann waren alle Aspekte erschöpfend ausdiskutiert. Ungewöhnlich war dieses Vorgehen allemal. Warum schickte der Haftrichter nicht einfach eine Mail oder gab Fiete die Informationen am Telefon durch?

Schweigend starrten beide durch die Windschutzscheibe und fragten sich, welche Entscheidung nun auf sie wartete.

Vermutlich war der Fall nicht so eindeutig, wie Charlie es meinte.

Im Amtsgebäude in Husum angekommen, wurden sie sofort zu ihm vorgelassen.

„Moin Kommissarin Wiesinger! Moin Kommissar Petersen, bitte nehmen Sie Platz. Ich bedanke mich für Ihr promptes Erscheinen, das ich sehr zu schätzen weiß. Sie wundern sich vielleicht, warum ich Sie hergebeten habe."

Charlie und Knud nickten.

„Bereits diese Affäre mit der minderjährigen Schülerin enthält unglaublich viel Brisanz. Da stimme ich Ihnen zu. Ich habe weiter recherchiert und komme zu dem Schluss, dass hier kein Verstoß gegen den §174 vorliegt."

„Nicht?" Charlie war überrascht. „Warum nicht?"

„Nach allen Informationen, die meine Mitarbeiter an der Schule sammeln konnten, handelt es sich mit großer Wahrscheinlichkeit um einvernehmlichen Geschlechtsverkehr, so wie Herr Gerdes es selbst aussagt."

„Trotzdem war Jessi seine Schülerin und damit eine Schutzbefohlene." Charlie war nicht so leicht zu überzeugen.

„Ja, aber die junge Frau war fast achtzehn, sexuell äußerst aktiv, dazu unabhängig und selbstbewusst."

„Trotzdem wurde sie von ihm unterrichtet. Damit konnte er einen gewissen Druck auf sie ausüben. Es wäre möglich, den Sex damit zu erzwingen. Natürlich gibt er das nicht zu, das käme einem Schuldeingeständnis gleich. Und Jessi kann ihre Version der Geschichte nicht mehr erzählen. Immerhin kennt er die Umstände und vermutet da vielleicht ein Schlupfloch, falls es zu einer Anklage kommt." Sie ließ nicht locker, während Knud mal wieder schwieg. Obwohl sie seine Meinung kannte, zerrte sein Verhalten heute an ihren Nerven. Sie fühlte sich plötzlich allein auf verlorenem Posten. So kurz vor dem vermeintlichen

Abschluss des Falles schienen sie ihn wieder neu aufrollen zu müssen.

„Ich schätze Ihr Engagement, Kommissarin Wiesinger. Allerdings hat Herr Gerdes die Schülerin Jessi Kramer in der Zeit dieser unglücklichen Geschehnisse lediglich im Fach Sport unterrichtet. Damit scheint mir sein Einfluss eher unerheblich. Ich habe gestern ebenfalls mit der Mutter des weiblichen Opfers telefoniert. Sie war verständlicherweise völlig fassungslos, konnte aber bestätigen, wie unabhängig ihre Tochter war. Darüber hinaus verkehrte sie häufig mit Männern, die deutlich älter als siebzehn oder achtzehn waren."

„Der Vorwurf wird also fallengelassen?"

„Ja, Patrick Gerdes wird verwarnt, aber nach unserem Gespräch auf freien Fuß gesetzt. Natürlich habe ich ihn selbst ausführlich verhört. Außerdem hat unsere Psychologin mit ihm gesprochen. Wir beide kommen zu dem Schluss, dass Gerdes die Wahrheit sagt und eine Beteiligung an den Morden mehr als unwahrscheinlich ist. Oder liegen Ihnen echte Beweise für seine Täterschaft vor?"

Die Kommissare mussten verneinen. „Bislang gibt es überhaupt keine handfesten Beweise", erklärte Charlie. Nach wie vor hielt sie Gerdes für den Täter und seine Freilassung missfiel ihr außerordentlich. „Der Fall basiert auf Indizien. Aber Gerdes hat ein starkes Motiv."

„Wie gesagt: Ich schätze Ihr Engagement und Ihren Enthusiasmus, werte Kollegen. Trotzdem brauche ich Ihnen nicht sagen, dass es in einem Mordfall auf Fakten ankommt. Die sind gegen Patrick Gerdes eindeutig zu schwach, um ihn des Mordes anzuklagen. Natürlich können Sie weiter gegen ihn ermitteln. Wichtig ist dabei allerdings entsprechendes Feingefühl. Wir dürfen auf keinen Fall seinen Leumund zerstören, wenn er am Ende unschuldig ist. Er darf die Region nicht verlassen und hält sich für weitere Befragungen bereit, falls sich neue Aspekte ergeben. Gibt es weitere Verdächtige?"

„Ja." Charlie zögerte mit ihrer Antwort. „Aber ich habe dazu eine weitere Frage." „Ja?" „Was ist mit einem DNA-Test? Haben Sie Gerdes dazu aufgefordert?"

„Ja, das haben wir. Er hat zugestimmt."

„Wirklich?", fragte Charlie überrascht.

„Ja, wirklich. Sie kennen selbst die schwache Aussagekraft. Da Gerdes den Geschlechtsverkehr mit Jessi Kramer bereits zugegeben hat, ist seine Vaterschaft natürlich möglich. Das macht ihn nicht automatisch zum Mörder. Zumal das Opfer eventuell mehrere Sexualkontakte parallel pflegte und dadurch mehrere Männer als Erzeuger infrage kommen. Aus diesem Grund war ihr vielleicht nicht einmal selbst bekannt, wer der Vater des Fötus war."

Dieser Argumentation musste Charlie sich anschließen.

„Also, haben Sie weitere Verdächtige?", wiederholte der Haftrichter seine Frage.

„Es gibt zwei weitere Personen, die ein Motiv haben", übernahm Knud und berichtete, was sie über Dörte Hinrichsen und Nicole Kramer wussten. „Darüber hinaus ist ebenfalls ein Raubmord möglich, leider mit einem unbekannten Täter, der keine Spuren hinterlassen hat."

Der Richter nickte. „Behalten Sie das im Hinterkopf und konzentrieren Sie sich auf die beiden Frauen. Mein Gott, eine Schülerin und die Mutter? Das ist wirklich ein außergewöhnlich delikater Fall. Ich brauche wohl nicht darauf hinweisen, wie vorsichtig Sie gegen Frau Kramer vorgehen müssen. Und die Schülerin ist ebenfalls minderjährig wie das Opfer? Nun ja, Sie sind beide erfahrene Ermittler. Halten Sie mich auf dem Laufenden."

Damit war die Besprechung beendet. Knud schien zufrieden, in seiner Annahme bestätigt worden zu sein. Immerhin schwieg er sich darüber aus, statt sie mit seinem Triumph zu piesacken.

Trotzdem plagten Charlie Zweifel. Was, wenn sich auch der Haftrichter täuschte?

Knud in St. Peter-Ording

Donnerstag, den 12. September

Knud fühlte sich in seiner Annahme bestätigt. Unterricht nur in Sport, vielleicht war es das, was ihn zum Stutzen gebracht hatte, ohne es näher benennen zu können. Gerne hätte er bereits auf der Rückfahrt von Husum nach St. Peter-Ording die weitere Vorgehensweise mit Charlotte besprochen, aber ganz offensichtlich brauchte sie Zeit, die vermeintliche Niederlage zu verdauen. Und obwohl der Rückschlag genauso als Teamleistung zu werten war wie die Ermittlungserfolge, war Knud sich ziemlich sicher, dass sie es persönlich nahm. Immerhin glaubte sie nach wie vor an Gerdes´ Täterschaft, während Knud schon länger Zweifel hegte.

Auch ihm war dabei nicht klar, wie sie endlich an handfeste Beweise kommen sollten. Natürlich wäre es ausgesprochen hilfreich, die Smartphones der beiden Opfer zu finden. Für Teenager waren die Geräte mehr als nur Telefone, sie ließen ihre gesamte Kommunikation darüber laufen, vermerkten ihre Termine und machten sich Notizen. Bestimmt gab es mindestens in einem der Handys Hinweise auf den Täter. Das war vermutlich der Grund, warum sie vom Tatort mitgenommen worden waren. Auch der Mörder hatte das vermutet.

Aber wie sollten sie sie finden? Der Bereich in den Dünen rund um den Tatort war von der Spurensicherung großräumig abgesucht worden. Weder die Telefone noch sonst irgendwelche Spuren waren gefunden worden. Das sprach für einen sehr umsichtigen Täter. Vermutlich waren die Handys der Opfer längst zerstört oder sorgfältig entsorgt worden. Daraus konnten sie keine Hinweise zur Aufklärung der Tat zu gewinnen.

Fiete hatte mit den Mobilanbietern Kontakt aufgenommen. Sowohl Jessi als auch Lukas hatten eine Cloud genutzt. Beide hatten dort Fotos gespeichert, die entsprechenden Zugänge waren der Kriminalpolizei zur Verfügung gestellt worden. Allerdings brachten sie keine neuen Erkenntnisse. Die Fotos aus Jessis Cloud waren überwiegend auf ihrem Instagram-Account veröffentlicht. Lukas hatte dort nur wenig gespeichert. Nichts davon brachte sie weiter.

Am Donnerstagmorgen saßen Charlotte, Knud und Fiete wieder zur Besprechung zusammen. Lilly hatte telefonisch vermeldet, es würde ihr viel besser gehen, aber die Kommissare wollten jede Ansteckung vermeiden und baten sie, einen weiteren Tag zu Hause zu bleiben.

Also brachten sie Fiete auf den neuesten Stand. Der Revierleiter zeigte sich erstaunt über die Entscheidung des Haftrichters.

„Ich würde gerne deine ehrliche Meinung dazu hören, Fiete", ließ Charlotte nicht locker.

„Wenn ich es richtig verstehe, geht es mehr um den Zweifel, der für den Angeklagten spricht. Was das angeht, muss ich ihm recht geben. Wir haben gegen keinen unserer Verdächtigen einen handfesten Beweis. Lediglich Motive und Indizien. Ach, das ist wirklich frustrierend!", zeigte er sich ungewohnt emotional.

„Was schlägst du vor, wie wir weiter vorgehen sollen? Ohne die verdammten Telefone haben wir einfach nichts in der Hand. Sollen wir Durchsuchungsbeschlüsse für das Haus von Nicole Kramer und die Wohnung von Patrick Gerdes beantragen?"

„Das habe ich bereits gemacht", erwiderte Fiete. „Die wurden abgelehnt, weil die Verdachtsmomente zu schwach sind."

„Und was ist mit Dörte Hinrichsen?"

„Das bekommen wir erst recht nicht durch. Die wohnt außerdem noch bei ihren Eltern. Wir können unmöglich deren gesamtes Haus durchsuchen, weil ihre Tochter in das männliche Mordopfer verliebt war und sie möglicherweise die Nebenbuhlerin mit dem Lehrer in einer pikanten Situation beobachtet hat. Das ist alles zu dünn!"

„Aber was sonst? Bringen uns erneute Verhöre weiter?", fragte Charlotte demotiviert. „Die können uns alle viel erzählen, was uns ebenfalls nicht weiterbringt." „Für den Moment haben wir wohl keine andere Wahl. Gerdes lassen wir vorerst in Ruhe. Die nächsten Tage setzen wir einen anderen Schwerpunkt. Ich habe für heute Nachmittag Dörte Hinrichsen zur Vernehmung einbestellt. Da sie minderjährig ist, kommt sie vermutlich in Begleitung eines Elternteils."

„Und was soll das bringen? Lilly hat bereits mit ihr gesprochen", entgegnete Charlotte.

„Ihr habt mehr Erfahrung und wir sind einige Schritte weiter, auch wenn es euch nicht so vorkommt. Versucht einfach mehr über sie und ihre Beziehung zu Lukas Wagner - und natürlich auch zu Jessi Kramer - herauszubekommen. Jedes kleine Detail kann uns weiterbringen, vielleicht sogar den Fall lösen."

„Dein Wort in Gottes Gehörgang", murmelte Charlotte. „Und was ist mit Nicole Kramer? Sollen wir sie ebenfalls noch einmal befragen?"

„Das entscheiden wir morgen, je nachdem, was wir von Dörte erfahren."

Charlotte schien mit der Vorgehensweise nicht zufrieden, nahm die Anordnung jedoch ohne Protest hin. „Was ist eigentlich mit Trulsen? Sonst geht er uns ständig auf den Geist, aber dieses Mal herrscht Totenstille. Ist er verreist oder führt er was im Schilde? Wann hast du ihn zuletzt gesprochen, Knud?"

„Gute Frage. Seit wir ihn gebeten haben, nochmal mit Nicole zu sprechen, hat er sich nicht mehr gemeldet. Das ist in der Tat etwas merkwürdig."

„Die beiden sind Kollegen und ein wenig befreundet. Vielleicht hat er etwas Belastendes über sie herausgefunden, was er uns nicht preisgeben will."

„In der Hoffnung, wir übersehen es und verhaften jemand anderes?"

„Ja, genau", bestätigte Charlotte.

Knud schüttelte den Kopf. „Das sähe ihm nicht ähnlich. Dafür ist er zu geradlinig. Außerdem hält er uns wohl kaum für dermaßen unfähig."

„Trotzdem ist diese Stille irgendwie unheimlich." Der Gedanke schien sie zu amüsieren und ihre Laune zu heben.

„Wenn man vom Teufel spricht", bemerkte Fiete trocken. „Da ist ja unser vermisster Hilfssheriff, in Begleitung von Nicole Kramer. Na, da bin ich aber gespannt, was die beiden uns zu berichten haben."

Charlotte und Knud folgten dem Blick des Revierleiters zur Tür. Tatsächlich betraten sie gerade das Revier. Nicole sah mitgenommen, aber gefasst aus. Torge hatte diesen triumphierenden Gesichtsausdruck, ganz so, als hätte er bahnbrechende Neuigkeiten im Gepäck.

„Moin!", begrüßte er die Kommissare freudestrahlend. „Lange nicht gesehen und gehört. Habt Ihr mich vergessen?"

Sollte Knud sich getäuscht haben? Wollte Torge lediglich Informationen in Erfahrung bringen? Aber warum kam er zusammen mit der Mutter des Opfers?

„Wie könnten wir dich vergessen?", stieg er auf Torges Geplänkel ein. „Aber wenn du mich fragst, siehst du so aus, als würdest du gleich platzen, wenn du uns nicht deine Neuigkeiten berichtest. Habe ich recht?"

Torge streckte sich, um ein wenig größer zu erscheinen. „So ist es! Ich bin davon überzeugt, einen Weg gefunden zu haben, wie Nicole entlastet werden kann. Deshalb habe ich sie mitgebracht."

Nicole Kramer lächelte zurückhaltend und leicht verlegen. „Moin in die Runde. Mir war gar nicht bewusst, unter Verdacht zu stehen. Ich war die letzten Tage bei Annegret und Torge. Sie haben mich ein wenig aufgepäppelt, allein in meinem Haus wäre ich wahnsinnig geworden. Ich kann es einfach nicht fassen, dass meine Jessi wirklich tot ist. Aber ich bin bereit, alles zu tun, was Ihnen helfen kann, den Mörder zu finden."

Knud nickte ihr freundlich zu. „Setzen Sie sich." Dann wandte er sich an Torge. „Also, raus mit der Sprache. Wie willst du sie entlasten?"

Ihr Hobbyermittler brannte tatsächlich darauf, den Kommissaren seine Theorie mitzuteilen. Er berichtete von dem Zeitpunkt, an dem Nicole Feierabend gemacht und schließlich ausgestempelt hatte und betonte dabei das kleine Zeitfenster, das ihr maximal für die Vorbereitung der Tat zur Verfügung stand. Als Nächstes brachte er die Überlegung mit der Spyware ins Spiel.

„Verstehe ich nicht", fiel Knud ihm sofort ins Wort. „Ich dachte, du wolltest deine Kollegin entlasten. Wieso glaubst du, die Überwachung des Handys ihrer Tochter würde sie belasten?"

„Du hast mich falsch verstanden, Knud! Ich gehe nicht von dem Einsatz einer solchen Software aus."

„Verstehe ich nicht!"

„Also nochmal langsam. Wenn Nicole so eine Software eingesetzt hätte, müsste diese auf ihrem eigenen Handy ebenfalls Spuren hinterlassen haben. Du kannst zwar alles löschen, aber in den Tiefen hinterlässt jede deinstallierte App trotzdem digitale Reste. Oder?"

„Das nehme ich an. Worauf willst du hinaus?"

„Ist das wirklich so schwer zu verstehen? Wir bringen euch Nicoles Handy zur technischen Untersuchung. Wenn eure Experten nichts darauf finden, ist sie entlastet." Torge strahlte wie ein Honigkuchenpferd in die Runde, während Nicole etwas eingeschüchtert wirkte und von der Argumentation nicht ganz überzeugt schien.

„Okay, das ist eine Möglichkeit", gab Knud zu. „Wir müssten das Gerät allerdings hierbehalten und in die KTU schicken. Das wird ein paar Tage dauern. Ist das für Sie in Ordnung?", wandte er sich direkt an Nicole Kramer.

„Ja, wenn es der Wahrheitsfindung dient, natürlich. Ich muss im Moment nicht erreichbar sein. Tatsächlich bin ich sogar ganz froh, wenn ich in Ruhe gelassen werde. In der *Weißen Düne* bin ich bis auf Weiteres freigestellt."

„Wie sind Sie auf diese Idee gekommen?", fragte Charlotte.

Torge druckste ein wenig herum, als ob er was verbergen wollte. „Tja, ehrlich gesagt war es der Einfall meiner Frau. Mich hat es ebenfalls überrascht, dass Annegret sich mit sowas auskennt. Und erspart mir bitte eure Witze. Mit unserer Ehe ist alles in Ordnung."

Charlotte grinste breit, verkniff sich jedoch eine entsprechende Bemerkung.

„Also gut, dann lassen wir das Handy untersuchen. Gibt es sonst etwas, das Sie uns mitteilen wollen?"

„Nein, ich fürchte, ansonsten kann ich nichts beitragen – außer Sie zu bitten, alles zu tun, was in Ihrer Macht steht, um den Täter zu überführen. Hier ist mein Telefon. Können wir jetzt wieder nach Hause fahren, Torge?"

„Einen Moment bitte, Frau Kramer", wagte Charlotte einen Vorstoß. „Wären Sie mit der freiwilligen Durchsuchung Ihres Hauses einverstanden?"

Nicole Kramer reagierte überrascht. „Was glauben Sie dort zu finden?"

„Das ist im Vorwege schwer zu sagen. Vielleicht hat Jessi etwas versteckt."

„Oder ich", ergänzte Nicole.

„Ja, oder Sie."

„Ich habe nichts zu verbergen", antwortete sie sofort. „Wenn ich ein paar weitere Tage bei euch bleiben darf, Torge ... es wäre mir lieber, so eine Durchsuchung nicht mitzuerleben. Ja, ich bin einverstanden, wenn Sie mir im Gegenzuge versprechen, umsichtig mit meinen Sachen umzugehen und das Haus so zu verlassen, wie Sie es vorfinden. Ich habe derzeit wirklich keine Kraft, ein mögliches Chaos zu beseitigen."

Nachdem Charlotte es versprochen hatte, überreichte Nicole ihr den Schlüssel.

Charlie in St. Peter-Ording

Donnerstag, den 12. September

Die Durchsuchung delegierten die Kommissare an die Spurensicherung. Sie sollten nicht nur nach den Handys und weiteren persönlichen Sachen der beiden Mordopfer fahnden, sondern das Haus außerdem nach Spuren aller Art durchsuchen. Es hörte sich ein wenig an, wie die viel zitierte Stecknadel im Heuhaufen, aber manchmal fand man genau dort einen zielführenden Hinweis, wo man es am wenigsten erwartete. Dazu konnten auch Haare, Fasern oder Fingerabdrücke gehören.

Charlie konzentrierte sich dagegen lieber auf die Befragung von Dörte Hinrichsen. Deren Mutter hatte zugesagt, zusammen mit ihrer Tochter um fünfzehn Uhr auf dem Revier zu erscheinen. Die Kommissare hatte sie im Glauben gelassen, dass es um eine Zeugenaussage ging. Vordergründig entsprach das der Wahrheit. Die Beobachtung in der Sporthalle sollte als Gesprächsauftakt dienen. Charlie und Knud wollten Details hinterfragen und auf diese Weise herausfinden, ob die Aussage authentisch war oder lediglich der Fantasie der Schülerin entsprang. Was auch immer sie damit bezwecken wollte.

Charlie ging es jedoch um mehr. Aufgrund ihrer verschmähten Liebe – oder Schwärmerei – zu Lukas Wagner gehörte Dörte Hinrichsen zum Kreis der Verdächtigen. So weit, so gut.

Während der Vorbereitung auf die Vernehmung schoss ihr jedoch ein weiterer Gedanken durch den Kopf: Wie hoch war die Wahrscheinlichkeit, dass sie Jessi und Gerdes gar nicht durch Zufall überrascht hatte? Vielleicht hatte sie die Nebenbuhlerin konsequent gestalkt, um herauszufinden, mit wem sie sich traf, ob Lukas der Einzige für sie war und was sie außerdem trieb.

Wenn sich das als richtig erwies, hatte Dörte vielleicht sogar den Mörder gesehen – oder war wütend genug über die Verbindung zwischen Jessi und ihrem Angebeteten gewesen, um die Kontrolle zu verlieren und am Ende sogar Lukas zu erstechen. Das setzte einen gewissen Vorsatz voraus. Die dumpfen Schläge auf die Hinterköpfe der Opfer konnten von einem Stein herrühren. Das Messer musste sie aber dabeigehabt haben. Wollte sie Jessi an diesem Abend ermorden? Löste das unbeschwerte Zusammensein des jungen alkoholisierten Paares, das möglicherweise kichernd in den Dünen zusammengekauert hatte, so viel Hass in der minderjährigen Schülerin aus, dass sie immer wieder zustach, bis beide Opfer starben?

Charlie versuchte sich das Szenario auszumalen. Dörte Hinrichsen, die Jessi mit ihrem Lover beobachtete, der eigentlich zu ihr gehören sollte, wie sie ausgelassen und vermeintlich glücklich durch die Dünen stromerten. Im sicheren Abstand dahinter, um nicht entdeckt zu werden, die eifersüchtige Dörte, deren Verletztheit und Wut auf die Nebenbuhlerin mit jedem Schritt zunahm. Wollte sie Jessi wirklich töten oder ihr lediglich Schmerzen und einen Denkzettel verpassen? Sollte auch Lukas durch einen Überfall zum Nachdenken kommen, auf wen er sich da eingelassen hatte? War die Sache irgendwie eskaliert? Hatte Dörte ihre Wut nicht mehr unter Kontrolle bekommen und immer wieder zugestochen, obwohl sie die beiden Mitschüler eigentlich gar nicht töten wollte?

Auch das war möglich. Charlie nahm sich fest vor, Dörtes Motivation zu klären. Vielleicht täuschte sie sich, aber in dem Fall konnte es sein, dass sie den Mörder beobachtet hatte. War sie bisher zu ängstlich gewesen, darüber zu sprechen? Aus der Befürchtung heraus, das nächste Opfer zu werden?

Hatte sie vielleicht sogar Patrick Gerdes beobachtet? Sie spürte das Kribbeln, das sich jedes Mal bemerkbar machte, wenn sich in einem Fall etwas Entscheidendes tat.

Endlich war es soweit. Fünfzehn Uhr. Hoffentlich erschienen Frau Hinrichsen und ihre Tochter pünktlich. Ihre Überlegungen behielt sie vorerst für sich, weil Knud diesen Fall anders einschätzte. Das kam in letzter Zeit öfters vor, ging ihr der Gedanke flüchtig durch den Kopf. Hatte das was zu bedeuten? Nun, damit würde sie sich später beschäftigen.

Ein Tumult auf dem Parkplatz vor dem Kommissariat weckte ihre Neugier. Ganz offensichtlich waren Mutter und Tochter eingetroffen, aber Dörte weigerte sich, aus dem Auto auszusteigen, was den Unmut von Frau Hinrichsen entfachte.

„Was soll denn dieses Theater, Dörte?", fragte sie ungeduldig. „Die Polizei will dich nur zu deiner Beobachtung befragen."

„Ich habe alles, was ich weiß, der jungen Kommissarin gesagt. Ich will da nicht reingehen."

„Oh doch, junges Fräulein, das wirst du. Ich bin ganz bestimmt nicht hierhergekommen, um mich lächerlich zu machen und wieder unverrichteter Dinge wegzufahren." „Du machst dich lächerlich? Kannst du immer nur an dich denken? Hier geht es um mich und ich sage NEIN!", motzte Dörte.

„Und wenn ich dich dort hineintrage, du wirst deine Aussage machen, um die die Polizei uns gebeten hat. Immerhin geht es um die Morde an deinen Mitschülern. Ist dir das völlig egal?" Auch Frau Hinrichsen wurde immer lauter.

Charlie überlegte, ob sie dem Ganzen ein Ende bereiten sollte, entschloss sich jedoch, noch einen Moment zu warten. Dieser Streit konnte mehr Informationen bringen als eine stundenlange Befragung.

„Ob mir das egal ist?" Dörtes Stimme überschlug sich. „Ob mir das egal ist? Tickst du nicht richtig? Ich habe Lukas geliebt! Wie sollte es mir egal sein, dass er brutal ermordet wurde?"

„So redest du nicht mit mir! Immerhin bin ich deine Mutter."

„Das ist mir im Moment scheißegal! Wenn Lukas nicht auf dieses Flittchen hereingefallen wäre, würde er noch leben. Und bestimmt hätte er seinen Fehler bemerkt und wäre zu mir zurückgekommen." Dörte brach in Tränen aus und sackte auf dem Beifahrersitz des Wagens zusammen.

Das schien ihre Mutter auf den Boden der Tatsachen zurückzubringen. Sie schloss die Tür, lief um den Wagen herum und setzte sich neben ihre Tochter. Charlie befürchtete schon, dass sie den Wagen starten und wegfahren würde, aber sie nahm Dörte einfach in den Arm und drückte sie. Was sie ihr sagte, konnte die Kommissarin nicht verstehen, aber es schien das Mädchen zu beruhigen. Nach einer Weile stiegen sie aus und betraten schließlich das Revier.

„Moin! Bitte entschuldigen Sie unseren Ausbruch. Bei meiner Tochter liegen die Nerven blank und das nimmt mich ebenfalls mit. Wir sind jetzt bereit, Ihre Fragen zu beantworten", erklärte Frau Hinrichsen.

Dörte nickte und blickte dabei etwas verschämt zu Boden.

„Kein Problem. Es handelt sich schließlich um eine Ausnahmesituation. Ich bin Kommissarin Charlotte Wiesinger und das ist mein Kollege Knud Petersen. Folgen Sie uns. Im Nebenraum können wir uns ungestört unterhalten."

Charlie brauchte einen Moment, um den Streit der Frauen zu verdauen, Dörte schien es ebenfalls so zu gehen. Also schenkte sie den Besucherinnen Wasser ein und wartete, bis sie sich gesammelt hatten.

„Okay", ergriff die Schülerin das Wort. „Was wollen Sie wissen? Eigentlich habe ich ja Lilly schon alles gesagt, was ich weiß."

So aufgewühlt, wie Dörte war, musste Charlie umsichtig vorgehen. Ansonsten bestand die Gefahr, dass die Schülerin einfach die Flucht ergriff, was die Kommissarin ihr nicht verdenken konnte. Inzwischen bereute sie, Knud nicht in ihre Gedanken eingeweiht zu haben, aber dafür war es nun zu spät. Sie fing seinen Blick auf und bat ihn stumm, die Befragung vorerst zu leiten. Er nickte fast unmerklich, was Charlie erleichtert zur Kenntnis nahm. Manchmal verstanden sie sich ohne Worte.

„Ja, das ist richtig. Allerdings haben wir seit deinem Gespräch mit Kommissarin Morgenroth neue Erkenntnisse gewonnen, die deine Aussage in ein neues Licht rücken. Bitte berichte uns deine Beobachtung nochmal so detailliert wie möglich."

„Meinetwegen." Es klang ein wenig mürrisch, aber Dörte begann trotzdem zu erzählen. Im Großen und Ganzen deckte sich ihre Geschichte mit der ersten Version.

Charlie überlegte fieberhaft, wie sie herausfinden konnte, ob Dörtes Anwesenheit in der Sporthalle wirklich ein Zufall war, oder ob sie Jessi wie vorhin vermutet, konsequent gestalkt hatte. Irgendwie musste sie sich über einen Umweg herantasten. Zwei Punkte hatte sie sich in Lillys Bericht angestrichen: Zum einen den Zeitablauf. Nach Dörtes Aussage war es drei Wochen beziehungsweise jetzt knapp vier Wochen her, eine Woche nach Ferienende. Wenn das stimmte, war Jessi vermutlich gleichzeitig mit Lukas und dem Lehrer intim gewesen. Zum anderen war ihr eine Bemerkung von Dörte besonders ins Auge gefallen. Sie hatte behauptet, dass es Jessi wohl einen doppelten Kick geben würde, wenn diese ihren Lehrer verführte und dabei angeglotzt wurde – so als hätte Jessi Dörtes Anwesenheit bemerkt. An diesem Punkt hatte Lilly nicht nachgehakt. Der konnte allerdings ausschlaggebend für die weitere Entwicklung der Ereignisse gewesen sein.

„In dem Gespräch mit Lilly", bewusst verzichtete Charlie auf die förmliche Bezeichnung der Kollegin, „hast du gesagt, dass es Jessi den Kick gibt, beim Sex mit eurem Lehrer beobachtet zu werden."

„Ja."

„Dörte, es ist ganz wichtig, jetzt die Wahrheit zu sagen. Hat Jessi dich bemerkt, als sie mit Gerdes intim war?"

„Dörte! Du hast was?" Frau Hinrichsens Reaktion kam verzögert, aber dafür umso heftiger.

Am liebsten hätte Charlie sie aus dem Raum verwiesen, aber das war aufgrund von Dörtes Minderjährigkeit nicht möglich. Trotzdem befürchtete sie, die aufgeregte Mutter könnte ihr in die Parade fallen. Würde sich Dörte daraufhin komplett verschließen?

Das Gegenteil war der Fall. „Ja, du meine Güte, Mutter! Nicht alle sind so verklemmt wie du und treiben es nur in der Dunkelheit." Ihr Gesicht nahm einen trotzigen Ausdruck an. „Ja, ich habe sie beobachtet. Irgendwie hat es mich fasziniert, wie unabhängig und schamlos sie war. Dabei wurde ich ein wenig unvorsichtig und habe meine Deckung verlassen. Nur für einen Moment, aber der hat ausgereicht, damit Jessi mich bemerkt."

„Wie hat sie reagiert?", fragte Charlie, während es Frau Hinrichsen die Sprache verschlug. Ganz offensichtlich kannte sie ihre Tochter so nicht.

„Sie hat mich angegrinst. Es gefiel ihr! Hundertpro."

„Und Gerdes? Hat er dich ebenfalls bemerkt?"

„Pfft. Nee, der hat echt gar nichts mitgekriegt, was um ihn rum passierte. Der war völlig hin und weg von Jessi und was sie mit ihm anstellte. Wenn Sie verstehen, was ich meine."

„Dörte!", war alles, was Frau Hinrichsen herausbrachte.

„Okay. Und habt Ihr später darüber gesprochen? Hast du sie zur Rede gestellt oder sie dich?"

„Nö. Wozu auch?"

„Aber sie hat sich parallel mit Lukas getroffen." Charlie fügte nichts hinzu und ließ die Worte wirken.

„Ja."

„Hat es dich geärgert?" Sie wusste die Antwort bereits durch den Streit auf dem Parkplatz, wollte es aber jetzt erneut zum Thema machen.

„Natürlich hat es das. Jessi konnte wirklich jeden haben – und sie nahm sich jeden. Manchmal habe ich mich gefragt, ob sie nur mit Lukas zusammen war, um mich zu verletzen. Weil ich in ihn verliebt war. Etwas, das sie nie empfand – egal, durch wie viele Betten sie hüpfte. Sie war ein Flittchen und sie war kalt. Es war ihr scheißegal, wie sehr sie mich damit verletzte, als sie sich Lukas schnappte. Und er hat nichts geschnallt. Nach einer Weile hätte sie ihn ohnehin wie einen abgenagten Knochen weggeworfen. Rene hat mit ihm darüber gesprochen, aber er wollte es einfach nicht wahrhaben. Sie war natürlich wesentlich interessanter, aufregender und schillernder als ich. Da konnte ich nicht mithalten."

„Sein Verhalten hat dich verletzt und wütend gemacht", fasste Charlie zusammen. Sie wollte herausfinden, ob sich Dörtes Wut auf Jessi konzentriert oder auf Lukas ausgeweitet hatte. Und hatte diese Wut ausgereicht, um sie zur Mörderin zu machen?

„Das können Sie laut sagen. Eine Zeitlang war ich wütend auf beide. Aber dann ist mir klar geworden, dass Lukas einfach zu schwach war, um ihr zu widerstehen. Er bekam von seinem Alten so viel Druck. Ich glaube, er brauchte dafür ein Ventil." „Und das konnte er bei dir nicht finden?", fragte Charlie behutsam.

„Ich weiß nicht. Vielleicht wollte er mich damit nicht belasten. Vielleicht war ich ihm auch einfach nicht aufregend genug", wiederholte Dörte.

Sie fingen an, sich im Kreis zu drehen. Charlie wollte unbedingt herausfinden, ob Dörte in der Mordnacht in der Nähe des Tatorts war – oder ob sich ihre Wut in dieser leidenschaftlichen Tat entladen hatte.

„Können wir eine kurze Pause machen?", fragte Dörte im gleichen Moment. „Ich muss mal aufs Klo."

Für Charlie eine gute Gelegenheit, sich mit Knud abzustimmen. Kurz überlegte sie, ob Dörte vielleicht abhauen wollte, verwarf den Gedanken aber.

„Natürlich. Treffen wir uns in einer Viertelstunde wieder hier."

Während sich Frau Hinrichsen die Beine vertrat, sprach Charlie Knud auf die Möglichkeit an, dass Jessi von Dörte gestalkt wurde. Knud begriff sofort die Tragweite des Gedankens.

„Das heißt, sie könnte entweder den Mörder gesehen oder selbst die Täterin sein und in der Abgeschiedenheit der Dünen ihre Gelegenheit erkannt haben, ungestraft davon zu kommen." Er stieß einen kurzen Pfiff aus. „Für uns bedeutet das vielleicht, kurz vor der Aufklärung dieses abscheulichen Falles zu stehen."

„So ist es", kommentierte Charlie knapp.

„Wie willst du vorgehen?"

„Ich habe keine Ahnung. Wenn ich es falsch angehe, bindet sie uns einen Bären auf, obwohl sie selbst die Täterin war."

„Oder sie macht dicht."

„Ja, oder das."

„Hhm. Schwierig. Da fällt mir spontan keine eindeutige Strategie ein", gab Knud unumwunden zu.

„Sehr hilfreich", murmelte Charlie, ohne es böse zu meinen.

„Immerhin hattest du die Idee bereits vor geraumer Zeit, für mich ist dieser Ansatz neu", verteidigte sich Knud.

„Schon gut, so war es nicht gemeint. Ich schwimme ja selbst und will es nicht kurz vor dem Ziel vermasseln."

„Das wirst du nicht. Ich halte mich zurück und greife nur ein, wenn ich eine zündende Idee habe. Ah, da kommen sie. Du schaffst das, Charlotte. Vertrau auf deine Erfahrung und deinen Instinkt."

„Okay, ich glaube, ich habe eine Idee. Auf geht´s."

Alle nahmen wieder ihre Plätze ein. Dörte knabberte nervös an einem Fingernagel, was ihrer Mutter ganz offensichtlich missfiel. Immerhin schaffte sie es jedoch, sich zurückzuhalten.

Erst hatte Charlie überlegt, ob sie Dörte direkt auf das mögliche Stalking ansprechen sollte, aber das würde das Mädchen wahrscheinlich nur wieder wütend machen. Sie musste alles auf eine Karte setzen und Dörte überrumpeln, auch wenn das komplett nach hinten losgehen konnte.

„Dörte, hat Jessi dich in der Mordnacht ebenfalls entdeckt, als du sie mit Lukas beobachtet hast?", fragte sie ohne Einleitung.

Dörtes Augen weiteten sich. „Woher wissen Sie, dass ich dort gewesen bin?"

Knud atmete hörbar aus, er hatte bei der Frage tatsächlich die Luft angehalten. Sie wechselten einen kurzen Blick, in seinen Augen sah sie Anerkennung.

Frau Hinrichsen brauchte einen Moment, um zu begreifen, was hinter der Frage ihrer Tochter stand. Dann flippte sie aus. „Dörte! Was ist überhaupt los mit dir? Hast du diese Jessi verfolgt? Oder den Jungen, der nichts von dir wissen wollte? Ist dir klar, in welche Gefahr du dich damit gebracht hast?"

Charlie wollte eingreifen, unterließ es aber. Vielleicht erfuhr sie auch dieses Mal mehr durch den direkten Dialog zwischen Mutter und Tochter.

„Hast du nicht zugehört, Mutter? Dieses Flittchen hat mir den einzigen Jungen weggeschnappt, der sich für mich interessiert hat. Für mich. Endlich mal. Und dann kommt sie, schnippt mit dem Finger und verdreht ihm den Kopf."

„Und das wolltest du verhindern?", fragte Frau Hinrichsen erschüttert.

„Verhindern? Quatsch! Wie sollte ich das verhindern? Dafür war es ja ohnehin zu spät. Nein! Ich wollte wissen, was die beiden zusammen machen. Ob sie lediglich einen Joint rauchen, was trinken oder ..."

„Oder ebenfalls ein intimes Verhältnis eingehen", beendete Charlie den Satz.

„Ja, genau."

„Erzähl uns von dem Abend, an dem die beiden starben", forderte die Kommissarin Dörte in sanftem Ton auf.

Es sollte sich so anhören, als ob sie Dörte als reine Zeugin betrachtete. So oder so musste Charlie sie jetzt mit viel Fingerspitzengefühl behandeln. Erneut hoffte sieauf die Zurückhaltung der Mutter, damit sie ihr nicht die Strategie verhagelte. Aus den Augenwinkeln sah sie, wie Knud ihr ein entsprechendes Zeichen gab. Sie verstand und nickte.

„Ich will nicht mehr daran denken", flüsterte Dörte.

„Das kann ich gut verstehen, aber es ist wichtig. Vielleicht können deine Beobachtungen uns auf die Fährte des Mörders von Jessi und Lukas führen."

„Es war wirklich furchtbar. Ich wollte doch nur wissen, was sie zusammen machen. Deshalb bin ich ihnen gefolgt. Sie hingen den Abend am Strand ab, tranken irgendwelchen Schnaps direkt aus der Flasche. Stillos. So war Lukas eigentlich nicht. Bestimmt hat er wieder irgendwelche Drogen genommen." Es klang verächtlich. „Aber wenn wir zusammengeblieben wären, hätte ich ihm geholfen, davon loszukommen. Das wollte er wirklich, wissen Sie?"

Charlie nickte.

„Irgendwann sind sie aufgestanden. Um nach Hause zu gehen, war es viel zu früh. Ich dachte, sie würden jetzt zu irgendeiner Location fahren, in der mir im Zweifel der Zutritt verwehrt wurde. Jessi war erst siebzehn, aber immer extrem aufgebrezelt. Jeder hielt sie für älter."

„Aber stattdessen sind sie in die Dünen gegangen."

„Ja, genau. Erst habe ich mich gewundert, weil es schließlich verboten ist, aber sowas hat Jessi nie gekümmert. Und Lukas wollte ihr natürlich imponieren und hat alles mitgemacht."

„Und du bist ihnen gefolgt."

„Ja, es war irgendwie merkwürdig. Eigentlich wollte ich gehen, aber ich wurde regelrecht hinterhergezogen. Ich musste einfach wissen, wie sie den Rest des Abends verbringen." „Und? Wie haben sie ihn verbracht?"

„Sie haben rumgemacht. Eigentlich wollte ich mir das nicht angucken, es hat so weh getan, aber ich konnte nicht anders."

„Hat Jessi dich wieder bemerkt?"

„Nein. Ich lag in gebührendem Abstand in einer Mulde und habe in ihre Richtung gestarrt. Wie hypnotisiert. Konnte weder den Blick abwenden noch mich wegbewegen. Auch nicht als die Frau erschien."

Charlies Konzentration hatte gerade ein wenig nachgelassen, aber bei diesem Satz war sie wieder voll da. „Welche Frau?"

„Die Frau, die Jessi und Lukas niedergeschlagen und erstochen hat. Ich hatte riesige Angst entdeckt zu werden, also habe ich mich ganz tief auf den Boden dieser Mulde gedrückt."

„Du bist Zeuge des Mordes gewesen und hast uns nichts davon berichtet?", fragte Charlie fassungslos.

„Ich hatte Angst, selbst verdächtigt zu werden." Dörte sprach leise, sie war kaum noch zu verstehen.

Ihre Mutter bekam vor lauter Erschütterung keinen Ton mehr heraus.

„Und es handelte sich ganz bestimmt um eine Frau?", fragte Charlie. Dörte nickte.

„Was macht dich so sicher? Hast du ihr Gesicht gesehen?"

„Nein. Sie war ganz in schwarz gekleidet und trug eine Maske, ebenfalls in Schwarz. Anfangs konnte ich sie in der beginnenden Dunkelheit gar nicht erkennen, erst als sie nahe bei Jessi und Lukas war und schließlich zuschlug. Ich wollte helfen, das müssen Sie mir glauben, aber ich war einfach starr vor Angst."

„Okay. Aber nochmal: Was macht dich so sicher, dass es sich um eine Frau handelte? Immerhin war es fast dunkel und du konntest sie nach eigenen Angaben kaum erkennen."

„Ja, das ist richtig. Aber es war die Art, wie sie sich bewegte. Das war ohne Zweifel eine Frau."

Torge in St. Peter-Ording

Über das Wochenende

Auf dem Rückweg nach Tating kämpfte Torge mit gemischten Gefühlen. Einerseits war er froh, mit Nicole zur Polizei gegangen zu sein, weil sie ja derzeit immerhin in seinem Haus wohnte und ihm diese Sache mit der Spyware einfach nicht aus dem Kopf ging. Andererseits hoffte er, dass die anstehende Durchsuchung sie nicht ins Verderben stürzen würde. Allerdings hatte Nicole darauf ganz entspannt reagiert, so als hätte sie nichts zu verbergen.

War sie wirklich unschuldig oder einfach clever genug, in ihrem eigenen Haus keine entsprechenden Spuren zu hinterlassen?

Torge war nicht in der Lage, dazu eine Entscheidung zu treffen, wollte aber unbedingt etwas zur Aufklärung des Falles beitragen und die Suche in den Dünen hinter den Premiumbungalows der *Weißen Düne* ließ ihm keine Ruhe. Wenn nur die geringste Chance bestand, irgendetwas zu finden, musste er sie einfach nutzen. Dabei brauchte es sich ja gar nicht um die Handys der Mordopfer zu handeln, die hatte der Täter vielleicht gar nicht oder in großer Entfernung ohne Zusammenhang mit dem Tatort entsorgt. In dem Fall konnte Torge sie unmöglich finden.

Oft genug entdeckte man aber etwas, mit dem man gar nicht rechnete. Darauf wollte er setzen, nach wie vor mit dem Ziel, Nicole zu entlasten.

Um bei diesem Unterfangen möglichst ungestört zu bleiben, musste er sich bis zum Eintritt der Dunkelheit gedulden. Die beiden Frauen hatten am Abend gemeinsam gekocht und Torge suchte nach einer Ausrede, warum er zu so später Stunde das Haus verlassen wollte. Meist durchschaute ihn seine Annegret ohnehin, wenn er anfing, ein Seemannsgarn zu spinnen.

„Was stocherst du so lustlos in deinem Essen herum, Torge?", fragte sie ihn prompt. „Schmeckt es dir nicht?"

„Doch, doch. Mir ist nur gerade etwas eingefallen, was ich gerne heute Abend erledigen würde."

„Natürlich! Dagegen habe ich nichts einzuwenden. Aber lass es nicht an dem Essen aus. Wir haben Zeit und Energie investiert und würden uns freuen, wenn du das würdigst." Annegret warf ihm einen verschwörerischen Blick zu. Sie hatte genau verstanden, worum es ging und ihm gerade eine Brücke gebaut.

„Geht klar!", antwortete er erleichtert und konnte endlich mit Appetit die Mahlzeit genießen.

Direkt im Anschluss setzte er sich in seinen betagten Kombi und fuhr nach St. Peter. So richtig dämmrig war es noch nicht, aber es hielt es einfach nicht mehr aus.

In der *Weißen Düne* angekommen, drehte er eine Runde durch die Ferienanlage, um sich abzulenken und die Zeit totzuschlagen. Er wollte auf keinen Fall zu früh mit der Suche beginnen. Immerhin kannte ihn hier fast jeder und er war sich seiner Verantwortung bewusst, mit gutem Beispiel voranzugehen. Keiner sollte ihm vorwerfen, seine Kontakte zur Polizei für Gesetzesübertretungen ausnutzen. Hoffentlich lief ihm Hansen nicht über den Weg. Der würde ihn unnötig im Schnack festhalten und vermuten, dass er einer heißen Spur folgte.

Endlich war es dunkel genug, um die Suche zu beginnen. Wie ein Dieb schlich sich Torge hinter den Bungalows vorbei in die Dünen. Er hatte sich extra schwarze Klamotten angezogen und holte jetzt eine ebenfalls schwarze Mütze aus der Tasche, um seine blonden Locken zu bedecken. Er wollte beim Tatort beginnen und schließlich schneckenförmig den Radius erweitern, um den Bereich möglichst flächendeckend abzusuchen.

Langsam und in gebückter Haltung suchte er den Boden ab. Nach einer Viertelstunde verspannte sich sein Nacken. Etwas später bekam er einen Wadenkrampf. Nur mit Mühe konnte er einen Schrei unterdrücken, als der Schmerz sich in seinem gesamten Unterschenkel ausbreitete und zu einem Tanz verleitete, der bestimmt total bekloppt aussah und durch den er außerdem seine Deckung riskierte. Stöhnend verlagerte er sein gesamtes Gewicht auf das verkrampfte Bein, bis der Schmerz schließlich nachließ.

So klappte es nicht! Er musste sich eine andere Strategie überlegen. Sollte er auf allen vieren durch die Dünen krabbeln? Allein die Vorstellung, dabei beobachtet zu werden, schickte eine heiße Welle der Verlegenheit durch seinen Körper. Aufgeben war allerdings keine Option. Unzufrieden ließ er sich auf seinen Mors fallen und guckte sich um. Dieser Platz sah aus, als hätte hier vor kurzem jemand anderes gesessen oder gelegen. Es handelte sich um eine Mulde, von der man den Tatort eigentlich ganz gut im Blick hatte, ohne selbst gesehen zu werden.

Eine Erkenntnis, die ihm bei näherer Betrachtung allerdings nichts nützte.

Wenigstens hatte sich seine Wade wieder entkrampft. Trotzdem brauchte er eine Idee, einen genialen Einfall, wie er weiter vorgehen sollte. Das hier führte irgendwie zu nichts. Leicht entmutigt ließ er auch den Oberkörper fallen und guckte dabei in die Sterne, als ob die ihm eine Antwort schicken würden. Er grub seine Hände in den warmen weichen Sand und atmete die frische Luft der hereinbrechenden Nacht tief in seine Lungen. Konnte Nicole wirklich ihre eigene Tochter ermordet haben?

Beim besten Willen wollte Torge daran nicht glauben. Gedankenverloren ließ er den Sand durch seine Finger rinnen, bis er plötzlich etwas Festes zu fassen bekam. Mit einem Ruck setzte er sich auf und versuchte im diffusen Licht zu erkennen, was er in der Hand hielt. Handelte es sich dabei lediglich um Müll oder hatte er quasi durch Zufall etwas gefunden, das vielleicht sogar mit dem Fall in Zusammenhang stand?

Es glitzerte. Aufgeregt schaltete er die Taschenlampe seines Smartphones ein und betrachtete den Gegenstand genauer. Ein Ohrring! Ein silberfarbener Stecker mit einem Stein, entweder ein kleiner Brilli oder einfach Strass. Den konnte natürlich eine Frau verloren haben, die ebenfalls ein Schäferstündchen hier verbracht hatte.

Oder die Täterin – was auf Nicole hinwies, wenn ihr das Gegenstück gehörte. Torge konnte sich nicht erinnern, solche Ohrringe bei ihr gesehen zu haben, aber das hatte nicht unbedingt was zu bedeuten. Sollte er sie fragen? Aber was, wenn sie wirklich die Täterin war?

Spontan war Torge nicht in der Lage, eine Entscheidung zu treffen. Bevor er einen Fehler oder sich selbst lächerlich machte, wollte er eine Nacht darüber schlafen. Jetzt war es ohnehin zu spät und das Wochenende stand vor der Tür. Vielleicht konnte er sich außerdem mit Annegret beraten.

Bestimmt reichte es aus, wenn er mit diesem Schmuckstück am Montag zu den Kommissaren fuhr. Und möglicherweise gab es gar keinen Zusammenhang mit dem Mordfall. Richtig wohl fühlte er sich mit dieser Verzögerung nicht, aber er musste unbedingt erst seine Gedanken sortieren.

Er suchte eine weitere Stunde, fand aber sonst nichts. Müde und nach wie vor unentschlossen fuhr er wieder nach Hause.

Das gesamte Wochenende war Torge innerlich zerrissen und schlief dementsprechend schlecht. Einige Male nahm er Anlauf, um mit Annegret zu sprechen, aber irgendetwas hielt ihn zurück. Auf keinen Fall wollte er sie unnötig beunruhigen. Immerhin war es möglich, dass der Ohrring wirklich Nicole gehörte und sie als Mörderin am Tatort entlarvte.

Torge überlegte sogar, ob er die trauernde Mutter bitten sollte, wieder in ihr eigenes Haus zurückzukehren, hielt das jedoch für übertrieben. Annegret und er schwebten nicht in Gefahr, davon war er bei aller Unsicherheit überzeugt.

Am Montagmorgen hielt er es nicht mehr aus. Noch vor der Arbeit fuhr er zum Revier, um endlich mit den Kommissaren zu sprechen. Da Knud dort meist sehr früh anzutreffen war, verzichtete Torge sogar auf einen Anruf.

Überraschenderweise waren bereits alle bei der Arbeit, als Torge das Kommissariat betrat. Sie saßen rund um den Besprechungstisch. Es schien etwas Neues zu geben.

„Moin!", begrüßte er sie bereits von Weitem. „Habe ich was verpasst?"

„Moin, du alter Schwerenöter. Das ist immer deine größte Sorge, oder? Wir dachten, du bist dieses Mal nicht dabei, weil du dich um Nicole Kramer kümmerst", erklärte Knud todernst, worauf Torge prompt hereinfiel.

„Wie kommt Ihr denn darauf? Ihr wisst doch ganz genau ... ja, veräpple mich nur! Mit dem alten Torge kannst du es ja machen."

Knud grinste von einem Ohr zum anderen. „Also, was führt dich zu so früher Stunde hierher?"

„Hhm, ich habe was gefunden, bin mir aber nicht sicher, ob es überhaupt etwas mit dem Fall zu tun hat", erklärte Torge zurückhaltender, als es normalerweise seine Art war.

„Erzähl es uns, vielleicht können sogar wir mal helfen."

Torge zog eine Grimasse. „Also gut, hört zu." Derart aufgefordert gab es kein Halten mehr. Torge berichtete von seinem abendlichen Ausflug, dem Fund des Ohrrings in der Mulde in sicherer Entfernung zum Tatort und seiner Befürchtung, Nicole könnte ihn am Mordabend dort verloren haben.

„Eine Mulde mit bestem Blick zum Tatort, ohne selbst gesehen zu werden?", fragte Kommissarin Wiesinger.

„Ja, so ungefähr. Eine Mulde, davor quasi eine Düne als Sichtschutz zum Tatort", bestätigte Torge.

Die Kommissare wechselten einen Blick. Auch Lilly Morgenroth war wieder mit an Bord und wirkte aufgeregt.

„Was? Nun sagt schon! Was habe ich verpasst?", schätzte Torge die Situation richtig ein.

„Wir haben eine Augenzeugin", erklärte Knud.

„Eine Augenzeugin für den Mord?" Torge konnte es nicht fassen. Hatte sein Fund etwa damit zu tun?

„Ja, zumindest behauptet sie das. Wir haben gerade die Glaubwürdigkeit der Aussage diskutiert. Immerhin stand sie ebenfalls auf unserer Liste der Verdächtigen."

Torge raufte sich die blonden Locken. Wie es aussah, hatte er einiges verpasst. „Verstehe ich nicht", gab er offen zu.

„Zeigen Sie mal den Ohrring", forderte Kommissarin Wiesinger ihn auf. „Und bei Nicole Kramer haben Sie den nie gesehen?"

„Nee, aber das hat nur bedingt was zu heißen. Auf sowas achte ich nicht so sehr."

„Trägt sie überhaupt Ohrringe?"

„Hhm, weiß ich nicht genau."

„Wenn Dörte den anderen hat, würde es zu ihrer Aussage passen", gab Lilly Morgenroth zu bedenken. „Allerdings kann es sich natürlich genauso um einen Zufallsfund handeln, der gar nichts mit dem Fall zu tun hat."

„Optimistin", murmelte Charlotte Wiesinger.

„Ich bin nur kritisch", grinste Kommissarin Morgenroth. „Aber das ist schnell geklärt. Ich rufe Dörte einfach an und frage sie. Wenn sie einen Ohrring vermisst, soll sie uns ein Foto schicken. Dann sehen wir ja, ob er passt."

„Und wie kommt Ihr an diese Aussage?", fragte Torge.

„Wir haben sie vorgeladen, weil sie bereits eine andere Zeugenaussage gemacht hat", antwortete Knud. „Worauf willst du hinaus?"

„Na ja, ich will ja nicht eure Begeisterung zerstören, aber möglicherweise hat sie dort gelegen, um einen günstigen Moment abzuwarten, an dem sie selbst zuschlagen konnte."

„Was im Übrigen genauso für Nicole Kramer gilt", bemerkte Lilly Morgenroth. „Tja, da drehen wir uns wohl im Kreis. Ich rufe Dörte an, vielleicht bringt uns das weiter."

Nach kurzem Telefonat nickte sie in die Runde. „Bingo, sie hat einen Ohrring verloren und schickt uns gleich ein Bild."

„Das entlastet sie trotzdem nicht", fasste Charlotte Wiesinger zusammen.

„Hhm, Moment." Kommissarin Morgenroth starrte auf ihr Handy. „Da ist das Gegenstück. Ja, tatsächlich. Wie haben Sie den nur gefunden, Trulsen? So weit, so gut", fügte sie ohne eine Antwort abzuwarten hinzu. „Und was machen wir nun?"

„Vielleicht ergibt die Durchsuchung von Nicoles Haus was Neues."

„Die Handys scheinen sie nicht gefunden zu haben, das wüssten wir bereits. Und ob dieses Fasergedöns uns weiterbringt. Jessi war ohnehin mehr unterwegs als zu Hause. Das scheint genauso eine Sackgasse zu sein."

Charlie in St. Peter-Ording

Montag, den 16. September

Plötzlich war es still geworden. Irgendwie schien alles gesagt und trotzdem gab es keine eindeutige Lösung. Die Aussage von Dörte Hinrichsen, die anfangs wie der Durchbruch wirkte, löste sich in ihrer Eindeutigkeit wieder in Wohlgefallen auf.

Charlie griff nach ihrem Kaffeepott. Koffein half ihr beim Denken, aber dieser Fall war wirklich verzwickt. Ja, Dörte hatte möglicherweise als Augenzeugin eine Frau beobachtet, aber genauso gut konnte es sich um einen Mann handeln, was auch immer sie mit einer derartigen Lüge bezwecken wollte. Außerdem konnte sie sich getäuscht haben oder war sie am Ende selbst die Frau gewesen und ihre Aussage war lediglich ein Ablenkungsmanöver? Andererseits entsprach ihre Beobachtung, was das Techtelmechtel zwischen Jessi und Gerdes betraf, der Wahrheit. Wäre es da nicht logischer gewesen, ihn zu belasten?

Sie nahm einen großen Schluck, aber das brachte sie nicht weiter. Sie drehten sich im Kreis und Charlie hatte keine Ahnung, wie sie nun weiter vorgehen sollte.

Nochmal Nicole Kramer verhören? Ihr die Tat auf den Kopf zusagen? Wenn sich das als falsch erwies, hatten sie eine trauernde Mutter umsonst zusätzlich traumatisiert. Nein, ohne einen Beweis oder zumindest einen Haufen Indizien war das einfach unmöglich.

Während alle ihren Gedanken nachhingen, öffnete sich erneut die Tür und ein Mann erschien auf dem Revier. Charlie nahm ihn lediglich aus den Augenwinkeln wahr und verspürte bereits aufsteigenden Unmut über die Störung, als Knud ihn begrüßte.

„Herr Gerdes! Moin! Das ist ja eine Überraschung. Was können wir für Sie tun?"

Zögernd kam er näher, schien unsicher zu sein. „Moin. Ähm, ich würde Sie gerne sprechen."

„Ja, gerne. Worum geht es?"

Wollte Patrick Gerdes etwa ein Geständnis ablegen? War dem sonst so idealistischem Lehrer die ganze Angelegenheit über den Kopf gewachsen? Wollte er nun sein Gewissen erleichtern? Das wäre fast zu schön, um wahr zu sein.

„Ähm, ich möchte eine Aussage machen."

„Ja?"

„Es geht um den Mordfall, in dem Sie ermitteln. Jessi und Lukas. Ich glaube, ich kann etwas zur Aufklärung beitragen." Gerdes wurde immer leiser und schien sich in seiner Haut alles andere als wohlzufühlen.

Würde er sich gleich selbst belasten?

„Gut, nehmen Sie Platz", forderte Knud ihn auf.

Gerdes blickte sich um, als wollte er unerwünschte Zuhörer ausschließen. „Okay." Er setzte sich und griff in eine mitgebrachte Tasche. Langsam holte er zwei Mobiltelefone heraus und legte sie auf den Tisch. Er guckte Knud direkt in die Augen, dabei wirkte er traurig und erschöpft. „Die habe ich in unserer Wohnung gefunden." Er stockte, holte einmal tief Luft und ergänzte: „Dieses hier gehört Jessi, das weiß ich sicher." Es war rot und hatte einen Aufkleber auf der Rückseite, der ein abstraktes Muster zeigte. „Sehen Sie diese Kratzer hier unten im Display? Jessi hat sich sehr darüber aufgeregt, weil es kurz nach der Anschaffung passiert ist."

Charlie reckte sich vor, um einen Blick darauf zu erhaschen. Noch verstand sie nicht, worauf die Sache hinauslief. Was meinte er damit, er hätte die Smartphones in seiner Wohnung gefunden?

Und dann traf die Erkenntnis sie mit voller Wucht. Belastete Gerdes gerade seine Lebensgefährtin Sandra Müller? War das ein Winkelzug, um seinen eigenen Kopf endgültig aus der Schlinge zu ziehen? Oder hatte Sandra Müller Jessi aus Eifersucht getötet? In dem Fall war Lukas einfach nur zur falschen Zeit am falschen Ort gewesen. Aber würde Patrick Gerdes wirklich seine schwangere Partnerin ans Messer liefern, um sich selbst zu entlasten?

Charlie musste sich zurückhalten, um ihn nicht mit tausend Fragen gleichzeitig zu bestürmen.

„Was meinen Sie damit: Sie haben die Telefone in ihrer Wohnung gefunden?", fragte Knud wie üblich in ruhigem Tonfall.

„Ich weiß, es klingt unglaublich." Gerdes versagte die Stimme. Er räusperte sich. „Ich kann es genau genommen nicht glauben, aber ... ich beschuldige meine Partnerin Sandra Müller des Mordes oder der Mordbeteiligung an Jessi Kramer und Lukas Wagner."

Lilly stieß einen Pfiff aus und schlug sich verlegen mit der Hand auf den Mund. Auch wenn die Reaktion unangemessen war, konnte Charlie sie verstehen. Das war wirklich ein Knaller. Nun kam es auf die Fakten an, die Gerdes dazu präsentierte. Konnten sie ihm glauben?

Erneut räusperte er sich. „Kann ich vielleicht ein Glas Wasser haben?"

„Natürlich." Knud nahm ein Glas von der Mitte des Tisches, drehte es um und schenkte ihm ein.

„Danke." Er trank in gierigen Schlucken. „Wie Sie sich vorstellen können, stehe ich selbst unter Schock, kann es kaum begreifen. Vielleicht denken Sie, dass ich mich auf diese Weise reinwaschen will, aber so ist es nicht. Damit Sie alles verstehen, muss ich wohl ein wenig ausholen."

Knud nickte. „Bitte. Wir sind ganz Ohr."

„Es ist einige Wochen her, da habe ich durch Zufall einen positiven Schwangerschaftstest von Sandra gefunden."

„Durch Zufall?", rutschte es Charlie heraus.

„Tja, Sie können es genauso Schicksal nennen. Ich hatte an dem Tag grässliche Kopfschmerzen und in unserem Medizinschränkchen fand ich keine Tabletten. Sandra bewahrt immer welche in ihrer Nachttischschublade auf, also schaute ich dort hinein."

„Und Sie fanden einen benutzten Schwangerschaftstest."

„Ja. Ich war wie vor den Kopf geschlagen", antwortete Gerdes.

„Weil sie es Ihnen nicht sofort mitteilte?", fragte Charlie.

„Das auch. Aber es steckt mehr dahinter." Eine leichte Röte zog über Gerdes´ Gesicht. „Ich bin zeugungsunfähig."

Lilly sah aus, als würde sie gleich nochmal pfeifen. „Sie hat Sie betrogen", stellte sie stattdessen fest.

„Ja." „War das vor Ihrer Affäre mit Jessi oder danach?"

„Davor. Ich bin Sandra bis dahin immer treu gewesen – und ich bin umgekehrt genauso davon ausgegangen. Gut, wir hatten Probleme. Insbesondere unser unerfüllter Kinderwunsch war eine Belastung für unsere Beziehung."

„Haben Sie sich deswegen testen lassen? Um Klarheit zu erlangen?"

„Ja, genau. So war es. Sandra sträubte sich gegen diese Untersuchungen, aber nach jahrelangem Hoffen mit anschließender Enttäuschung wollte ich endlich Gewissheit", erklärte Gerdes.

„Und haben Sie Ihrer Partnerin das Ergebnis mitgeteilt?", fragte Charlie weiter.

„Nein, das habe ich nicht übers Herz gebracht. Es hätte ihre Hoffnung zerstört. Außerdem wollte sie ja keine Tests."

„Hatten Sie außerdem Angst, Sandra Sie daraufhin verlassen?"

„Ja. Gleichzeitig habe ich gehofft, das Problem – wie ich es mal nennen will - würde sich mit der Zeit von selbst erledigen. Immerhin sind wir beide Mitte vierzig."

„Stattdessen entdeckten Sie den positiven Test und damit die Lüge, die Sandra vorerst für sich behielt."

Gerdes nickte bestätigend. „Ja, ich war enttäuscht. Und traurig. Natürlich habe ich mich gefragt, was nun passieren würde. Wollte sie mich verlassen oder mir das Kind eines anderen unterschieben? Am liebsten hätte ich sie sofort damit konfrontiert, aber ich entschied mich abzuwarten, wie sie sich verhalten würde."

„Und? Was passierte?"

„Nichts. Sie schwieg. Ich war verletzt, schlief schlecht und wurde immer unkonzentrierter – die perfekte Basis für einen heftigen Streit. Ein paar Tage später eskalierte die Lage. Es ging nicht um diese Sache, sondern irgendetwas Belangloses. Ich war am Ende meiner Kräfte. Mein Vertrauen hatte einen solchen

Knacks bekommen, ich wollte mich nicht weiter auseinandersetzen. Ich wollte einfach nur weg."

„Sie wollten Ihre Partnerin verlassen?"

„Nein, so weit würde ich nicht gehen. Aber ich war wütend, verletzt und traurig. Fühlte mich unverstanden, eben das ganze Programm. Ich stieg in mein Auto und fuhr nach Husum, um Abstand zu gewinnen. Außerdem liebe ich die Atmosphäre dort am Hafen. Die bringt mich meistens wieder runter, wenn ich mich geärgert habe."

„Und was passierte dann?"

„Ich spazierte eine Weile draußen herum und landete schließlich in einer Bar. Dort traf ich Jessi. Es wäre besser gewesen, wenn ich gleich kehrtgemacht hätte. Ich kannte ihren Ruf und ich war in dieser Stimmung äußerst anfällig für ihre Reize. Hinterher ist man immer schlauer." Betrübt legte er eine Pause ein. „Sie war ebenfalls alleine dort. Ihre Verabredung hatte sie versetzt, wodurch sie alles daransetzte, ihr Selbstbewusstsein aufzupolieren. Schicksalhafte Begegnung", murmelte er. „Wir haben den Abend mit reichlich Alkohol verbracht. Wirklich ein blöder Fehler!" Gerdes ging hart mich sich ins Gericht und schien es ehrlich zu meinen. „Vielleicht denken Sie, dass ich Sandra eine Retourkutsche verpassen wollte. Aber das war nicht der Grund für unsere Affäre, die an diesem Abend begann. Es tat mir einfach gut. Keine Verpflichtung, keine Probleme, keine Verantwortung. Alles andere habe ich ausgeblendet. Und Sie müssen mir glauben: Ich bin wirklich von Jessis Volljährigkeit ausgegangen."

Charlie nickte. „Haben Sie Sandra von Ihrem Techtelmechtel erzählt?"

„Um Gottes willen! Nein! Das hätte alles weiter verkompliziert."

„Und hat sie Ihnen von der Schwangerschaft berichtet?"

„Ja, das hat sie. Halb gezwungenermaßen. Es ging um Alkohol, den sie plötzlich nicht mehr trinken wollte. Ich bin ungeduldig geworden, da hat sie es mir schließlich offenbart. Dabei tat sie so, als wäre es mein Kind. Bisher weiß ich nichts über den Hintergrund der Zeugung. Vielleicht hatte sie ja einen Samenspender. Darauf kommt es mir gar nicht mehr an. Schlimm sind einfach die Lügen und das zerstörte Vertrauen. In den letzten Monaten haben wir einfach viel zu wenig miteinander gesprochen."

„Wie sind Sie auf die Idee gekommen, dass Sandra hinter den Morden an Jessi und Lukas stecken könnte? Die eigene Partnerin zu verdächtigen, ist starker Tobak", erklärte Charlie. Noch war sie nicht überzeugt. Bestimmt sagte Gerdes soweit die Wahrheit, aber als Täter war er dadurch nicht entlastet.

„Ja, das ist richtig und es fällt mir nach wie vor schwer. Sandra verhielt sich in letzter Zeit anders als sonst. Zuerst habe ich das auf die Schwangerschaft geschoben. Leichte Reizbarkeit, ständige Unruhe ... ich weiß nicht, wie ich es sonst ausdrücken soll. Sie war einfach nicht mehr sie selbst. Wenn man einen Menschen so lange kennt, spürt man es einfach. In den letzten zwei, drei Wochen wurde es immer schlimmer. Irgendwann keimte ein Verdacht. Erst war es nur ein Gedanke, der mir durch den Kopf blitzte und den ich schnell wieder verscheucht habe. Schließlich habe ich ihn zugelassen und alles zusammengetragen, was mir merkwürdig vorkam."

„Konnten Sie es auf den Zeitpunkt der Morde zurückführen?"

Patrick Gerdes nickte. „Genau das habe ich versucht. Angefangen mit dem Abend, an dem die beiden sterben mussten. Dabei kam mir in den Sinn, wie Sandra mir für diesen Abend ein Alibi konstruiert hat."

„Wie meinen Sie das?"

„Ich war an dem Mordabend erst viel später zu Hause, als ich Ihnen in der Befragung gesagt habe. Ich möchte mich für diese

Lüge in aller Form entschuldigen. Das ist nicht besonders vertrauenserweckend, ich weiß. Ich möchte es Ihnen jetzt erklären: Die Affäre mit Jessi begann am Anfang der Ferien. Wenn ich mit ihr zusammen war, genoss ich die Leichtigkeit und Lebensfreude. Sobald ich wieder nach Hause fuhr, kam ich damit allerdings überhaupt nicht klar. Trotzdem gelang es mir nicht, mich von ihr zu lösen. Ich suchte mir also psychologische Betreuung. Eine Frau, die als Coach und Therapeutin arbeitet. Mit ihrer Unterstützung wollte ich mein Leben analysieren und wieder neu ordnen."

„Wusste Ihre Partnerin davon?"

„Nein. Das war etwas, was ich für mich brauchte und mit mir ausmachen musste. Am Mordabend war ich bei ihr."

„An einem Samstag?", fragte Charlie überrascht.

„Ja. Das klingt ungewöhnlich, aber ich hatte an dem Tag eine Krise und habe spontan eine Stunde bei ihr gebucht."

„Also gut. In welcher Zeit waren Sie wo genau?"

„In Husum. Sie hat ihre Praxis in Husum. Wir haben uns um halb acht getroffen. Vorher habe ich am Hafen einen Teller Pasta gegessen."

„Bar oder mit Karte bezahlt?"

„Mit Karte."

„Okay. Die Sitzung dauerte bis halb neun und Ihr Coach kann das bezeugen."

„Natürlich", bestätigte Gerdes.

„Und danach?"

„Bin ich wieder spazieren gegangen, am Hafen. Diese Stunden sind immer sehr intensiv, ich brauchte frische Luft. Vielleicht eine halbe Stunde, dann bin ich nach Tönning zurückgefahren. Auf halber Strecke habe ich getankt."

Wie praktisch. Daraus ergaben sich ein lückenloses Alibi und die Frage, warum er diese Fakten nicht gleich der Polizei berichtet hatte. Charlie hakte nach.

„Es war mir peinlich. Ich wollte keine Details offenbaren und hatte Angst, dass es mir als Schwäche ausgelegt wird. Ich bin einfach davon ausgegangen, nicht zu den Mordverdächtigen zu gehören. Später konnte ich meine Geschichte schlecht ändern."

„Und getankt haben Sie ebenfalls mit Karte?"

„Ja, ich zahle fast alles damit, finde ich praktischer als Bargeld."

„Sie haben sich also gefragt, ob Sandra nicht Ihnen ein Alibi gegeben hatte, sondern umgekehrt eins von Ihnen wollte?", führte Charlie die Befragung fort.

„So ist es. Der Gedanke setzte sich immer mehr in meinem Kopf fest und ließ mir keine Ruhe. Letztes Wochenende war sie mit einer Freundin zum Wellness, da habe ich die gesamte Wohnung durchsucht."

„Und die Handys von Jessi und Lukas gefunden."

Patrick Gerdes nickte. Er wirkte erschöpft und um Jahre gealtert. „Das konnte ich nicht für mich behalten. Ich musste einfach zu Ihnen kommen."

Knud in St. Peter-Ording

Montag, den 16. September

Und dann ging alles sehr schnell. Der Richter stellte aufgrund der neuen Fakten umgehend einen Haftbefehl aus. Sandra Müller wurde festgenommen und zur Vernehmung aufs Revier gebracht. Sie wirkte keineswegs überrascht, sondern sehr gefasst. Mit geradem Rücken und hoch erhobenen Hauptes saß sie den Kommissaren gegenüber. Das freundliche Lächeln, das sie bei ihrem ersten Gespräch auf den Lippen hatte, war verschwunden.

Charlotte konfrontierte sie mit dem Vorwurf und las ihr die Rechte vor. „Wollen Sie wirklich auf einen Anwalt verzichten?"

„Ja. Ein Anwalt kann mich vor Gericht verteidigen, wenn es zu einer Anklage kommen sollte." Entweder nahm sie die Lage nicht ernst oder sie hatte ein Ass im Ärmel, von dem die

Kommissare nichts wussten. Vielleicht hoffte sie, aufgrund der Schwangerschaft von der Haft verschont zu werden. Aus Erfahrung wusste Knud, wie schlecht die Chancen dafür standen.

„Wie Sie wünschen. Wussten Sie von der Affäre zwischen Jessi Kramer und Ihrem Partner?", feuerte Charlotte die erste Frage ab.

Sandra Müller verlor für einen Moment ihre gerade Haltung, bekam sich allerdings schnell wieder unter Kontrolle. Ganz offensichtlich hatte sie mit einem softeren Einstieg gerechnet.

„Ja, ich wusste davon." Es wirkte trotzig.

„Wie haben Sie es in Erfahrung gebracht?", fragte Charlotte weiter.

„Er hat es mir erzählt", antwortete sie prompt.

„Nein, das hat er nicht. Es ist übrigens sinnlos, zu lügen. Wir bekommen die Wahrheit ohnehin heraus."

„Also gut. Ich habe einen Privatdetektiv beauftragt. Patrick fuhr angeblich in den Ferien zur Schule, das hatte er in all den Jahren nie gemacht. Außerdem traf er sich abends mit Kollegen und Freunden. Viel häufiger als üblich." Sie zuckte mit den Schultern. „Ich wollte Klarheit und war es leid, mir irgendwelche Ausreden anzuhören. Also habe ich ihn beschatten lassen."

Charlotte und Knud wechselten einen Blick.

„Tja, da staunen Sie! Ich lasse mir nicht alles gefallen. Schon gar nicht von einem Mann." Es klang abfällig und gleichzeitig verletzt.

„Haben Sie sich vor der Affäre Ihres Partners nicht selbst längst auf einen anderen Mann eingelassen?" Das war Mutmaßung, genauso gut konnte die Schwangerschaft im Reagenzglas gezeugt worden sein, aber weder Charlotte noch Knud glaubten daran.

Sandra Müller kniff die Augen zusammen und musterte sie wie ein ekliges Insekt. „Wie meinen Sie das?"

„Patrick Gerdes ist nicht der Vater Ihres Kindes", erwiderte sie.

Gerdes hatte sein Einverständnis gegeben, diesen Aspekt in dem Verhör mit seiner Lebensgefährtin anzusprechen.

„Tatsächlich?" Sandra Müller schien verunsichert. „Und was macht Sie da so sicher?"

Charlotte erklärte es ihr.

„Das Schwein hat sich sterilisieren lassen?"

Knud war insgeheim erschrocken über die respektlose Ausdrucksweise, ließ sich jedoch nichts anmerken.

„Nein, davon hat er nichts gesagt. Im Gegenteil. Er wollte genauso wie Sie gerne eine Familie gründen und war enttäuscht über seine Zeugungsunfähigkeit."

„Dann war die kleine süße Schlampe gar nicht von ihm schwanger?" Sandra verfiel in hysterisches Lachen.

„Nein."

„Was für eine Ironie!"

„Ich verstehe trotzdem nicht, warum Sie sich über die Liaison Ihres Partners aufregen, wenn Sie ihm selbst untreu waren."

„Ach, dieser einmalige Ausrutscher hat überhaupt nichts zu bedeuten. Ein Fauxpas bei einer Betriebsfeier. Der Klassiker. Nachdem ich jahrelang nicht schwanger geworden bin, habe ich nicht verhütet. Es war ohnehin zu viel Alkohol im Spiel, um sich darüber Gedanken zu machen. Und im Alter von Mitte vierzig ... wer konnte damit rechnen? Heimlich hegte ich die Hoffnung, es könnte trotz der zahlreichen Fehlversuche von Patrick sein. Allerdings habe ich befürchtet, dass er unfruchtbar ist. Zumindest seit ich schwanger war. Sonst hätte es ja genauso gut an mir liegen können." „Warum haben Sie sich keine Gewissheit verschafft?"

„Das wäre einfach zu demütigend gewesen."

Knud fand die Ansichten der Frau verwirrend und wenig nachvollziehbar.

„Sie hatten also jede Menge Zweifel, wollten aber Ihrem Partner das Kind eines anderen unterschieben." Charlotte guckte der Frau herausfordernd direkt in die Augen. Keine Frage, sie wollte, dass Sandra Müller durch die Provokation die Fassung verlor. Nicht selten führte das zu einem Geständnis.

„Unterschieben! Wie das klingt! Wir wünschten uns schon ewig eine eigene Familie. Und ja, wir hatten Probleme. Vielleicht, weil es einfach nicht klappte. Nun waren wir am Ziel. Alles andere war nebensächlich."

„Bis Jessi auftauchte und Patrick sich auf sie einließ."

„Die war doch viel zu jung für ihn. Klassische Midlife-Crisis. Eine Weile dachte ich, das würde sich ohnehin totlaufen. Was sollte er sich mit so einer Göre zu sagen haben? Ich dachte, er tobt sich sexuell ein bisschen aus und dann kommt er zu mir zurück – insbesondere, wenn er von unserem Familienzuwachs hört. Als ich jedoch erfuhr, dass sie ebenfalls schwanger war, bekam ich Panik. Noch dazu eine Schülerin! Ich musste ihn schützen - ich musste unsere kleine Familie schützen."

„Wie haben Sie überhaupt von Jessis Schwangerschaft erfahren?"

Für einen Moment blitzte die Überheblichkeit aus ihren Augen, dann schien sie sich wieder ihrer Situation bewusst zu werden. „Mein Privatdetektiv verstand sein Handwerk."

Nichts von dem, was Sandra Müller berichtete, klang logisch. Sie hatte sich in etwas hineingesteigert, was es gar nicht gab. Wenn sie Jessi und Lukas tatsächlich ermordet hatte, waren die beiden völlig sinnlos gestorben. Im Grunde machte es für die beiden Opfer keinen Unterschied, trotzdem fand Knud diese Tatsache doppelt betrüblich. Charlotte schien ähnlich zu empfinden. Sie brauchte einen Moment, um die Aussage zu verdauen, bevor sie die Vernehmung fortführte.

„Wo waren Sie am Samstag, den 31. August in der Zeit von 19 bis 22 Uhr?"

„Das wissen Sie doch. Ich war zu Hause. Zusammen mit Patrick. Wir haben erst eingekauft und dann ..."

„Nein, haben Sie nicht", donnerte Charlotte los.

Knud wunderte sich immer wieder, wie viel Energie in dieser kleinen Person steckte. Und sie konnte richtig laut werden.

Sandra Müller erschrak und begann zu zittern.

„Hören Sie endlich auf zu lügen!", forderte Charlotte sie auf. „Wir haben die Mobiltelefone der Mordopfer. Herr Gerdes hat sie in Ihrer gemeinsamen Wohnung gefunden."

„Ich habe damit nichts zu tun. Wenn Patrick die Telefone hat, sollten Sie lieber ihn verhaften." Die Frau schreckte vor nichts zurück. Der angebliche Schutz der eigenen Familie schien ebenfalls eine Lüge zu sein. Oder Sandra Müller hatte mittlerweile den Bezug zur Realität verloren.

„Ihr Partner hat für den Abend ein lückenloses Alibi", behauptete Charlotte, obwohl Lilly und Fiete noch mit der Überprüfung beschäftigt waren. Da allerdings bereits die Belege des Restaurantbesuchs und des Tankens vorlagen, ging Knud davon aus, dass der Rest ebenfalls stimmte.

„Ja, er war bei mir", beharrte Sandra Müller.

„Nein." Plötzlich war Charlotte ganz sanft. „Frau Müller, wir haben eine klare Aussage, die Sie schwer belastet. Vermutlich finden wir außerdem Ihre Fingerabdrücke auf den Telefonen. Darüber hinaus gibt es Spuren, die wir am Tatort sichergestellt haben. Wenn wir die mit Ihrer DNA abgleichen, werden weitere belastende Fakten hinzukommen."

Knud war fasziniert. Charlotte pokerte hoch, aber die Selbstsicherheit der Verhafteten schien zu bröckeln. Sie saß in der

Falle und konnte sich nicht mehr befreien. Das schien ihr langsam klar zu werden.

„Ich musste sie einfach stoppen", flüsterte sie plötzlich. „Sie hat mein ganzes Glück zerstört und war schon wieder mit dem Nächsten zugange. Die machte vor nichts Halt. Nicht vor den Männern anderer Frauen. Sie nahm sich, was sie wollte. So jung, schön und frei wie sie war, konnte sie alle Männer bezirzen. Aber mit keinem meinte sie es ernst. War sich keiner Konsequenz bewusst. Das musste einfach aufhören." Ihr Blick war glasig geworden, so als würde sie ihre Umgebung gar nicht mehr wahrnehmen. „Wer mir wirklich leidtut, ist der Junge. Ich wollte ihm nichts tun, aber er hätte mich aufhalten können. Das durfte nicht passieren. Deshalb musste er ebenfalls sterben. Ich hatte keine andere Wahl."

Epilog

Selten hatte sich Torge dermaßen erleichtert gefühlt, wie nach dem Anruf von Knud, bei dem er ihm mitteilte, dass sie die Mörderin gefasst hatten und es sich nicht um Nicole Kramer handelte. Tief in seinem Herzen war der Hobbyermittler davon ausgegangen, es würde sich positiv für die Kollegin auflösen, die immerhin den Tod ihrer einzigen Tochter verkraften musste.

Torge hätte gerne mehr dazu beigetragen, aber immerhin hatte er den Ohrring gefunden und Nicole in der ersten Phase dieser schweren Zeit beigestanden. Mittlerweile war sie wieder in ihr eigenes Haus gezogen, fühlte sich jedoch nicht in der Lage, wieder zu arbeiten. Meist fröhliche Urlauber zu bedienen, das ging derzeit über ihre Kraft. Sie hatte darum gebeten, den gesamten Urlaub für dieses Jahr auf einmal nehmen zu können.

Jetzt plante sie eine Reise, die ihr selbst zwar wie eine Flucht vorkam, sie aber auf andere Gedanken bringen sollte.

Bevor Jessi sich so stark veränderte, hatten die beiden von einer Fahrt zum Nordkap geträumt. Nicole wollte die nun allein unternehmen, obwohl sich der Sommer bereits dem Ende neigte und sie möglicherweise mit schlechtem Wetter und der früh hereinbrechenden Dunkelheit kämpfen müsste. Irgendwie passe das zu ihrer Stimmung, erklärte sie. Torge freute sich, wie schnell sie ihr Leben wieder selbst in die Hand nehmen konnte, auch wenn sie erst mal eine Auszeit brauchte.

Es erfüllte ihn mit Stolz, wieder zur Abschlussbesprechung der Kommissare eingeladen zu sein, die am heutigen Tag stattfand. Er war sehr gespannt, weitere Einzelheiten der finalen Ermittlung zu hören.

Annegret hatte natürlich wieder einen Kuchen gebacken, der perfekt zu dem traditionellen Pharisäer passte, den Knud jedes Mal bei Abschluss eines Falles für das gesamte Team zusammenbraute.

Kommissarin Charlotte Wiesinger fasste alle Geschehnisse des letzten Tages zusammen, an dem Patrick Gerdes zu ihnen gekommen war und sie schließlich Sandra Müller verhaftet hatten.

Torge raufte sich die blonden Locken, in denen sich prompt etwas von dem Zuckerguss des Kuchens verfing. „Aber mal ehrlich: Findet Ihr es nicht auch ... sagen wir mal bemerkenswert, dass Gerdes seine eigene Lebensgefährtin ans Messer geliefert hat?"

„Sie meinen wohl: krass", erwiderte Lilly mit einem Grinsen.

„Genau", stimmte Torge zu. „Ja oder nein? Ich könnte mir niemals vorstellen, meine Annegret an die Polizei auszuliefern."

„Auch nicht, wenn sie zur Mörderin wird?"

„Das wollen wir ja wohl nicht hoffen. Die meisten Morde passieren aufgrund eines persönlichen Motivs. Für die Rolles des Opfers wärst du Kandidat Nummer eins", witzelte Knud.

„Haha. Nun bleibt mal ernst", forderte Torge.

„Natürlich ist das heftig. Mich betrübt dabei die Vermeidbarkeit dieses ganzen Dramas. Die beiden hätten lediglich miteinander sprechen müssen", schaltete sich Fiete ein. „Beide fühlten sich unverstanden, waren verletzt und sind dabei von einem Missverständnis ins Nächste geschlittert."

„Wie meinst du das?", fragte Torge nach.

„Gerdes hatte niemals vor, mit Jessi zusammenzuleben. Und wenn Sandra offen mit ihrem einmaligen Fehltritt umgegangen wäre, hätte aus ihnen vielleicht trotzdem eine Familie werden können. Wirklich schade! Und was für schlimme Folgen! Wegen so viel Gefühlschaos und mangelndem Vertrauen mussten zwei Teenager sterben, die nur wenig damit zu tun hatten."

„Darf Patrick Gerdes weiter als Lehrer tätig sein?", fragte Torge.

„Ja. Die Anklage wurde fallengelassen. Er will sich jedoch nach Mitteldeutschland versetzen lassen, um einen Neuanfang zu wagen. Seine Schwester wohnt dort."

„Und nimmt der Richter Sandra Müller trotz ihrer Schwangerschaft in Haft?"

„Haftverschonung bei Schwangerschaft wird in den wenigsten Fällen gewährt. Das wird von ihrem Gesundheitszustand abhängen. Immerhin ist sie als werdende Mutter bereits relativ alt. Vorerst sitzt sie in Untersuchungshaft."

Torge nickte. „Was für ein Dilemma! Die Beziehung kaputt und schwanger von einem einmaligen Fehltritt, dazu im Gefängnis. Ist wirklich krass, wie manche Menschen sich selbst das Leben versauen."

„Das kann man wohl sagen. Alles, weil sie sich nicht an die Regeln gehalten hat", schmunzelte der Revierleiter. „Das sollte dir eine Lehre sein."

*Die Handlung und alle handelnden Personen sind frei erfunden.
Jegliche Ähnlichkeit mit lebenden oder realen Personen wäre rein
zufällig und nicht beabsichtigt.*

Kleines Lexikon
norddeutscher Begriffe

Moin/Moin Moin	Begrüßung für den ganzen Tag
zu Potte kommen	weitermachen, fertig werden
Gosch	Fischrestaurant aus Sylt
sabbelig	redselig
piesacken	zusetzen, triezen
Gezuckel	langsames Fahren
„mach hinne"	mach weiter, werde fertig!
Klönschnack	gemütliche Plauderei
schnacken	sich unterhalten
dumm Tüch	dummes Zeug
lütt	klein
Buddel Köm	Flasche Korn
scheun	schön
grienen	Grinsen, lächeln
Priel	Rinne im Wattenmeer, in der sich auch bei Ebbe Wasser befindet
min seute Deern	mein süßes Mädchen
vertellen	erzählen
Schiet	Scheiße
Kopp in Nacken	Kopf in den Nacken
verklickern	erklären
Friesengeist	nordischer Schnaps
Pharisäer	Kaffeespezialität mit Rum und Schlagsahne
Pott Kaffee	Becher Kaffee
aufgebretzelt	chic angezogen/zurecht gemacht
schnieke	Chic

Rundstück	einfaches helles rundes Brötchen
Alsterwasser	Bier und weiße Limonade
Gedöns	als überflüssig erachtete Gegenstände
Scheibenkleister	s. Schiet
Butter bei die Fische	Klartext reden, nichts zurückhalten
Auf dem Kieker	Besondere Aufmerksamkeit, wörtlich Fernglas
Franzbrötchen	Plunderteig mit Zimt und Butter, ursprünglich aus Hamburg
Jo	Ja
fünsch	wütend, ärgerlich
vertüdeln	vergeuden
Wo geiht di dat?	Wie geht es Dir?
Klönschnacktür	Zweigeteilte Außentür, bei der man einen Klönschnack halten kann, indem man nur den oberen Teil öffnet
Mors	Hinterteil
Friesenschnitten	Blätterteig, Pflaumenmus, Sahne
Kluntjes	Kandiszucker
Graue Stadt am Meer	Husum, der Begriff wurde von dem Dichter Theodor Storm geprägt
Rungholt	1362 versunkene Siedlung im nordfriesischen Wattenmeer
Edomsharde	Verwaltungsbezirk im Mittelalter
Grote Mandränke	Verheerende Sturmflut 16. Januar 1362
mittenmang	mittendrin
Döntjes	Anekdote aus dem Alltag

Danksagung

Als Allererstes möchte ich mich bei meinen Lesern bedanken, die Torge und mir jetzt bereits über vierzehn Fälle die Treue halten. Vielen Dank für Ihre Begeisterung für meine Sankt-Peter-Ording-Krimis – das macht mich stolz und glücklich!

Bevor ein neues Buch das Licht der Welt erblickt, gibt es erst einmal viele Stunden des Planens, Recherchierens und des Schreibens. Dafür nutze ich am liebsten die frühen Stunden des Tages. Morgens und am Vormittag bin ich frisch und kreativ.

Im Anschluss wird der Text mehrfach überarbeitet! Ich freue mich sehr, dass ich dafür so großartige Unterstützung habe. Ich danke meiner Lektorin Margarete Götz, die den Text mit ihren Anregungen bereichert und mit großer Sorgfalt Unstimmigkeiten und losen Enden auf der Spur ist. Ich danke meiner Korrektorin Antje Steffen von Antjes kleiner Textwerkstatt, die dazu beiträgt, dass das Manuskript möglichst fehlerfrei ist.

Vielen Dank an die Designerin Raphaela Moser vom Kampenwand Verlag und der Fotografin Wenke Stahlbock, durch deren Arbeit aus dem stimmungsvollen Foto wieder so ein großartiges Cover entstanden ist.

Schließlich gilt mein Dank meinem Team von treuen Testlesern und Torge-Fans, die mich im Schreibprozess unterstützt haben.

Danke!

Stefanie Schreiber

Hat Ihnen
die Geschichte gefallen?

*Dann freue ich mich sehr über eine positive Rezension bei
Amazon oder auf einem anderen Portal, denn Bewertungen
werden für uns Autoren immer wichtiger.
Das muss kein langer Text sein, schreiben Sie einfach, was Sie
anderen Lesern gerne zu dem Buch mitteilen wollen.
(Aber natürlich nicht verraten, wer der Mörder ist.)
Ich danke Ihnen im Voraus!*

*Herzlich
Ihre Stefanie Schreiber*

KAMPENWAND
VERLAG

Über die Autorin

Stefanie Schreiber ist Dipl.-Kauffrau und Fachjournalistin. Aus ihrer Leidenschaft fürs Krimischreiben hat sie nun einen Beruf gemacht.

Meine Leidenschaft für das Schreiben entstand bereits vor über fünfundzwanzig Jahren, doch ich hatte mich nach meinem betriebswirtschaftlichen Studium gerade selbständig gemacht und wollte erst einmal "bodenständig arbeiten", um meine Existenz zu sichern.

Meine Liebe zur Nordsee begann nach dem Abitur bei einem zehntägigen Aufenthalt nahe Heide, weil mein Geld für die geplante Nordkap-Tour nicht reichte. Der Urlaub legte außerdem den Grundstein zu meiner Altersvorsorge mit Ferienimmobilien; ich träumte seitdem von einem eigenen Haus unter Reet.

Als ich 2011 beschloss, mich endlich dem Schreiben zu widmen, entschied ich mich für ein berufsbegleitendes Journalismus-Studium, um meine Schreibkompetenz auf professionelle Beine zu stellen. Die daraus resultierende Idee, mein betriebswirtschaftliches Know-how und meine langjährige Vermietungserfahrung in Wirtschaftsratgebern zu vereinen, brachte mich über die nächsten Jahre von meinem Plan ab, Geschichten zu erzählen.

2017 plante ich meinen ersten Krimi. In einem Workshop entstand die Idee, auch diesem den Ferienhaus-Background zu verleihen - und wo ist es schöner als in Sankt Peter-Ording? Ich baute die *Weiße Düne* und schuf meinen schrulligen Hausmeister Torge Trulsen, der als Miss-Marple-artiger Hobbyermittler, den Kommissaren gerne dazwischenfunkt.

Nach Vollendung meines achten Sankt-Peter-Ording-Krimis küsste mich die Muse. Die Charaktere Emilia und Piet Anderson erblickten das Licht der Welt und ermitteln nun parallel in meiner neuen Reihe.

Seit 2019 erscheint ihre erfolgreiche Sankt-Peter-Ording-Krimireihe mit dem schrulligen Hobbyermittler Torge Trulsen und der toughen Kommissarin Charlotte Wiesinger.

Im Oktober 2022 startete ihre neue Nordfriesen-Krimireihe. Emilia und Piet sind Emily Anderson - Ein Schriftstellerpaar veröffentlicht unter gemeinsamem Pseudonym und mischt sich in die Ermittlungen der Husumer Kommissare ein.

Humorvolle, unblutige Kuschelkrimis mit viel nordfriesischem Lokalkolorit.

Die Kuschelkrimis
von Stefanie Schreiber

Fortsetzung folgt!